MASCHEN UND MAGIE

DER STRICKCLUB DER VAMPIRE, BAND 2

NANCY WARREN

ISBN: Ebook 978-1-990210-36-5

ISBN: Gedruckt 978-1-990210-37-2

Cover-Gestaltung von Lou Harper von Cover Affair.

Übersetzung: Sarah Goldmarleen – Language + Literary Translations, LLC.

Ambleside Publishing

Band 2 – Maschen und Magie: Ein paranormaler Cosy-Krimi

Gefallene Maschen und gefasste Mörder

Als ein älterer Herr bei Scones und Tee im Elderflower Tea Shop in Oxford als Opfer einer Vergiftung tot umfällt, gehen Lucy Swift und ihre Bande untoter Amateurdetektive der Sache auf den Grund.

Der Elderflower Tea Shop befindet sich neben dem Cardinal Woolsey's – dem Wollgeschäft, das Lucy führt und in dem sich spät am Abend die Strickrunde der Vampire trifft. Bei den Teestubenbesitzerinnen handelt es sich um zwei achtzigjährige Junggesellinnen, die alte Bekannte der Familie sind, also möchte Lucy dabei helfen, das Rätsel, das zur Schließung des Tea Shops geführt hat, zu lösen. Doch der Mord ist nicht das einzige Problem, mit dem die Schwestern Watt zu kämpfen haben. Ein Mann hat sich zwischen sie gestellt. Miss Florence Watt wird von einer alten Flamme umworben – und Mary Watt vertraut diesem Verehrer keineswegs.

Während Lucy versucht herauszufinden, wer von seinen vielen Feinden den unangenehmen Colonel Montague vergiftet haben könnte, frischt Lucy ihre Zaubersprüche wieder auf, bevor das Wicca-Buffet stattfindet, das sie auf Drängen ihrer Hexencousine unbedingt besuchen soll.

Aber sie muss sich immer noch daran gewöhnen, eine Hexe zu sein, und seit sie einen Zauberspruch verpatzt und so ihre Küche in die Luft gesprengt hat, lässt sie es mit der Zauberei langsam angehen.

Auch beim Stricken läuft es nicht viel besser. Einmal strickt sie links statt rechts, ein anderes Mal lässt sie so viele Maschen fallen, dass ihr handgestrickter Schal aussieht, als wäre er von Riesenmotten angegriffen worden – an solchen Tagen würde Lucy am liebsten wieder ihr Sack und Pack nehmen und nach Boston zurückgehen. Das täte sie vielleicht auch, würde sie dann nicht ihre geliebte untote Großmutter, ihre neuen Freunde, einen sehr erotischen Vampir und einen äußerst lebendigen städtischen Detective vermissen.

Maschen und Magie ist Band 2 der paranormalen Häkelkrimireihe Strickrunde der Vampire. Es handelt sich um einen in sich abgeschlossenen Roman ohne Sex oder

Blut, dafür aber mit Humor, Strickzeug, Magie und einem Hauch Romantik.

Holen Sie ihn sich noch heute!

Erhalten Sie Rafes Geschichte kostenlos, indem Sie sich zu Nancys Newsletter ohne Spam auf NancyWarrenAuthor.com anmelden.

Treten Sie Nancys privater Gruppe auf Facebook bei, in der über Bücher, Stricken, Haustiere und das Leben geredet wird. facebook.com/groups/NancyWarrenKnitwits

MASCHEN UND MAGIE

KAPITEL 1

*D*er Herr, der an diesem Oktobermorgen in den Wollladen Cardinal Woolsey's trat, erinnerte mich an einen Charakterdarsteller. Keiner, dem man sofort einen Namen zuordnen kann, sondern einer, der Generäle und angesehene englische Gentlemen verkörpert. Sicherlich hatte er mit seinem weißen, welligen Haar, seinem perfekt gepflegten Schnurrbart und seinen funkelnden blauen Augen kleine Nebenrollen in *Downton Abbey* und in Jane-Austen-Verfilmungen gespielt. Er war braun gebrannt, als hätte er die letzten Monate in Südfrankreich verbracht. Er trug eine Sportjacke aus Tweed, eine graue Flanellhose und um den Hals trug er eine Seidenkrawatte zur Schau.

Meinem ersten Eindruck nach war er recht groß, doch als ich genauer hinschaute, bemerkte ich, dass es seine aufrechte Haltung war, die ihn größer erscheinen ließ, als er war. Mir schoss der Begriff *in Überlebensgröße* durch den Kopf. Er wirkte nicht wie ein Stricker, aber in den letzten Wochen, seit ich das Cardinal Woolsey's leitete, hatte ich herausgefunden, dass es Stricker jeden Geschlechts und Alters in allen Größen und Formen gab.

Einige waren sogar Vampire.

„Guten Morgen", sagte ich und trat hinter dem Tresen hervor.

Als er mich sah, erhellte sich seine Miene, als wären wir alte Freunde, auch wenn ich mir sicher war, dass ich ihn noch nie gesehen hatte. Seine Zähne waren ziemlich groß, weiß und gerade. „Guten Morgen", antwortete er. „Und wenn ich von einer jungen, hübschen Dame begrüßt werde, ist der Morgen tatsächlich gut."

Er sagte diese Worte so beiläufig, als würde er jeder Frau extravagante Komplimente machen – egal, ob jung oder alt, hübsch oder hässlich. Ich wollte ihn gerade fragen, ob er gut mit Stricknadeln umgehen konnte, da sagte er: „Ich bin zu Ihnen gekommen, um mich Ihren Gnaden anheimzugeben."

Ich blinzelte angesichts seiner Wortwahl und erkannte dann an seinen funkelnden Augen, dass er es nicht ernst meinte.

Er holte tief Luft. „Es geht um eine Frau, die früher hier nebenan im Elderflower Tea Shop gewohnt hat. Sie hieß Florence Watt."

Ich ahnte eine heimliche Liebschaft. Florence und Mary Watt waren zwei unverheiratete Schwestern, die den Elderflower Tea Shop nebenan schon seit langer Zeit führten – wahrscheinlich, seit der Tee zum ersten Mal nach England gekommen war. Ich hatte das Gefühl, dass dieser Mann Florence vor vielen Jahren kennengelernt hatte. Dachte er vielleicht, dass sie geheiratet und ihren Namen geändert hatte?

Ich erlöste ihn von seinem Leiden. „Miss Watt wohnt

immer noch nebenan. Sie und ihre Schwester Mary leiten die Teestube."

Er legte sich eine Hand aufs Herz. „Und ist es möglich, dass Miss Florence Watt alleinstehend ist?"

Es war merkwürdig, sich vorzustellen, dass eine der Schwestern Watt ein romantisches Leben hatte, aber wie es aussah, musste es wohl irgendwann einmal eins gegeben haben. Ich versuchte, nicht neugierig zu wirken, aber ich glaube nicht, dass mir das gelungen ist.

„Sie haben es natürlich erraten. Ich habe Florence vor 45 Jahren geliebt und sie nie vergessen können."

Von solchen Fällen hatte ich schon gelesen. Highschool-Turteltäubchen, die in hohem Alter wieder zusammenkommen, Paare, die vom Schicksal getrennt wurden und sich später im Leben wiederfanden. Auch nur eine Nebenrolle in einem Senioren-Liebesfilm zu spielen, kam mir spannend vor.

Obwohl es schwierig war, sich die praktisch veranlagte und tüchtige Florence Watt als verliebte junge Frau vorzustellen, war ich tief in meinem Innersten romantisch und wollte daran glauben, dass sie immer noch ihre Liebe finden konnte.

Ich war neugierig und er schien darauf zu brennen, über seine Angelegenheiten zu sprechen. Da es ein ruhiger Vormittag im Laden war, schob ich die Inventur noch gern um ein paar Minuten hinaus. „Sie müssen sehr jung gewesen sein."

Er nickte und schaute in Richtung Teeladen. „Kaum mehr als ein Junge. Aber Florence hatte etwas, das ich in keinem anderen Mädchen gesehen hatte. Wir verliebten uns und ich glaubte, die Frau gefunden zu haben, mit der ich den

Rest meines Lebens verbringen würde." Er schüttelte traurig den Kopf. „Aber dann wurde ich leider berufen." Er dämpfte seine Stimme und vergewisserte sich, dass wir allein waren. „Der *Official Secrets Act* verbietet mir, mehr zu sagen."

Natürlich war ich fasziniert. Der *Official Secrets Act*? War er ein Spion? Sogar Spitzel mussten irgendwann einmal pensioniert werden. Hätte er nicht schon vor Jahren in den Ruhestand gehen sollen? „Haben Sie die ganze Zeit ein geheimes Leben geführt?"

Er lächelte und entblößte erneut seine wundervollen Zähne. „Nein. Das Leben hat sich eingemischt und ich habe mich in einer Ehe und in einem ganz anderen Leben wiedergefunden. Aber Florence habe ich nie vergessen. Und jetzt ist meine Frau verstorben und ich habe mich gefragt, ob Florence sich vielleicht noch genauso an mich erinnert wie ich mich an sie."

Es war eine sehr romantische Geschichte und der Mann vor mir schaute mir rasch ins Gesicht, als würde er sich vergewissern, dass auch mich aufwühlende Gefühle packten. In der Tat war ich, wie die Briten so schön sagen, wie ‚aufs Maul geschlagen'. Die Watt-Schwestern waren Junggesellinnen unbestimmten Alters. Man konnte sich gut vorstellen, dass sie vollständig ausgeformt aus einem Teeei geschlüpft waren und ihr ganzes Leben damit verbracht hatten, Scones mit Rosinen und krustenlose Sandwiches in unserer kleinen Ecke von Oxford zu servieren. Mir auszumalen, dass eine von ihnen ein Date hatte – geschweige denn, dass ein Mann sie verehrte –, war zu viel für mich.

Ich sagte das Einzige, was mir einfiel. „Soweit ich weiß, ist Florence Watt gerade im Teeladen nebenan. Vielleicht ist sie die Person, die Sie fragen sollten?"

Er nickte und sah erleichtert aus. „Ich habe gedacht, ich schau mal hier rein und erkundige mich, ob die Nachbarn etwas wissen, das einen Mann davon abhalten könnte, einen Narren aus sich zu machen."

Die möglichen Szenarien überstiegen mein Vorstellungsvermögen. Miss Watt mit einem Mann und fünf Kindern? Nicht einmal mehr Miss Watt, sondern Mrs Irgendjemandanderes? „Nein, ich kann mir vorstellen, dass sie sich darüber freut, einen alten Freund zu sehen."

Er schaute sich in meinem Geschäft um: Es war vollgestopft mit Wollknäueln, Strickbüchern und -zeitschriften, Häkelgarn, Stricknadeln und Häkelnadeln, allerlei Kurzwaren, dazu noch die fertigen Pullover, Schals und Strickjacken, die an Wänden und Ständern hingen. Er schaute zu meinem Hinterzimmer, obwohl ich diesen Teil des Ladens mit einem Vorhang abgetrennt hatte. Ich nutzte ihn für Strickkurse, aber im Boden war eine Falltür, die von meinen Mitbewohnern im Untergeschoss verwendet wurde – es war ein Nest strickbegeisterter Vampire.

Als ich sie zum ersten Mal gesehen hatte, nachdem ich aus Boston hergezogen war, hatte ich Angst, dass sie mich fressen würden. Da ich sie inzwischen besser verstand, hatte ich sie recht lieb gewonnen. Trotzdem ließ ich den Vorhang während der Geschäftszeiten geschlossen, da meine Großmutter – die der jüngste Vampir war und an Schlaflosigkeit litt – ein- oder zweimal tagsüber im Laden aufgetaucht war.

„Das ist so ein gemütlicher Laden, da bekomme ich richtig Lust, mit dem Stricken anzufangen."

„Das sollten Sie. Es ist ein sehr entspannendes Hobby." Ich weiß nicht, wie ich so etwas sagen konnte, ohne eine Miene zu verziehen. Stricken war eine teuflische Geduldsprobe. Meistens sah alles, was ich versuchte zu stricken, zu guter Letzt wie etwas aus der Familie der Stacheltiere aus. Doch als Leiterin eines Kurzwarengeschäfts zuzugeben, dass man nicht stricken konnte, würde keinen guten Eindruck machen, deshalb hatte ich mir ein paar oberflächliche Floskeln zugelegt. Nickend schaute er sich weiter um. „Sie waren noch nicht einmal geboren, als ich zum letzten Mal hier war. Damals hat eine andere Dame dieses Geschäft geführt."

„Ja. Meine Großmutter, Agnes Bartlett. Sie ist vor ein paar Monaten verstorben. Ich bin ihre Enkeltochter Lucy."

„Ich bin sicher, sie wäre sehr stolz zu wissen, dass Sie Ihre Arbeit so fantastisch machen."

„Danke!"

Er zog seine Schultern zurück wie ein Soldat, der im Begriff war, zur Parade zu gehen. „Also, Lucy, wünschen Sie mir Glück, ja?"

„Ja, natürlich. Viel Glück." Als er hinausging, sah ich, wie er sich sein Spiegelbild im Türglas anschaute. Ich vermutete, dass er eher aus Unsicherheit als aus Eitelkeit sein Erscheinungsbild kontrollierte, und ich fand diese Geste irgendwie charmant.

Natürlich brannte ich darauf, diese merkwürdige Wende des Schicksals mit meiner Großmutter zu besprechen, doch um diese Tageszeit würde sie fest schlafen. Zum Glück traf sich der Strickclub der Vampire an diesem Abend.

Sie kam fast immer schon etwa eine Stunde vor dem Treffen hoch, um mit mir das Hinterzimmer vorzubereiten und mich zu besuchen, bevor die anderen auftauchten.

Ich schaute zur großen Uhr an der Wand. Es war halb elf. Ich musste noch ein wenig warten. Ich fragte mich, ob in meinem Familienzauberbuch irgendetwas darüber stand, wie man die Zeit nach vorn drehte, entschied mich dann aber dagegen, mein Grimoire zu konsultieren. Damit würde ich leichtfertigen Gebrauch von meinen neu entdeckten Kräften machen. Außerdem würde ich – bei dem Glück, das ich habe – die Uhr womöglich fünfzig Jahre statt ein paar Stunden vorstellen. Ich hatte erst vor Kurzem erfahren, dass ich eine Hexe war, und vor noch kürzerer Zeit hatte ich das alte Grimoire entdeckt – ein Familientagebuch mit Zaubersprüchen, das jahrhundertelang geführt wurde.

Es enthielt Zaubersprüche, um Rachitis zu heilen und Irre wieder zur Vernunft zu bringen, um Dämonen abzuwehren und deine Feinde zu verfluchen. Ich hatte das Buch wie einen harmlosen Scherz behandelt, wie diese alten Kochbücher, die einem erklären, wie man Sülze aus Kalbshirn oder Brennnesselpudding zubereitete, nur leider hatte ich dann versucht, den Kessel zum Kochen zu bringen, ohne den Stecker anzuschließen. Nachdem ich den Zauberspruch auswendig gelernt und meine gesamte Konzentration darauf gelenkt hatte, war der Kessel explodiert und hatte ein Loch in die Decke gerissen. Wie ich herausgefunden hatte, war Magie kein harmloser Spaß. Sie war launisch und knifflig. Offen gesagt, fürchtete ich mich schrecklich davor. Je weniger ich in diesem alten Grimoire stöbern musste, desto besser.

Die beiden Dinge von denen, die ich ausprobiert hatte, für die ich am wenigsten begabt war, waren Stricken und Hexen – und zu meinem Glück waren genau das die beiden Beschäftigungen in meinem neuen Leben.

Meine geliebte Großmutter, die einst eine Hexe war, sich jedoch vor Kurzem in einen Vampir verwandelt hatte, bestand darauf, dass ich nur Übung brauchte. Jedes Mal, wenn ich den Drang verspürte, dieses Zauberbuch zu öffnen

– was nicht oft vorkam –, schaute ich zum neuen Putz an der Küchendecke und erinnerte mich daran, wie teuer es gewesen war, sie zu reparieren.

Wie sich herausgestellt hatte, gab es keinen Zauberspruch, um Rechnungen verschwinden zu lassen.

Statt meine Zeit wegzuzaubern, verbrachte ich eine Stunde am Computer, um eine Bestellung beim Wollversand aufzugeben. Es war ruhig im Laden, deshalb hatte ich genug Freizeit, um mich zu fragen, was nebenan vor sich ging. War der gealterte Liebhaber Miss Florence Watt begegnet? Wurde ihre alte Liebe gerade wieder entfacht?

Ich stand mit dem Rücken zur Tür und zählte gerade Häkelnadeln, als die Türglocke mit einem Läuten ankündigte, dass ich einen neuen Kunden hatte. Ich brauchte mich nicht umzudrehen, um zu wissen, wer es war. Ein Schauer lief mir vom Nacken die Wirbelsäule hinunter, wie ein kalter Regentropfen, der eine Scheibe hinabglitt. Ich wusste, dass es Rafe Crosyer war.

Rafe war auch ein Vampir, aber äußerst sexy. Ehrlich gesagt war ich ein bisschen verknallt in ihn, obwohl ich mich meistens vor ihm fürchtete. Er war wie ein kaum gezähmter Wolf. Prachtvoll und gepflegt, aber ich war mir nie ganz sicher, dass er sich nicht im ungünstigsten Moment in ein hungriges Tier verwandeln würde.

Ich ließ die Häkelnadeln in den Korb fallen, vergaß dabei, wie viele ich gerade gezählt hatte, und drehte mich um, um den Vampir zu begrüßen.

Er sah groß, cool und elegant wie immer aus. Sein schwarzes Haar war frisch geschnitten und unterstrich seine wohlgeformten schmalen Wangen. Er trug schwarze Wollhosen zu einem grauen Kaschmirpullover und darüber eine

Jacke aus Tweed. Er sah aus wie ein besonders attraktiver Universitätsdozent aus Oxford, obwohl er viel jünger und besser gekleidet war als die meisten von ihnen.

Rafe schien selten zu schlafen. Ich hatte das Gefühl, dass er allein durch Nickerchen überlebte. Wie üblich fühlte ich mich von ihm zugleich angezogen und abgestoßen.

Er sah aus, als wäre etwas sehr Schlimmes passiert. Er stand schweigend da und starrte mich an.

„Kann ich dir helfen?"

„Hast du schon das Neuste gehört?"

Ich weiß nicht, wie er das machte – vor allem, weil er sich darum bemühte, nicht aufzufallen –, doch Rafe schien immer zu wissen, was los war, und das nicht nur in Oxford, sondern auf der ganzen Welt. „Du meinst das mit Miss Watt?"

Er kniff seine eisblauen Augen zusammen, während er mir ins Gesicht schaute. „Miss Watt? Was ist mit ihr?"

Ich verspürte einen Anflug von Befriedigung. „Ich weiß etwas, dass du nicht weißt. Wenigstens ein Mal." Ich erzählte von meiner Begegnung mit dem älteren Gentleman, der gekommen war, um Miss Watt zu umwerben.

Er rümpfte seine lange feine Nase. „Wie banal. Nein, es geschieht gerade etwas sehr viel Ernsthafteres."

„Was denn?" Ich stellte mir vor, wie boshafte Vampire aus einer anderen Stadt kamen und eine mächtige böse Hexe mich zu einer Art Hexenduell herausforderte, das ich mit Sicherheit verlieren würde. Eine Seuche, die Pest oder zumindest eine sehr schlechte Wettervorhersage.

Er sagte: „Einen Block weiter macht ein Spielzeugladen auf. Du weißt, was das bedeutet, oder?"

„Mehr Fußgängerverkehr? Mehr Geschäft?" Ich

versuchte, erwartungsvoll zu sein und diese neue Entwicklung optimistisch zu sehen.

Rafe schüttelte den Kopf angesichts meiner Naivität. Sein herablassender Blick wurde noch intensiver. „Kinder."

„Was ist an Kindern so schlimm?" Ich hoffe, dass ich bald selbst welche haben werde.

„Laute, zerstörerische kleine Dämonen." Als ob Vampire von der friedlichen Sorte wären.

Gleich würde er ins Hinterzimmer gehen, das zu den Tunneln unter dem Laden führte, in denen die meisten Vampire hier lebten. Obwohl ich nicht wusste, was er dort unten wollte, da die meisten von ihnen schlafen würden.

Ich hatte eine Idee. Vermutlich war ich so romantisch wie eine Frau nur sein konnte, wenn ihr vor Kurzem das Herz gebrochen wurde, und ich brannte darauf zu erfahren, was im Teeladen nebenan vor sich ging.

Ich schaute auf meine Uhr. Es war fünf vor elf. Meine neue Verkäuferin sollte um elf zu arbeiten anfangen. „Hast du Lust, nebenan einen Tee trinken zu gehen?"

Er schaute mich merkwürdig an. Dann wurde mir klar, dass er höchstwahrscheinlich keinen Tee trank. Ich kam mir dumm vor, aber bevor ich ‚Ist schon gut' sagen konnte, schaute er sich um. „Aber wer kümmert sich um den Laden?"

„Agatha, meine neue Verkäuferin, fängt um elf an. Eigentlich ist ihr Name *Agathe*. Sie ist Französin."

„Ihre Nationalität ist egal. Ist sie eine psychopathische Lügnerin, die sich womöglich ermorden lässt, wie deine letzte Verkäuferin?"

Die arme Rosemary war tatsächlich genau in diesem Laden umgebracht worden. Mich schauerte bei der Erinnerung daran. „Das war nicht meine Schuld. Granny hat Rosemary eingestellt. Jedenfalls hatte Agatha ausgezeichnete Referenzen. Sie hat in einem Dessousgeschäft auf den Champs-Élysées gearbeitet, bevor sie hierherkam."

„Gute Erfahrung. Aber kann sie stricken?" Da ich die ganze Sache mit ‚eine Masche links, eine rechts' nicht so ganz auf die Reihe bekam, war es zwingend notwendig, dass ich Assistentinnen einstellte, die talentierter waren.

„Ja. Sie hat eine Klosterschule besucht und wurde von Nonnen unterrichtet. Das Einzige ist: Ich glaube, sie hasst das Stricken und schaut auf Frauen herab, die handgestrickte Kleidung tragen."

Er sah vielsagend den Pullover an, den ich trug. Er hatte einen cremefarbenen Hintergrund mit individuell gestrickten Blumen darauf. Gänseblümchen, Rosen, Pfingstrosen in kränklichen Orange-, Rot- und Pinktönen hingen flatternd vor meiner Brust. Den hatte die süße Mabel für mich gestrickt – sie war im 2. Weltkrieg in einen Vampir verwandelt worden. Die Vampire im Strickclub wechselten sich damit ab, mir Kleidung zu stricken, die ich im Laden tragen konnte. Es gab ihnen etwas zu tun und normalerweise waren die Pullover, Schals und Kleider, die sie mir strickten, echte Kunstwerke. Aber die arme Mabel war zwar eine kompetente Strickerin, doch sie hatte kein künstlerisches Auge wie manch anderer Vampir.

Als ich den Pullover an diesem Morgen angezogen und mich im Spiegel betrachtet hatte, hatte ich zwangsläufig an einen Klopapierhut denken müssen.

Er hob eine Häkelnadel auf, die mir zu Boden gefallen war, und legte sie in den Korb. „Wenn du eine Tasse Tee willst, warum gehst du dann nicht nach oben in deine Wohnung und schaltest den Kessel an?"

Erstens hatte ich den, der explodiert war, nicht ersetzt. Zweitens war das, was nebenan vor sich ging, wahrscheinlich interessanter als meine stille Wohnung. Schnell erzählte ich ihm die ganze Geschichte über die beiden Liebenden, die ein halbes Jahrhundert lang getrennt gewesen waren, und erklärte, dass ich unbedingt sehen wolle, wie das Wiedersehen gelaufen war. Ich vermute, eine 55-jährige Trennung entspricht für einen Vampir einer Zeit von ein paar Wochen für Menschen, doch er willigte ein, mich zu begleiten.

Agatha kam Punkt elf herein. Sie war um die Vierzig, schlank und unglaublich schick in einem schwarzen Kleid und High Heels. Sie trug ihr dunkelrotes Haar in einem schlichten Bob. Wenn ich ihre Bewegungen beobachtete, war ich überzeugt, dass sie so elegante Dessous trug wie die, die sie einst verkauft hatte.

Sie warf kurz einen Blick auf meinen Pullover und sagte: „Mon Dieu." Ich konnte ihr keine Vorwürfe machen. Sie trug Lingerie aus reiner Seide und ich trug einen riesigen Klopapierhut.

Bevor ich erklären konnte, dass wir nach nebenan gingen, klingelte die fröhliche Türglocke, als die Tür aufging. Ich setzte meinen ‚Wie-kann-ich-Ihnen-behilflich-sein'-Gesichtsausdruck auf, der sich in ein echtes Lächeln verwandelte, als ich meine Großcousine Violet Weeks und deren Großmutter Lavinia erkannte. Beide waren Hexen, aber das nahm ich ihnen nicht übel, da ich selbst eine war.

Sie begrüßten mich mit Wangenküsschen und einem freundlichen Lächeln. Da sich die beiden Familien über viele Jahre hinweg entfremdet hatten, war ich mir nicht ganz sicher, dass ich ihnen trauen konnte, aber sie schienen in Frieden zu kommen. Lavinia trug ein Päckchen, eingewickelt in hübsches geblümtes Papier mit einer Schleife drauf. Da es weder mein Geburtstag noch ein mir bekannter Feiertag war, hob ich die Augenbrauen, als sie es mir präsentierten.

„Mach auf!" Mit einem verpackten Geschenk in den Händen diskutierte ich gewöhnlich nicht lange, wenn man mich bat, es zu öffnen. Ich kämpfte mich durch das Papier und als ich das Geschenk sah, entfuhr mir ein Laut in einer Mischung aus Freude und Sorge. Meine Katze Nyx sprang von ihrem Stammplatz im Schaufenster, wo sie sich wie gewöhnlich im Wollkorb zusammengerollt hatte, und kam zu uns, um Nachforschungen anzustellen.

Das Geschenk war ein gerahmtes Foto von meiner Großmutter, die ihr fünfzigstes Jubiläum als Geschäftsführerin vom Cardinal Woolsey's feierte. Das war vor fünf Jahren gewesen, und wenn es möglich war, sah sie jetzt sogar noch besser aus. Vampire wirken immer so, als wären sie noch im gleichen Alter wie bei ihrer Verwandlung, aber gepflegter und stärker.

„Ich habe das Foto in der Kiste mit den Bildern gefunden, die du mir geschenkt hast, und ich dachte, es würde im Laden bestimmt nett aussehen." Sie hatte es einrahmen lassen und das Passepartout enthielt ein Fenster mit den Worten „Agnes Bartlett, Eigentümerin des Strickwarenladens Cardinal Woolsey's" und Grannys Geburts- und Todestag. Ich nahm an, dass die Kunden, die sich an sie erinnerten, gern so ein nettes Andenken sehen würden, und da Granny noch immer in meinem Leben war, würde ich beim Anblick ihres Bildes an der Wand nicht traurig sein. Ich war mir ziemlich sicher, dass auch Granny begeistert sein würde, wenn sie es sah. Da Lavinia genauso gut wie ich wusste, dass Granny noch in der Gegend war, vermutete ich, dass das Bild ein Friedensangebot an ihre Schwester war.

Es gab überall im Geschäft Haken, um Ware aufzuhängen, deshalb war es ein Leichtes, ein gerahmtes Foto von einer spinnenden Frau abzunehmen und es mit der Ehrerweisung zu ersetzen. „Vielen lieben Dank", sagte ich. „Die Kunden, die sie kannten, werden es lieben."

Meine Hexenverwandtschaft hatte offensichtlich vor, eine Weile zu bleiben, und ich wollte sie nicht mit uns zum Tee einladen. Es klang zu sehr nach dem Anfang eines schlechten Witzes. *Drei Hexen und ein Vampir gehen in eine Teestube ...*

Hinter uns plauderten Rafe und Agathe munter auf Französisch. So lebhaft hatte ich meine neue Verkäuferin noch nie gesehen, seit ich sie vor vier Tagen eingestellt hatte. Beim Reden gestikulierte sie mit den Händen und dämpfte ihre Stimme, um ihm irgendeine Geschichte zu erzählen, die ihn zum Lachen brachte.

Während sie redeten, sprach auch Lavinia leiser, als sie fragte: „Und wie kommst du mit dem Grimoire weiter?"

Vor nicht allzu langer Zeit hatte es einen Kampf um den Besitz des Familienzauberbuches gegeben, und da ich das Buch gewonnen hatte, wollte ich ihnen nicht sagen, wie verwirrend und furchteinflößend ich es fand.

Ich täuschte riesige Begeisterung für das deckenzerreißende, kesselzerstörende Buch vor. „Großartig. Ich arbeitete mich inzwischen wirklich gut durch die Zaubersprüche."

„Ausgezeichnet", sagte Lavinia und schaute mich an, als wüsste sie, dass ich log. „Ich freue ich mich schon so sehr auf eine kleine Vorführung."

Rafe, der uns in die Unterhaltung vertieft sah, wurde

offensichtlich klar, dass unser Tee verschoben oder gestrichen werden musste, also kaufte er einen Strang Angora in Dunkelviolett und verließ den Laden durch die Eingangstür.

Ein paar ältere Damen kamen herein und Agatha ging auf sie zu. Sie zeigten ihr das Strickmuster, das sie aus einer Frauenzeitschrift ausgeschnitten hatten. Es war für eine Babydecke aus Wolle in verschiedenen Farbblöcken, auf denen die Buchstaben des Alphabets in Kontrastfarben standen. „Die ist für mein zweites Enkelkind", verkündete die Frau mit dem Muster stolz.

„Ich gratuliere", sagte Agatha gelangweilt.

Ich würde mit meiner neuen Verkäuferin über ihre Einstellung sprechen müssen.

Inzwischen lenkte ich das Gesprächsthema von Zaubersprüchen zu Granny – einem sehr viel sichereren Thema. Ich erzählte ihnen, dass sie sie liebend gern sehen würde und dass sie an einem Abend zu Besuch kommen sollten. Ich machte eine Verabredung für zwei Wochen später aus und war entschlossen, bis dahin ein oder zwei Zaubersprüche zu lernen. Ich konnte auf eigene Faust Dinge geschehen lassen und lernte gerade, meine angeborenen Kräfte zu kontrollieren, doch formale Zaubersprüche waren etwas ganz anderes.

Violet sagte: „Oh, aber vorher sehen wir uns noch. Vergiss nicht das Wicca-Buffet am Freitagabend an den Menhiren."

Es gab einen Steinkreis in der Nähe von Moreton-under-Wychwood, wo sich ihr Hexenzirkel traf, und Violet war entschlossen, mich ihren Freundinnen vorzustellen. Es gehörte zu den Vorbereitungen für Samhain und ich wusste, dass es eine große Sache war. Einer von acht wichtigen heidnischen Feiertagen. Doch ich wusste erst seit wenigen

Wochen, dass ich eine Hexe war. Ich war noch nicht bereit, meinen Kalender mit Wicca-Veranstaltungen zu füllen.

War das der wahre Grund dafür, dass sie vorbeigekommen waren? Um mich an das Abendessen zu erinnern? Bisher war es mir gelungen, soziale Kontakte zu den anderen Hexen zu vermeiden. Ich war noch nicht sehr gut – um meine Fähigkeit beim Hexen zu beschreiben, traf es das Wort ‚katastrophal' wohl am besten.

Außerdem bot die Tatsache, dass ich zweimal pro Woche eine Strickrunde für Vampire anbot, bereits ausreichend Gelegenheit, um mit farbenfrohen Persönlichkeiten soziale Kontakte zu knüpfen. „Ich werde mein Bestes tun, um mal vorbeizuschauen." Ich hatte keinerlei Absicht, dorthin zu gehen.

Ein Trio junger Jurastudentinnen, die ich gut kannte, kam herein. Da sie sich von Vorlesung zu Vorlesung strickten, verbrauchten sie eine Menge Wolle. „Ich gehe sie besser bedienen."

„Wir freuen uns, dich am Freitag zu sehen", sagte Lavinia.

„Es sei denn, ich bekomme ein heißes Date."

Beide lachten, als sei ich urkomisch gewesen. Das Mädchen, das einen Klopapierhut trägt, bekommt ein Date. Das war ein Schenkelklopfer!

Fakt war: Ich wünschte mir tatsächlich eine Verabredung mit einem scharfen Detective Inspector. Kommissar Ian Chisholm hatte mit mir geflirtet und ich hatte schon geglaubt, er würde mich bald auf ein Date einladen, da wurde meine Verkäuferin ermordet und unsere Beziehung wurde rein beruflich. Er war etwa ein halbes Jahrtausend jünger als Rafe, also definitiv eher in meinem Alter, und lebendig – was nett war, wenn man als Frau an Hochzeit und Kinder dachte. Das

Problem war, dass es Dinge gab, die er über mich und meine untoten Nachbarn besser nicht wissen sollte.

Außerdem war ich mir gar nicht sicher, ob er tatsächlich interessiert an mir war.

Bei der achtzigjährigen Teestubenbesitzerin von nebenan war mehr los als bei mir.

KAPITEL 2

*E*s vergingen drei Tage, bevor ich die Zeit fand, nebenan Tee trinken zu gehen. Rafe kam gegen zwei Uhr nachmittags herein, um noch mehr violette Wolle zu kaufen. Wir hatten nicht viel zu tun, also schlug ich vor, auf einen Tee nach nebenan zu gehen, und er willigte so prompt ein, dass ich den Verdacht hegte, er interessiere sich genauso sehr wie ich dafür, wie die Romanze weiterging.

Ich steckte mein neustes Strickprojekt zusammen mit meinem Portemonnaie und meinem Handy in eine Gobelin-Tasche. Rafe hob die Augenbrauen. „Du hast vor, beim Teetrinken zu stricken?"

„Nein." Ich senkte meine Stimme, damit Agatha mich nicht hörte. „Aber die Stricker treffen sich heute Abend und ich möchte dich bitten, das Chaos zu entwirren, das ich angerichtet habe."

„Ich werde etwas viel Stärkeres als Tee brauchen, wenn ich wiedergutmachen soll, was du da gestrickt hast", sagte er, fasste meinen Ellenbogen und geleitete mich nach draußen in den tobenden Wind. Glücklicherweise gingen wir nur nach nebenan, denn ich hatte keine Jacke angezogen. Mein Pullover war warm genug. Glücklicherweise war Alfred damit an der Reihe gewesen, die heutige Kreation zu stricken, und er hatte sich von der neusten Strickmode-Zeitschrift inspirieren lassen, die ich im Geschäft verkaufte.

Die Wolle des Pullovers hatte die Farbe von Cranberrys und mit einem Muster aus goldenen Blättern die Vorderseite herunter. Er war so schön, dass Agatha nicht einmal die Nase gerümpft hatte – was für meine penible Verkäuferin einem Kompliment gleichkam. Dazu trug ich schwarze, bis zum Knöchel reichende Hosen und braune Halbstiefel.

Als wir in die Teestube traten, bemerkte ich eine leichte Spannung in der Luft. Es war wie bei einem stillen Teich: Wenn man einen Stein hineinwirft, kräuselt sich die Wasseroberfläche noch lange nach dem ursprünglichen Aufprall.

Von Miss Watt und ihrem Verehrer von dazumal keine Spur. Ich hätte damit rechnen müssen, dass es wohl kaum möglich war, inmitten einer geschäftigen Teestube mit Touristen und Einheimischen, die an ihren Teetassen nippten und an ihren Scones knabberten, die letzten fünfzig Jahre aufzuarbeiten und ihre Liebesgeschichte wieder aufleben zu lassen.

Und doch hoffte ich, dass ihre Schwester Mary kurz zum Tratschen an unseren Tisch kommen würde, wie sie es normalerweise tat, wenn ich da war. Sie platzierte gerade ein amerikanisches Paar mit einem England-Reiseführer von Rick Stevens in der Hand, als wir eintrafen. Sie schwärmten, wie niedlich es hier war. Der Raum war tatsächlich malerisch und bezaubernd, mit den Eichenholzbalken an der Decke, den Fensternischen und den urigen Eichendielen, die durch die jahrhundertelange Nutzung dekorativ vernarbt waren.

Die Ausstattung war die perfekte Kulisse für den Nachmittagstee. Auf jedem Tisch lagen Spitzendecken, die von darauf liegenden Glasplatten in Form gehalten wurden, frische Blumen standen in Glasvasen und der Essbereich war umgeben von großen Anrichten, auf denen Teekannen standen – viele davon Antiquitäten. Zwei gerahmte Drucke zeigten viktorianische Damen in Rüschenkleidern beim Teetrinken: Eine saß auf gepflegtem grünen Rasen und die andere in einem eleganten Wohnzimmer.

Er sah, wie ich die Drucke anschaute. „Du hast immer noch nicht meine Sammlung angesehen. Möchtest du am Sonntag kommen?"

Ich wusste, dass er eine Kunstsammlung hatte, die einigen Galerien Konkurrenz machen würde, und ich war mir ziemlich sicher, dass er sehr wenige Menschen in das Geheimnis von deren Existenz einweihte. Ich war nicht nur von der Idee fasziniert, van Goghs und Rembrandts zu sehen, von denen niemand wusste, dass sie überlebt hatten, sondern ich war auch neugierig zu sehen, wie er lebte.

Sylvia, eine hinreißende ältere Vampirdame, die in den 1920er Jahren ein Stummfilmstar gewesen war, hatte mir gesagt, dass das Haus einen Besuch wert war. Sie hatte mir klargemacht, dass er mir eine große Ehre damit erwies, mich einzuladen. „Ja. Liebend gern."

Er nickte, überhaupt nicht überrascht darüber, dass ich auf die Einladung angesprungen war. „Ich hole dich gegen zwei ab."

Ich hatte einen Moment Zeit, um Mary Watt zu beobachten, bevor sie mich sah, und sie wirkte bekümmert.

Anders als sonst war sie hochrot im Gesicht und ihr Mund formte eine gerade Linie. Doch kaum hatte sie das

Paar platziert und uns gesehen, warf sie uns ihr übliches strahlendes Lächeln zu. „Ach Lucy, was für eine reizende Überraschung. Und Rafe, wir haben Sie seit Ihrem ausgezeichneten Vortrag über Bilderhandschriften in der Bodleian Library nicht mehr zu Gesicht bekommen. Kommen Sie herein, ich habe ein nettes Tischchen in einem ruhigen Eckchen für Sie."

Sie ging vor und sagte, sobald wir uns gesetzt hatten: „Ich schicke gleich Katya zu Ihnen. Sie ist unser neues Fräulein. Polnisch." Statt kurz über den neusten Klatsch zu reden, wie ich es gehofft hatte, eilte sie davon, um die nächste Kundin zu begrüßen, die zu meinem Ärgernis direkt nach uns gekommen war.

„Einen Tee, bitte", sagte sie mit sanftem irischen Akzent. Sie war eine Dame um die Sechzig mit einst rotem Haar, das nun hauptsächlich grau war. Sie trug einen grünen Wollmantel, schwarze Stiefel und umklammerte eine abgewetzte Handtasche vor ihrer Brust. Ich hätte sie nicht bemerkt, hätte ich nicht dieses heftige Gefühl von Traurigkeit empfunden. Es umgab sie wie eine dunkle Regenwolke.

Miss Watt brachte sie zu einem Tisch am anderen Ende des Raums, doch sie fragte: „Kann ich hier sitzen?", und deutete auf unseren Nachbartisch, der für zwei gedeckt war. „Von hier ist der Ausblick ganz gut", erklärte sie, obwohl ich nichts weiter als grauen Himmel und die Geschäfte auf der anderen Straßenseite sehen konnte. Und die wurden sogar von dem Mann und der Frau am Fenstertisch verdeckt.

Jedenfalls platzierte Miss Watt die Dame dort und sagte ihr, dass die Kellnerin gleich bei ihr sein würde.

„Keine Spur von den Turteltäubchen", flüsterte ich Rafe zu und suchte den Raum noch einmal ab. Ich sah eine Frau, die in der Gegend Yoga unterrichtete. Ein- oder zweimal war ich zu dem Unterricht gegangen, den sie im Gemeindesaal um die Ecke erteilte, doch in letzter Zeit war ich so beschäftigt damit gewesen, mit schlafwandelnden Vampir-Großmüttern fertigzuwerden, herauszufinden, wie ich eine Hexe sein konnte, ohne mein Haus zu zerstören, und dafür zu sorgen, dass Nyx genug Fressen und Unterhaltung hatte, dass ich nie wieder hingegangen war. Ihr Name war Bessie Yang und sie war eine der entspanntesten Frauen, die ich kannte.

Sie trug ihr langes schwarzes Haar zu einem Zopf geflochten, der über eine Schulter ihres blauen Leinen-Shiftkleids fiel. Ihr gegenüber saß eine schicke Frau mit kurzen blonden Haaren, die sich um ihre Ohren herum lockten. Sie waren in ein Gespräch vertieft.

Die beiden besten Tische in den Fensternischen wurden von einem sehr steif aussehenden Mann über siebzig besetzt, der weißes Haar und einen borstigen weißen Schnurrbart hatte und sehr gereizt dreinschaute. Bei ihm saß eine unterdrückte Frau in seinem Alter, zweifelsohne seine Gattin.

Am anderen Fenstertisch saß eine Gruppe von drei Frauen und einem Mann, die gerade ihre Taschen zum Gehen packten. Sie sprachen alle Spanisch und trugen Namensschilder an Schnüren um den Hals.

„Du bist aber ganz schön vermessen. Vielleicht hatte Miss Watt kein Interesse an dem alten Jungen und hat ihn einfach in die Wüste geschickt."

„Wo ist sie dann?" Ich beantwortete mir meine Frage selbst, bevor er meinen Enthusiasmus noch weiter dämpfen konnte. „Sie sind oben in Miss Watts Privatwohnung und reden über alte Zeiten. Da bin ich mir sicher."

„Mag sein. Aber ich würde sagen, ihre Schwester ist kein großer Fan von dieser Verbindung."

Also hatte er das auch beobachtet. „Vielleicht ist sie eifersüchtig. Es muss ihr schwerfallen, sich vorzustellen, dass sie ihre Schwester an einen Mann verliert, nachdem die beiden so viele Jahre zusammen gewohnt und gearbeitet haben. Ich frage mich, was sie tun wird, wenn Florence mit ihm durchbrennt."

„Oder der alte Junge hier einziehen will."

„Daran hatte ich gar nicht gedacht."

In diesem Moment kam unsere Kellnerin an den Tisch. Sie war eine unscheinbar aussehende junge Frau Anfang zwanzig. Ihr Haar war strähnig braun und an ihrem Hinterkopf zu einem schlampigen Knoten geschlungen. Sie hatte ein rundes Gesicht, haselnussbraune Augen und einen Mund, der ihr bestes Merkmal gewesen wäre, hätten ihre Mundwinkel nicht gerade nach unten gehangen – entweder aus Langeweile oder aus allgemeiner Unzufriedenheit.

„Guten Abend", sagte sie. „Was hätten Sie gern zu essen?" Ihr Englisch war gut, wenn auch mit schwerem Akzent.

Bevor ich den Mund aufbekam, sprach Rafe in einer Sprache mit ihr, von der ich nur annehmen konnte, dass es Polnisch war, und am Ende spendierte er ihr sein charmantes Lächeln. Kein Zweifel: Auch er hatte ihre Traurigkeit gesehen und versuchte, sie aufzumuntern, indem er sich in ihrer Sprache an sie wandte. Das Ergebnis war jedoch nicht, dass sie glücklicher war.

Sie machte große Augen und einen Satz nach hinten, als hätte er sie geschlagen. Dann schaute sie verstohlen hinter sich und sagte: „Ich darf nur Englisch sprechen."

Damit huschte sie davon, ohne unsere Bestellung aufzunehmen. Ich schaute Rafe an und sah, wie er das Mädchen mit einem verwirrten Stirnrunzeln beobachtete. „Nun, das war merkwürdig", sagte ich. „Warum sollte sich Miss Watt darum scheren, ob sie mit einem Kunden Polnisch spricht? Sie lässt die arme Miss Watt wie eine schreckliche Tyrannin dastehen, dabei ist sie genau das Gegenteil. Was hast du ihr gesagt?" Ich konnte mir nicht vorstellen, dass Rafe irgendetwas Unhöfliches oder Anzügliches zu der Kellnerin gesagt hatte.

„Ich habe sie gefragt, wie es ihr in Oxford gefällt."

Das schien ziemlich harmlos. „Vielleicht will sie nicht an zu Hause erinnert werden?"

„Oder sie versteht kein Polnisch."

Ich war so überrascht, dass ich ihn anstarrte. „Warum sollte sie lügen und sagen, dass sie Polin ist?"

„Aus unendlich vielen Gründen", sagte er und gab den Anschein eines Mannes, der mehrere Leben lang menschliches Verhalten gesehen und erfahren hatte. Und mehr Sprachen als Berlitz gelernt hatte.

Ich konnte mir nicht vorstellen, was das für Gründe sein sollten, und beobachtete, wie die eventuell-nicht-polnische Kellnerin den Tisch abräumte, den die Spanier freigemacht hatten.

Sie ging zurück zur Küche, vorbei an uns und der irischen Dame, die hoffnungsvoll über ihre geschlossene Speisekarte hinwegschaute.

Bevor ich Rafe in die Zange nehmen konnte, um zu erfahren, was er meinte, kam Mary Watt in unsere Richtung. Sie hatte die unglaubliche Fähigkeit, alle Tische in der Teestube gleichzeitig im Auge zu haben. Sie brachte den amerikanischen Touristen Eiswasser und kam dann zu uns. „Hat Katya Ihre Bestellung aufgenommen?"

Ich wollte die neue Kellnerin nicht in Schwierigkeiten bringen. Die Schwestern Watts schätzten Effizienz und würden, so nett sie auch waren, jede Kellnerin feuern, die ihrer Aufgabe nicht gewachsen war. Aus irgendeinem Grund hatte es die junge Frau erschüttert, dass Rafe auf Polnisch mit ihr gesprochen hatte, und ich wollte nicht, dass sie bestraft wurde. „Wir haben gerade erst entschieden, was wir möchten."

Sie schaute mich scharf an, als würde sie mir meine kleine Notlüge nicht abnehmen. „Dann nehme ich eben Ihre Bestellung auf."

„Ich hätte gern eine Kanne English Breakfast Tea und einen Scone mit Marmelade und Cream", sagte ich. Ich mochte wegen meiner romantischen Neugier hier sein, doch ein leckerer Scone mit einer Schicht Erdbeermarmelade und Clotted Cream war ein netter Nebeneffekt.

„Möchten Sie einen klassischen Scone oder möchten Sie lieber das Tagesangebot des Küchenchefs probieren? Das ist mit Zitrone und weißer Schokolade und schmeckt wirklich vorzüglich."

Ich fiel fast von meinem Stuhl. Ich ging schon in den Elderflower Tea Shop, seit ich ein kleines Mädchen war. In diesem Raum hatte ich meinen ersten Scone gegessen, und wahrscheinlich hatte ich seitdem Hunderte mehr verspeist. In all dieser Zeit hatte ich nie verschiedene Scones zur Auswahl gehabt. Na ja, so ganz stimmt das nicht: Die Schwestern Watt boten die klassische Version und die klassische Version mit Rosinen an. Sie waren nicht einmal so weit gegangen, Scones mit Käse zu servieren, und jetzt auf einmal drangen sie in Zitronen-und-weiße-Schokolade-Gebiete vor?

In den Elderflower Tea Shop zu kommen und herauszufinden, dass die eine Miss Watt Herrenbesuch hatte und die beiden darüber hinaus unbekannte Scone-Gebiete erschlossen, war, wie zu erfahren, dass die Erde angefangen hatte, sich in die entgegengesetzte Richtung zu drehen. Aber ich bin nicht der Typ, der einem geschenkten Scone ins Maul schaut, deshalb wählte ich zufrieden die Version mit weißer Schokolade und Zitrone.

Rafe sagte, er würde ebenfalls English Breakfast Tea nehmen. Das Essensangebot schlug er aus, da er, wie er sagte, viel zu Mittag gegessen hatte.

Ich fühlte mich schuldbeladen. Als Mary Watt damit beschäftigt war, die Bestellung der irischen Frau aufzunehmen, beugte ich mich vor. „Es tut mir leid, ich habe nie daran gedacht, dass du wahrscheinlich keinen Tee trinkst." Ich war mir ziemlich sicher, dass sie in der Teestube kein Menschenblut servierten, aber wer konnte schon wissen, was ihnen als nächstes einfiel, nachdem sie schon Scones mit weißer Schokolade und Zitrone auf die Speisekarte gesetzt hatten?

„Ist schon gut", beruhigte er mich. „Man gewöhnt sich daran, sich anzupassen."

Es dauerte nicht lange, da kehrte Katya ein Tablett tragend an unseren Tisch zurück. Darauf stand eine Brown-Betty-Teekanne und zwei der schlecht zusammenpassenden Porzellantassen, in denen die Schwestern Watt Tee servierten. Auf einem anders gemusterten Teller lag mein Scone. Ein Schüsselchen mit leuchtend roter Marmelade und ein anderes mit Clotted Cream kamen als Beilage zu dieser Leckerei.

Da verstand ich, warum Rafe die gleiche Sorte Tee gewählt hatte wie ich. Mit einer Kanne zwischen uns würde niemand bemerken, dass er gar nichts trank. Während die junge Frau noch immer bei uns war, fragte ich ihn, ob er Eiswasser wolle, da ich dachte, etwas Kaltes wäre ihm vielleicht lieber, doch er lehnte ab.

Katya weigerte sich, auch nur in Rafes Richtung zu schauen, vermutlich für den Fall, dass er wieder einen Redeschwall auf Polnisch loslassen würde. Sie stellte eine Teekanne auf den Nachbartisch und eilte zurück in die Küche.

Rafe beobachtete sie mit einem leichten Stirnrunzeln. Ich sagte: „Vielleicht hast du einen fürchterlichen Akzent auf Polnisch. Oder du sprichst mittelalterliches Polnisch oder es macht sie tatsächlich nervös, in der Teestube etwas anderes als Englisch zu sprechen."

„Mag sein." Er sah nicht überzeugt aus.

Ich war damit beschäftigt, Cream und Marmelade auf meinen Scone zu streichen, während der Tee zog. Als ich damit fertig war, gab ich Milch und Zucker in meine Tasse und hob die Teekanne. Ich sah ihn mit gehobenen Brauen fragend an. „Soll ich dir etwas Tee einschenken?"

„Bitte nur eine halbe Tasse."

Das tat ich und goss das duftende Getränk dann auch in meine eigene Tasse. Abgesehen davon, wie ekelhaft es ist, Blut trinken zu müssen, um am Leben zu bleiben, muss es ganz schön traurig sein, sich den Geschmack von gutem Essen entgehen zu lassen. Ich biss in meinen Scone und genoss die dicke Konsistenz der Creme und die überschwängliche Süße der Marmelade, gefolgt von dem knusprigen Teig des Scones. Er schaute mich aufmerksam an – voller Neid, dachte ich.

Angesichts dieses leckeren Nachmittagssnacks hätte ich am liebsten vor Genuss geseufzt, doch ich dachte, dass das unhöflich wäre.

Er wartete, bis ich den ersten Bissen hinuntergeschluckt und am Tee genippt hatte und fragte mich dann mit leicht erheitertem Ausdruck: „Und, ist er so gut wie der klassische Scone?"

„Oh, ja! Sie müssen einen neuen Koch haben. Für das Essen ist immer Florence zuständig, aber wenn sie anderweitig beschäftigt ist, haben sie vielleicht jemand Neues eingestellt."

So sehr ich meinen Scone auch genoss – der wahre Grund für mein Kommen war meine Neugier gewesen. Ich wollte wissen, ob dieser galante ältere Herr Erfolg bei seinem Vorhaben gehabt hatte. Die ältere Miss Watt war entweder zu beschäftigt, um an meinen Tisch zu kommen und zu tratschen, oder sie wollte schlicht und einfach nicht über den Überraschungsgast ihrer Schwester sprechen. Wenn es für ihre Schwester ein Schock war, dass ein ehemaliger Liebhaber bei ihr auftauchte, dann musste es auch für sie ein Schock gewesen sein.

Nun, da ich mich umsah, sah ich, dass sich nicht nur die Scones verändert hatten, sondern auch die normale Speisekarte. Solange ich zurückdenken konnte – und das waren fast zwei Jahrzehnte –,hatte sich auf der Karte kaum etwas verändert. Selbstverständlich gab es die Quiche des Tages, doch jeder, der regelmäßig herkam, wusste, dass die Quiche des Tages am Dienstag und Mittwoch mit Brokkoli und Stilton-Käse war, am Donnerstag und Freitag gab es Quiche

Lorraine, am Samstag und Sonntag Lachs-Quiche – und am Montag war das Geschäft geschlossen.

Außerdem standen auf dem Speisezettel ein Ploughman's Lunch, eine sich nie verändernde Auswahl an Sandwiches und zwei Arten von Salat. Ehrlich gesagt gehörte es zum Charme des Teeladens, dass sich nie etwas änderte, und nun starrte ich auf eine Kreidetafel, die Crêpes mit Garnelen und – noch schockierender – einen Quinoa-Salat versprach. Ich hätte schwören können, dass die Schwestern Watt nicht einmal wussten, was Quinoa war.

Als ich mich umschaute, bemerkte ich, dass viele Gäste die Angebote aßen. Natürlich waren es meist Touristen und Außenstehende, aber trotzdem schien diese unternehmerische Erschließung neuer Angebote auf der Speisekarte genauso erfolgreich wie überraschend zu sein. Als Miss Watt in Reichweite war, sagte ich: „Ich sehe, dass Sie einige neue Speisen auf der Karte haben. Und die scheinen ziemlich beliebt zu sein."

Miss Watt presste ihre Lippen aufeinander, sodass die Falten um ihren Mund eine Sonne bildeten. „Es ist dieser junge Spund in der Küche", sagte sie. „Frech wie Oskar sagt der mir, unser Angebot sei zu altmodisch und er könne unser Essensangebot rentabler machen, wenn ich es zuließe."

Sie schüttelte den Kopf. „Wer hat schon einmal von Quinoa-Salat in einer Teestube gehört? Um ehrlich zu sein, wusste ich nicht einmal, wie man das ausspricht. Der Koch musste es mir sagen. Aber die Welt verändert sich zu schnell, und jetzt reisen Essen und Menschen rund um den Globus, sodass man gar nicht mehr weiß, wo man ist." Sie beugte sich zu mir und sagte verschwörerisch: „Ich gebe dem Internet die Schuld."

Ich nickte ernst und beschloss, dass ich, anders als geplant, bei meinem nächsten Besuch keinen Crêpe mit Garnelen bestellen würde, um Solidarität zu zeigen. „Na ja, zumindest ist der neue Koch am Geschäft interessiert. Das ist doch schön!"

„Ich hoffe nur, dass der Umsatz genug steigt, damit ich ihm seinen Lohn zahlen kann. Früher haben Florence und ich dieses Lokal allein geführt. Jetzt ..." Ich wartete, während sie mit sich rang und dann offenbar ihre Gefühle nicht länger für sich behalten konnte, als sie sagte: „Sie ist zu beschäftigt mit ihrem Liebhaber, um dem Laden die gebührende Aufmerksamkeit und Pflege zukommen zu lassen."

Ich liebte eine Runde Klatsch genauso wie alle anderen Frauen auch und – noch wichtiger – ich wusste, dass Granny nach Informationen bohren würde, wenn ich nach Hause kam. Einer der Aspekte, die meine Großmutter am untot sein so schwierig fand, war, dass sie immer noch am täglichen Kommen und Gehen ihrer Freundinnen und Nachbarinnen interessiert war, sich aber selbst nicht zeigen konnte. Also konnte ich mich guten Gewissens dem Klatsch und Tratsch hingeben und so tun, als würde ich es nur für Granny tun. „Das klingt so, als würden Sie ihn nicht besonders mögen."

Ihr Blick traf meinen und ihre sonst so gelassenen blauen Augen nahmen einen scheinbar wütenden Ausdruck an. Noch einmal presste sie die Lippen aufeinander, als würde sie die Worte zurückhalten, die sie eigentlich brennend sagen wollte, und dann brachte sie schließlich heraus: „Er macht sie glücklich. Ich nehme an, das ist das Entscheidende."

„Es muss schön sein, zusätzlich Unterstützung zu haben, nicht nur in der Küche, sondern auch hier draußen." Ich deutete zum polnischen Mädchen, die ziemlich mühsam ein Tablett im Gleichgewicht hielt, während sie auf einen Tisch am Fenster zuging, an dem ein steifer, militärisch aussehender Herr saß, der sie mit hartem Blick musterte. Begleitet wurde er von einer nervös wirkenden Frau, die sanft mit dem Mann sprach.

Miss Watt sah nicht besonders begeistert über die Neueinstellung aus. „Sie sind zusammen gekommen. Haben gefragt, ob ich Personal suche. Er war erst in Polen Koch, dann in Prag und Paris. Nun, Florence war bis in die Puppen mit ihrem *Freund* unterwegs. Ich musste mich ums Kochen und um den Gästebereich kümmern. Ich konnte nicht alles machen."

Florences Liebhaber war erst vor vier Tagen in meinen Laden gekommen. In der kurzen Zeit war viel geschehen.

„Dieser junge Mann hat mich angesprochen, als ich mit meiner Weisheit am Ende war. Er sagte: ‚Lassen Sie sich heute von mir helfen und meine Schwester Katya kellnert im Gästebereich, und wenn Ihnen unser Können nicht zusagt, müssen Sie uns nicht bezahlen.'"

„Eine Gratisprobe sozusagen", sagte ich. Clever.

„Ich war so verzweifelt, dass ich Ja sagte. Und ihm kommt zugute, dass er himmlische Scones macht. Wenn er doch nur nicht auf diese neumodischen Speisen bestehen würde. Aber den Leuten scheinen sie zu schmecken."

„Ein Team aus Bruder und Schwester? Das ist ungewöhnlich."

Sie nickte und schaute zu Katya, die sich verloren umsah. „Ach, er war Koch, in Ordnung, er ist gut ausgebildet, aber wenn das Mädchen da jemals Kellnerin war, bin ich die Königin von Saba."

Ich musste zugeben, dass sie tatsächlich ein bisschen unbeholfen wirkte. „Vielleicht ist sie nur aufgeregt."

„Mag sein. Wie auch immer: Ich brauche die Hilfe gerade, und in der Not frisst der Teufel Fliegen." Sie hatte beobachtet, wie Katya mit dem Tablett vorwärtskam und ging plötzlich auf die Kellnerin zu. „Nein, Katya, nicht hier. Sie müssen zu Tisch vier."

Das arme Mädchen sah komplett verdattert aus, blieb mitten im Raum stehen und schaute sich um. Miss Watt schüttelte den Kopf und murmelte fast zu sich selbst: „Sie verwechselt alle Tischnummern. Es ist hoffnungslos mit ihr." Und dann ließ sie uns zurück und führte die neue Kellnerin mit leiser Stimme zum richtigen Tisch.

Rafe und ich plauderten, während ich meinen Scone aufaß und mir eine zweite Tasse Tee eingoss. Ich war enttäuscht darüber, Florence nicht zu sehen, doch zumindest wusste ich jetzt, dass sie ihre verlorene Liebe nicht hatte abblitzen lassen und dass Mary kein Fan von dieser Partie war.

Ich fühlte meine Fingerspitzen plötzlich kribbeln, wie bei einem leichten Stromschlag, und als ich mich umschaute, sah ich, dass Katya mit einem übermäßig vollen Tablett aus der Küche zurückgekommen war. Sie schaute sich im Raum um und ich konnte sehen, wie sich ihre Lippen bewegten, als sie die Tische zählte.

Ein scharfes Wort von Miss Watt erschreckte sie. Wie in Zeitlupe sah ich das Tablett wackeln und wusste, dass es gleich zu Boden fallen und alles darauf Stehende zu Bruch gehen würde, wenn ich nicht schnell etwas unternahm.

Ich richtete meine Aufmerksamkeit auf das Tablett, auf die Tassen, auf die große Teekanne, die gerade ins Rutschen kam. *Bleib stabil*, murmelte ich vor mich hin und zu meinem Schrecken gehorchte mir das Tablett tatsächlich. Noch während Katyas Mund vor Entsetzen ein O formte, hatte sie schon wieder die Kontrolle über ihre Last erlangt. Ich verspürte einen Anflug von Triumph – ich hatte es mit der Schwerkraft aufgenommen und gewonnen.

Rafe beobachtete mich von der anderen Seite des Tisches aus und sagte leise: „Gut gemacht!"

Der Vampir sah generell zu viel, doch es war sinnlos vorzugeben, dass ich nicht getan hatte, was er mich so klar und deutlich hatte tun sehen. „Ich denke, es war Anfängerglück." Ich hielt meinen Blick auf Katya gerichtet, falls sie noch einmal meine Hilfe benötigte, doch es gelang ihr, beim Servieren kein Desaster mit ihrem Tablett anzurichten. „Ehrlich gesagt, bin ich ein Nichtsnutz als Hexe. Ich kriege keinen der Zaubersprüche aus dem Grimoire richtig hin. Keine Ahnung, warum es mir dieses Mal gelungen ist."

„Es hat geklappt, weil deine Gefühle mit im Spiel waren. Du wolltest diese Frau ganz aufrichtig davor bewahren, das Geschirr kaputtzumachen und wahrscheinlich gefeuert zu werden."

Zweifellos hatte er recht, aber trotzdem freute es mich zu sehen, dass ich einen einfachen Zauber bewirken konnte, wenn es sein musste.

„Ich wünschte, Miss Watt und ihr Freund wären hier. Ihre Schwester scheint die Sache nicht gutzuheißen, und ich würde gern selbst sehen, ob er gut für sie ist oder nicht." Ich nahm einen Schluck von meinem Tee. „Genau genommen weiß ich, dass Granny voller Fragen sein wird und ich möchte, dass sie das Gefühl hat, selbst hier gewesen zu sein."

Er nickte und senkte den Blick, während er mit der

Kuppe seines Zeigefingers über den Rand der Untertasse fuhr, auf der sein unberührter Tee stand. „Wir müssen über deine Großmutter reden."

Mein Magen zog sich bei seinen Worten zusammen. „Warum? Es ist doch alles in Ordnung, oder?" Ich hatte Granny schon einmal verloren. Ich wollte sie nicht noch einmal verlieren.

„Agnes lebt sich gut ein, aber es ist nicht gut für sie, zu eng mit Tagwandlern verbunden zu bleiben." Das sollte ich sein. „Unter normalen Umständen würde ich vorschlagen, dass deine Großmutter auszieht. Das machen die meisten von uns nach der Verwandlung. Es ist schwer, in der gewohnten Umgebung zu bleiben, wo man nicht gesehen oder erkannt werden darf. Natürlich können wir nach einer oder zwei Generationen wieder in unsere Heimat zurückkehren. Dann erkennt uns niemand mehr."

Ich spürte eine Kälte in meiner Brust, als wäre mein Herz eingefroren. „Du kannst Granny nicht wegschicken!" Obwohl es sinnvoll erschien, was er sagte, konnte ich mir nicht vorstellen, sie noch einmal zu verlieren. Unsere Beziehung war nicht immer leicht, da sie untot war und mir beizubringen versuchte, eine Hexe zu sein, doch ich hatte sie lieb und brauchte sie immer noch. Neben Hexenunterricht erteilte sie mir auch gute Ratschläge für die Leitung des Geschäfts.

Er sah mich fest an. „Es ist nicht meine Entscheidung. Ich kann ihr helfen, aber über ihre eigene Zukunft muss sie entscheiden."

Ich legte meinen Daumennagel an den Mund – eine meiner Gewohnheiten, wenn ich nervös bin. „Du meinst, ich bin egoistisch, weil ich sie hier behalte. Ich kann verstehen, dass es einfacher für Granny wäre, woanders zu wohnen, während sie sich an ihre neue Wirklichkeit gewöhnt. Aber ich würde sie so vermissen." Der Gedanke, ohne Granny den Laden zu leiten und mit meinen Hexenverwandtschaften fertigzuwerden, versetzte mich fast in panische Angst, doch ich wollte das Richtige tun. „Hast du mit ihr über einen Umzug geredet?"

Sein Lächeln war reumütig. „Sie will nichts davon wissen. Solange sie spürt, dass du sie brauchst, bleibt sie."

Natürlich war ich erleichtert, doch ich fühlte mich auch schuldig. „Vielleicht sollten wir beide irgendwo anders hinziehen. Wenn wir eine sympathische Person finden würden, die den Strickwarenladen führen könnte ..."

Ich wollte noch mehr sagen, doch als ich zum Eingang schaute, spürte ich, wie meine Augen groß wurden. Gerade kamen Miss Watt und ihr Freund ins Geschäft – keine Minute, nachdem ich den Wunsch geäußert hatte, sie zu sehen. Rafe folgte meinem Blick. Als ich wieder zu ihm schaute, sagte ich: „Heute hab ich's aber drauf. Ich habe mir gewünscht, dass sie hier sind, und da sind sie!"

Er schien wenig überzeugt. „Ich denke, das war vielleicht Zufall."

Ich zog einen Schmollmund. „Spaßbremse!" Wahrscheinlich wusste er nicht, was dieser Ausdruck bedeutete, doch bevor er mich fragen oder ich es erklären konnte, hatte Miss Watt mich gesehen und kam auf unseren Tisch zu.

KAPITEL 3

*L*ucy, wie bezaubernd, Sie zu sehen!"
Sie war diejenige, die bezaubernd aussah. Sie
wirkte mindestens zehn Jahre jünger als sie war, trug Make-
up und – das denke ich zumindest – ein neues Kleid. Sie war
definitiv moderner frisiert und ihr normalerweise graues
Haar verlieh ihr mit seinem jetzigen Aschblond ein jüngeres
Erscheinungsbild.

Hier war in den letzten Tagen viel passiert.

„Es ist mir auch eine Freude, Sie zu sehen."

„Ich glaube, Sie und Gerald Pettigrew haben sich schon
kennengelernt, oder?"

„Ja."

Der alte Mann grinste mich keck an. „Sie sind doch die
junge Dame von nebenan." Er wandte sich Florence zu.
„Lucy hat mich dazu ermutigt, den Schritt zu wagen und dich
aufzusuchen." Das stimmte zwar nicht ganz, aber es war nett,
dass er mir das Verdienst für ihre Verkupplung zuschrieb.

Dann stellte sie ihn Rafe vor und die beiden Männer
reichten sich die Hände. Sie strahlte vor Glück und er

strahlte vor Stolz. Es war schön zu sehen, wie der Senioren-Liebesfilm begann, und ich spürte, dass ich ein persönliches Interesse an dessen Ausgang hatte. Auch wenn ich sie nicht verkuppelt hatte, hatte ich das Gefühl, einen kleinen Beitrag geleistet zu haben.

„Es muss Sie überrascht haben, Mr Pettigrew nach so langer Zeit wiederzusehen."

Sie legte eine Hand auf ihr Herz – bei der Maniküre war sie auch gewesen, und ihre Nägel waren hellrosa und hatten eine perfekte Mandelform. Es war unbeschreiblich. Er kam in die Küche und überraschte mich, während meine Hände voller Mehl und meine Haare ein Chaos ..."

„Du warst wunderschön. Genau wie ich dich in Erinnerung hatte", sagte er und griff nach ihrer Hand.

„Es war so ein Schock", fuhr sie fort, „aber ein bezaubernder. Ich fühlte mich, als würden die Jahre von mir abfallen und als wäre ich wieder jung."

„Ich bin ein viel älterer Mann, aber ich hoffe, ein weiserer." Er blinzelte mir zu. „Ein zweites Mal verliere ich sie nicht mehr aus den Augen. Und ..." Er drohte mir mit dem Zeigefinger. „Sie müssen mich Gerald nennen."

„Ich bin so glücklich", sagte Florence einfach. Diese Worte hätte sie gar nicht sagen müssen, denn sie strahlte deutlich vor Glück.

„Ich hatte Angst, du würdest mich nicht einmal erkennen", sagte Gerald. „Die Jahre haben es nicht immer gut mit mir gemeint."

Sie schaute lächelnd zu ihm auf. „Du siehst älter aus, ja, aber ich habe dich sofort erkannt. Ich hätte dich überall erkannt."

„Und ich dich."

Sie blieben ein paar Minuten an unserem Tisch stehen und erzählten, dass sie ihre früheren Treffpunkte wieder besucht hatten und jetzt alles mit neuen Augen sahen. „Natürlich hat sich manches nicht verändert, aber vor fünfzig Jahren gab es noch keinen Harry Potter. Christ Church College war einfach nur ein College. Und jetzt? Der Ort wird von Touristen überrannt, die Fotos von Hogwarts' Speisesaal machen wollen." Voller gespielter Entrüstung warf er die Arme hoch. „Also wirklich!"

Sie legte ihre Hand auf seinen Arm, als sie von ihrem Ausflug ins Perch berichtete – einem Pub am Fluss, in dem sie ein halbes Jahrhundert zuvor ihre erste Verabredung gehabt hatten. Er ließ eine Hand auf ihrer Schulter ruhen, als er sagte: „Der Pub hat sich ein bisschen verändert, aber du, meine Liebe, hast dich überhaupt nicht verändert."

Sie schüttelte den Kopf, errötete, und kicherte dann. Ein sehr merkwürdiger Laut für diese Frau, von der ich mir sicher gewesen war, dass sie auf immer und ewig Junggesellin bleiben würde.

Es schien, als wäre es ihnen unerträglich, nicht irgendwie körperlich verbunden zu sein. Wenn der eine den anderen nicht gerade mit seiner Hand berührte, dann standen sie so dicht beieinander, dass ihre Arme sich streiften und jeder die Intimsphäre des anderen teilte. Miss Watt erklärte Gerald, dass Rafe ein Experte für die Restaurierung alter Bücher war. Gerald schüttelte den Kopf. „In Oxford sind alle so klug. Ich komme mir immer vor wie ein fürchterlicher Narr, wenn ich hier bin." Er zeigte auf seinen Kopf. „Dumm wie Bohnenstroh!"

„Unsinn", rief Florence Watt. „Du bist überaus klug. Du bist sehr intelligent, nur kein Intellektueller." Dann strahlte sie uns an. „Ich habe Gerald gesagt, ich nehme mir heute frei und wir gönnen uns einen richtigen Cream Tea. Ich kann mich nicht erinnern, wann ich das letzte Mal als Kundin in meinem eigenen Laden aufgetreten bin. Wahrscheinlich noch nie."

Die andere Miss Watt hatte uns aus den Augenwinkeln beobachtet. Als die beiden Turteltäubchen sich von unserem Tisch abwandten, näherte sie sich. „Kommt ihr auf einen Tee vorbei?", fragte sie mit schriller, übertrieben freundlicher Stimme, als wären sie Touristen aus dem fernen Manchester. Ihre Schwester sah wie vor den Kopf gestoßen aus und sagte: „Ja. Wenn es recht ist?"

Der Ton ihrer Stimme klang scharf. Mein Instinkt hatte mir zu Recht gesagt, dass ihre Schwester nicht ganz glücklich mit dieser Liebesbeziehung war.

„Selbstverständlich." Sie wollte sie gerade zu einem freien Tisch an der Wand führen, da hielt ihre Schwester sie zurück und sagte: „Wir hätten gern Tisch sechs."

Ich sah, wie ihre Schwester ihre Lippen zusammenkniff. Wenn Gerald Pettigrews Rückkehr Florence zehn Jahre genommen hatte, dann schien sie diese an Mary abgetreten zu haben. Ihr Haar wirkte grauer, ihr Teint farbloser, und im Allgemeinen haftete ein Ausdruck von Kummer an ihr. „Wie du wünschst."

„Und es ist nicht nötig, dass du uns begleitest. Ich kenne mich in der Teestube aus."

Ihre Schwester machte auf dem Absatz kehrt und stolzierte in die Küche zurück. Ich ahnte, dass es ihr missfiel, dass ihre Schwester wie ein Gast auftrat und dann auch noch als einer, der zur Hauptgeschäftszeit einen der besten Tische besetzte. Außerdem bezweifelte ich, dass Mary sich jemals einen Tag frei genommen hatte, um sich auf einen Afternoon Tea in ihr eigenes Lokal zu setzen.

Die beiden Liebenden gingen zum kürzlich geräumten Tisch am Fenster. Zwei leuchtende Farbtupfer brannten auf Miss Watts Wangen und sie murmelte ihrem Partner etwas zu, sodass er eine Hand ausstreckte und sie trostspendend auf ihre legte. Unmittelbar wich die Röte aus ihrem Gesicht und ihr Lächeln kehrte zurück.

Ich kann mir vorstellen, dass ich ihre Körperhaltung imitierte, als ich mich zu Rafe beugte und leise sagte: „Ich würde sagen, im Paradies gibt es Ärger."

„Definitiv ein alter Fuchs im Hühnerstall."

Einen Moment später ging Katya mit ihrem schweren Gang und ihrem Notizblock durch den Raum. Miss Watt bestellte den Champagne Afternoon Tea für beide. „Ich hätte gern English Breakfast Tea dazu."

„Und für Sie, Sir?", fragte Katya Gerald Pettigrew.

„Ein Kännchen Earl Grey für mich, bitte."

Katya verstand noch nichts von der Kunst, ständig das ganze Lokal im Blick zu haben. Während die Inhaberin neues heißes Wasser auf einen Tisch stellen, von einem anderen leere Teller abräumen und immer darauf achten würde, ob sie irgendwo gebraucht wurde, drehte Katya sich um und ging mit ihrer Bestellung direkt in die Küche, ohne zu bemerken, dass der alte Herr am anderen Fenstertisch sie mit hochrotem Kopf herbeiwinkte. Schließlich raunzte er mit gebieterischem und verärgertem Ton: „Junges Fräulein, hören Sie mal! Frau Kellnerin!" Er klang, als wäre er mal Angehöriger des Militärs gewesen. Katya ging angesichts seines Tonfalls in Habachtstellung. Ich glaube, das taten wir alle.

40

Sie wandte sich seinem Tisch zu und er sagte: „Sie haben mir den falschen Tee gebracht. Ich weiß nicht, was das für eine Brühe ist, aber ich habe Earl Grey bestellt. Das hier ist Früchtetee oder so und den Honig können Sie abräumen, ich will anständige Milch und Zucker."

„Tut mir sehr leid, Sir", sagte sie und nahm sein Kännchen und seine Tasse vom Tisch. Bessie Yang, die Yogalehrerin, sagte: „Ich glaube, das war mein Tee, meine Liebe. Ist schon in Ordnung. Sie können das Kännchen und den Honig zu mir bringen. Ich habe eine Tasse hier."

Die arme Katya fing an, ziemlich konfus auszusehen. Sie stellte das Teekännchen und den Honig vor die Yogalehrerin, die sanft sagte: „Und den Quinoa-Salat, wenn Sie einen Moment Zeit haben."

Die Kellnerin lächelte sie dankbar an und versprach, in der Küche nachzufragen, dann ging sie flink aus dem Raum. Der alte Mann schaute ihr nach und zog stirnrunzelnd seine weißen Brauen zusammen. Sein Schnurrbart sträubte sich ebenfalls in Habachtstellung, als er zu der mausartigen Dame sprach, von der ich annahm, dass sie seine Ehefrau war. „Ausländer!"

Rafe beugte sich vor und sagte: „Und da dachte ich, ein Afternoon Tea wäre eine öde Angelegenheit."

„Wir werden Granny viel zu erzählen haben. Ich gehe nur kurz aufs Klo und dann hätte ich gern noch eine Tasse Tee, wenn es dir recht ist."

„Ich habe keine dringenden Verpflichtungen."

Ich hatte nie viel von Vampiren gehalten, bevor ich nach Oxford gezogen war. Doch nun, da ich Rafe und die anderen Mitglieder des Strickclubs kennengelernt hatte, hatte ich Mitleid mit ihnen, die dazu verdammt waren, für immer auf

Erden zu wandeln – immer im Schatten, als Raubtiere, die die menschliche Rasse, der sie einst selbst angehört hatten, in Angst und Schrecken versetzten. Zumindest verfügten moderne Vampire über Blutbänke und andere Methoden, um das notwendige Blut zu bekommen und dank der Verbreitung von Hautkrebs hatte die moderne Technologie alle Arten von Stoffen erfunden, um die Sonne vom Körper fernzuhalten. Ein Vampir zu sein, musste heute viel angenehmer sein als früher, doch ich dachte trotzdem, dass es einen melancholisch stimmen musste, eine Zukunft zu planen, die nie endete.

Ich entschuldigte mich und ging nach oben, wo sich die Toiletten befanden. Ich musste an Mary Watt vorbei und hatte den Eindruck, dass sie geweint hatte. Sie sah alles andere als gut aus. „Miss Watt, ist alles in Ordnung?"

Bei meinen Worten schreckte sie auf. „Oh, ich war meilenweit weg. Eigentlich spüre ich nur mein Alter. Die Leitung des Elderflower ist zu viel für einen allein, ich muss darüber nachdenken, ob ich in den Ruhestand gehe. Es ist unmöglich, anständige Servicekräfte zu finden und alleine schaffe ich es nicht."

Ich gab einen mitfühlenden Laut von mir. Offenbar belastete sie die wieder aufgeblühte Liebesaffäre ihrer Schwester und deren Bedeutung für ihre Zukunft. Sie zog ein Taschentuch aus dem Ärmel ihres Pullovers und wischte sich über die Augen. „Schauen Sie sie doch an! Meine Schwester hat wegen dieses albernen Mannes völlig den Kopf verloren. Mit Sicherheit hat sie nichts Nützliches mehr gemacht, seit er hierhergekommen ist. Tja, wenn sie im Elderflower ein Gast sein möchte, sollte es vielleicht jemand anderem gehören."

Ihre Logik hinkte ein wenig, doch ich verstand ihre Stimmung.

„Ich bin mir sicher, sobald die anfängliche Aufregung über das Wiedersehen mit ihm verflogen ist, findet sie wieder zu ihrem normalen fleißigen Wesen zurück." Ich hatte keine Ahnung, ob das wahr war, doch ich wollte Mary Watt trösten.

Sie gab einen abfälligen Laut von sich. „Ach wirklich? Nun, ich kann Ihnen sagen, dass Sie vor fünfzig Jahren genauso verrückt nach diesem Mann war, und wenn ich nicht ..." Sie schüttelte den Kopf und steckte ihr Taschentuch ein. „Gut, das war vor Jahren. Ich bin sicher, Sie haben recht. Alles wird wieder gut. Ich muss zurück."

Als ich wieder am Tisch angelangt war, platzierte Miss Watt eine Gruppe von vier Damen, die ihr erzählten, dass sie alle gemeinsam zur Schule gegangen waren, in das St.Hilda's. Eine sah glamourös aus: mit schickem blonden Haar, modischer Brille und einem raffinierten schwarzen Hosenanzug. Die anderen drei hatten jeglichen Stil aufgegeben – falls sie sich überhaupt je darum geschert hatten. Ihr Haar war grau, sie schienen kein Make-up zu tragen und ihre Kleider waren eher mit dem Ziel der Bequemlichkeit als dem des Stils entworfen worden. Mary lächelte, als hätte sie keinerlei Sorgen, und sagte augenzwinkernd: „Hildabiester!" Die Frauen lachten alle fröhlich. „Ja, so ist es. Das war natürlich noch zu Zeiten, als es nur zwei Colleges gab, die Frauen offenstanden. Wir hatten Glück, dass wir Plätze bekommen haben."

„Und Sie sind auf ein Wiedersehen hier?"

Sie wurden sofort wieder ernst. Die Blondine lächelte traurig und wischte sich mit dem Handrücken über ihren Augenwinkel. „Eine Beerdigung. Wir haben das Alter erreicht, in dem wir uns nur sehen, wenn eine unserer Freundinnen von uns geht."

„Oh, das tut mir leid", sagte Miss Watt. „Darf ich Ihnen erst einmal eine gute Kanne Tee bringen?"

Die Blondine, die ihre inoffizielle Sprecherin zu sein schien, sagte: „Oh, ich denke, wir fangen mit einem Sherry an. Etwas, das uns etwas aufpäppelt, bevor wir unseren Tee trinken." Sie schaute in die Runde. „Es sei denn, ihr möchtet etwas anderes?" Alle einigten sich auf Sherry.

„Selbstverständlich."

Miss Watt ging in den hinteren Bereich des Saals, wo die Getränke aufbewahrt wurden, und kam an Katya vorbei, die ein schweres Tablett trug. Sie ging auf den mürrischen Mann zu, der sich beschwert hatte. „Hier ist Ihr Earl Grey."

Als sie den Tee unsanft auf seinen Tisch stellte, schaute er sie zornig an. „Wird ja auch Zeit! Ich kann mir vorstellen, dass er inzwischen kalt ist. Und meinen Scone habe ich inzwischen aufgegessen."

Sie murmelte etwas, das entweder eine Entschuldigung oder ein polnischer Fluch hätte sein können, und trug ihr wackeliges Tablett dann zu Florence Watt und Gerald Pettigrew. Ich behielt das Tablett fest im Auge, doch es war keinerlei magischer Eingriff nötig, damit es ihr gelang, die dreistöckige Etagere voller Sandwiches, Scones und kleinem Gebäck neben zwei Kännchen Tee und zwei Gläsern Sekt ohne weitere Missgeschicke auf Miss Watts Tisch zu stellen.

Florence Watt hob den Deckel ihres Teekännchens, rümpfte dann die Nase und schüttelte den Kopf. Sie setzte den Deckel wieder auf und tauschte ihr Teekännchen mit dem von Gerald. Ich beobachtete, wie sie die gleiche Prozedur wiederholte, nickte und sich dann Tee einschenkte.

Mary Watt erschien mit dem Sherry und stellte vier Gläser vor die vier Damen vom St. Hilda's. Die vier Damen stießen auf ihre verstorbene Freundin an, und während sie tranken und plauderten, erinnerten sie mich an meine Großmutter und ihre Freundinnen. Ich hatte mich immer noch nicht daran gewöhnt, dass sie von-uns-gegangen-aber-nicht-fort war. Wie viel schwieriger musste es für sie sein? Vielleicht hatte Rafe recht, und wir sollten woanders hinziehen, damit sie raus in die Öffentlichkeit konnte. Zumindest solange, bis sie sich an ihr neues Leben gewöhnt hatte.

Rafe unterbrach meine Gedanken. „Deine Großmutter wird den Übergang schaffen, aber das braucht Zeit."

Mit einem Ruck kehrte mein Blick zu seinen Augen zurück. „Kannst du Gedanken lesen?"

Er sah belustigt aus. „Bei dir braucht man kein Gedankenleser zu sein, Lucy. Dein Gesicht ist so ausdrucksstark."

Ich kam mir ein wenig dumm vor. „Ein Pokerface habe ich mit Sicherheit nicht."

„Und auch nichts zu verbergen, was sehr erfrischend ist. Die meisten von uns verwenden viel Zeit und Energie darauf, ihre Gedanken zu verheimlichen."

Er sah melancholisch aus, aber ich wollte meine Nase nicht in seine Angelegenheiten stecken. Ich ahnte, dass es besser für mich war, wenn er nicht nur seine Gedanken, sondern auch seine Vergangenheit vor mir versteckte.

Der mürrische, militärisch aussehende Mann rief Miss Watt durch den Raum zu, dass er zahlen wolle. Als sie seine Stimme hörte, drehte sich die Blonde der vier Damen zu ihm um. „Ach, Colonel Montague. Wie schön, Sie zu sehen."

Als er sie sah, entspannte sich sein verdrossener

Ausdruck. „Miss Everly. Ich sehe, Sie sind an den Ort Ihrer Jugend zurückgekehrt."

Sie lachte kokett, stand auf und ging zu ihm und seiner Frau, um ein paar Minuten mit ihnen zu plaudern. Die Ehefrau setzte ein höfliches Lächeln auf, doch wer wirklich erfreut aussah, war der Colonel, und sein erzürntes Auftreten wich so schnell von ihm, dass es einem wie Sonnenschein nach einem Unwetter vorkam.

Miss Watt brachte ihm seine Rechnung und er setzte seine Unterhaltung mit Miss Everly fort. Im grauen Nachmittagslicht, das zum Fenster hereinschien, hatte ich den Eindruck, dass er rot im Gesicht wurde. Vielleicht war er verlegen, oder vielleicht kam er sich albern dabei vor, im Beisein seiner Gattin mit einer anderen Frau anzubändeln.

Miss Everly kehrte zu ihrem Tisch zurück.

Florence und Gerald hatten inzwischen ihren Sekt ausgetrunken und hatten ihre Sandwiches und ihr Gebäck kaum angerührt. Sie schienen weniger am Essen und eher aneinander interessiert zu sein.

Jemand begann zu husten. Versunken in meine Gedanken über Florence und Gerald, nahm ich es kaum zur Kenntnis, da wurde das Husten schlimmer. Es war der mürrische Mann am Fenster. „Verzeihung", war alles, was er herausbekam. Er hustete und hustete und wurde immer roter im Gesicht.

Die Gespräche verstummten, als das schrecklich quälende Husten sich fortsetzte.

Miss Everly sprang auf und rief mit lauter und scharfer Stimme: „Wasser! Bringen Sie ihm Wasser!"

Er winkte sie fort, als sie auf ihn zukam, doch sie ignorierte seinen Protest und klopfte ihm auf den Rücken. „Ersticken Sie?", rief sie laut genug, um sein Husten zu übertönen.

Er schüttelte den Kopf und stand entschlossen auf.

Florence Watt war auf Miss Everlys Kommando von ihrem Tisch aufgesprungen und in den hinteren Teil des Saals gerannt, in dem ein Krug Wasser und Gläser standen. Schnell füllte sie ein Glas und eilte zu ihm.

Der Colonel fasste sich mit beiden Händen an seinen Hals. Ich habe noch nie jemand mit Schaum vor dem Mund gesehen, aber das war genau das, was mit ihm geschah.

„Teddy!", schrie seine Frau und sprang auf.

„Er erstickt", sagte Miss Everly. „Ich probiere es mit dem Heimlich-Manöver."

Ich hatte das hilflose Gefühl, dass ich irgendetwas tun wollte, aber keine Ahnung hatte, was genau. Ich erhob mich langsam – vielleicht dachte ich, ich könnte seinen Kragen lockern –, da legte Rafe seine Hand auf meine. „Lass ihn. Es kann jetzt nichts für ihn getan werden."

Miss Everly legte ihre zu Fäusten geballten Hände unter sein Zwerchfell und drückte es mit beeindruckender Kraft nach oben. Er stieß Luft und Blasen aus. Dann sackte der Mann ein und zog Miss Everly mit sich zu Boden.

Bessie Yang sagte etwas zu ihrer Tischgenossin und die Frau stand anscheinend widerwillig auf. Sie ging zum Colonel hinüber, der japste und um sich schlug. „Bitte treten Sie zurück! Ich bin Ärztin." In dem Moment sah sie aus, als würde sie sich wünschen, sie hätte auf das Medizinstudium verzichtet, um dazu berechtigt zu sein, ihren Tee in aller Ruhe auszutrinken. Die Gattin des Mannes schrie: „Teddy, was ist los?"

Die Ärztin wandte sich an Miss Everly, die gerade

mühsam auf die Knie kam, und sagte: „Helfen Sie mir, ihn auf die Seite zu rollen." Dann fragte sie die Ehefrau: „Ist er Epileptiker?"

„Nein, so etwas hat es in unserer Familie noch nie gegeben."

„Eine Herzkrankheit?"

Die Ehefrau begann zu weinen und rang die Hände. „Schnell! Hat er Beschwerden, von denen ich wissen sollte?"

„Nein. Letztes Jahr hatte er einen Schlaganfall, doch der Arzt sagte, er sei leicht gewesen."

„Rufen Sie einen Krankenwagen!", befahl die Ärztin. Sie knöpfte sein Hemd auf, während sie redete. Ich konnte nicht sehen, was sie machte, doch dann wurde der Colonel ruhiger.

Seiner Frau schien es inzwischen schwerzufallen zu verstehen, was da vor sich ging. „Er nimmt Tabletten für seinen Blutdruck. Abgesehen davon ist er kerngesund."

Die Ärztin sah sie mitleidig an. Sie schirmte ihn vor den Blicken ab, doch wir konnten sehen, dass er in sich zusammengerollt dalag. „Ich muss Ihnen mitteilen, dass Ihr Mann schwer krank ist."

Rafe beugte sich zu mir vor. „Vielmehr ist er tot."

INNERHALB WENIGER MINUTEN WURDE KLAR, dass Rafe die Wahrheit gesagt hatte. Das Husten und das Zucken des Mannes hörten auf. Er lag ruhig und still da. Nach all der Aufregung war es unnatürlich still im Teelokal. Alle Augen waren auf ihn gerichtet.

Viele Gäste waren von ihren Stühlen aufgestanden, aber

niemand schien zu wissen, was zu tun war. Die Ärztin wandte sich der besorgt aussehenden Ehefrau zu und sagte: „Es tut mir sehr leid, aber Ihr Mann ist von uns gegangen."

„Gegangen? Aber er ist doch genau hier."

„Er ist tot. Es tut mir so leid."

Die Frau starrte einen Moment lang vor sich hin und ihr Gesicht wurde knallrot, und dann totenblass und sie begann zu schluchzen. Miss Everly stand auf und zog ihren Stuhl näher an die schluchzende Frau heran. Sie schaute sich um: „Mary? Könnten wir hier vielleicht noch einen Sherry haben?"

„Kennst du die Ärztin?", fragte ich. Rafe kannte normalerweise alle.

„Nur vom Sehen. Dr. Amanda Silvester. Sie arbeitet in einer Klinik in der Mansfield Street."

Gerald Pettigrew stand auf und ließ fast seinen gesamten Afternoon Tea unberührt. „Ach, was für ein tragisches Ereignis! Ich denke, das Beste ist es, wenn wir diesen armen Mann in Frieden lassen." Florence schien sich unsicher zu sein, ob sie mit ihm gehen oder bei ihrer Schwester bleiben sollte. Dr. Silvester antwortete ihm mit einem Kopfschütteln. „Niemand darf diesen Ort verlassen. Zumindest nicht, bevor die Polizei hier ist."

Er streckte die Brust heraus, als wolle er widersprechen, da rief Florence Watt: „Die Polizei?"

Die Ärztin stand wieder auf. „Ich fürchte, ja. Natürlich müssen wir eine Autopsie vornehmen, aber ich glaube, dieser Mann wurde vergiftet."

Die Schwestern Watt drehten sich zueinander um und schauten sich an, dann rückten sie enger zusammen, bis sie Schulter an Schulter standen. Mary Watts sagte: „Vergiftet?

Aber wir haben ausgezeichnete Hygienestandards und unser Gebäck ist täglich frisch. Ich bin sicher, dass Sie sich irren. Seine Frau sagte, er nehme Tabletten für sein Herz."

Die Ärztin schaute sie mitfühlend an, hatte aber offensichtlich keinerlei Absicht, sich von der Teeladenbesitzerin in einen Streit über die Todesursache des Mannes verwickeln zu lassen. Sie wiederholte einfach nur, dass sie das nicht sicher wissen konnte, bis eine Autopsie vorgenommen wurde.

Danach war alles schrecklich. Mitten in der Teestube lag ein Toter wie der sprichwörtliche Elefant mitten im Raum. Ich hätte alles dafür gegeben, tatsächlich einen Elefanten dort zu sehen, und nicht einen Mann, der vor meinen Augen gewaltsam gestorben war. Ich sah Rafe an. „Denkst du, er wurde vergiftet?"

Er nickte.

Ich konnte es nicht begreifen. „Du meinst, absichtlich?"

„Das wäre meine Vermutung."

„Das würde ja bedeuten, er wurde ..."

„Ermordet. Ja, ich glaube, das wurde er."

Ich spürte, wie ein kalter Schauer über meine Haut hoch- und runterlief. Die Anwesenden begannen leise miteinander zu reden. Und übertönt wurden die Stimmen von den wehklagenden Schluchzern einer frisch gebackenen Witwe.

KAPITEL 4

$\mathcal{E}$s war eine Erleichterung, als die Polizei eintraf. Kriminalkommissar Ian Chisholm fiel mir zuerst ins Auge. Ich hatte ihn noch nie so ernst gesehen. Neben ihm stand ein älterer, korpulenter Mann, der offensichtlich das Sagen hatte. Sie blieben beide am Eingang der Teestube stehen und ich hatte den Eindruck, jeder würde sich im Geiste eine Fotografie vom Tatort machen.

Als Ian seinen Blick über die Menge schweifen ließ, sah er mich. Seine Augen erhellten sich einen Moment lang und bildeten Fältchen an den Winkeln, dann nickte er mir fast unmerklich zu. Ich fühlte mich sofort besser, als ich wusste, dass er da war. Der ältere Mann sagte in gebieterischem Ton: „Der alte Mann sagte in gebieterischem Ton: „Ich bin Detective Chief Inspector Roderick Blake und das hier ist Detective Inspector Ian Chisholm. Jeder von Ihnen muss eine Aussage machen, sobald wir einen geeigneten Ort finden, bringen wir Sie dorthin. In der Zwischenzeit bleiben Sie bitte, wo Sie sind."

Die Amerikanerin schrie: „Sie können uns doch nicht mit dem Toten hierlassen!"

Ein Mann schnauzte zurück: „Der kann Ihnen nichts tun."

„Nur ein paar Minuten noch, wenn es Ihnen nichts ausmacht, Madam", sagte der Chief Inspector.

In diesem Moment traf der Polizeifotograf zusammen mit einem großen, dünnen Mann ein, der sofort zu Dr. Silvester ging. Rafe sagte: „Das ist Dr. Fred Gilbert, Gerichtsmediziner und Polizeiarzt. Es war richtig, dass sie ihn gerufen hat." Die beiden Ärzte hockten sich neben die Leiche, während der Fotograf Aufnahmen machte – nicht nur vom Körper, sondern auch von allem, was sich auf dem Tisch befand. Und nachdem der Kommissar uns aufgefordert hatte, uns wieder auf unsere Plätze zu setzen, und zwar genau so, wie wir gesessen hatten, als der Mann gestorben war, fotografierte er auch uns alle.

Die Sanitäter hoben die Leiche auf eine Trage und bedeckten sie mit einem Laken. Ich war froh für die Witwe, dass sie ihn nicht in einen Leichensack verpackt hatten. Das hätte sich irgendwie respektlos angefühlt. Obwohl ich bezweifle, dass sie es überhaupt bemerkt hätte. Sie saß jetzt mit den vier Damen am Tisch, die hierhergekommen waren, um eine andere Freundin zu betrauern.

Sie sah fassungslos aus, saß nur da und sagte: „Ich kann es nicht glauben. Das kann nicht wahr sein. Teddy hat morgen seinen Golfausflug. Er hat sich so darauf gefreut." Sie verschränkte ihre Arme auf dem Tisch, senkte ihren Kopf und schluchzte. Als die Bahre an uns vorbeigerollt war, bemerkte ich, dass Miss Everly ihre Augen geschlossen hatte und ihre Lippen sich bewegten – im Gebet, vermutete ich.

Die irische Frau hob ihre Hand, als die Überreste des Colonels an ihr vorbeikamen. Statt sich zu bekreuzigen, wie ich angenommen hatte, streckte sie ihren Mittelfinger in die Luft.

„Hast du das gesehen?", flüsterte ich Rafe zu. „Sie hat ihm den Stinkefinger gezeigt."

„Ich frage mich, warum." Während wir sie weiter beobachteten, kehrte die Frau der Leiche ihren Rücken zu, während diese ihren Weg fortsetzte.

Ich konnte es nicht glauben. „Zuerst zeigte sie ihm den ausgestreckten Mittelfinger und dann kehrte sie ihm den Rücken zu. Warum sollte man so etwas tun?"

„Das sieht ganz nach dem aus, was dein Volk machen würde: jemanden verfluchen und ihn dann meiden."

„Mein Volk?" Ich wusste, dass er damit Hexen und nicht Amerikaner meinte, doch es fiel mir nicht leicht, eine Hexe zu sein. Ganz gewiss wollte ich nicht mit jemandem in Verbindung gebracht werden, der einen Toten so respektlos behandelt.

Seine Augen funkelten vor Belustigung, doch er überließ mich weise meinem Zorn, ohne weitere Kommentare abzugeben.

Der Chief Inspector forderte uns auf, nichts zu berühren oder zu bewegen und absolut nichts von dem, was vor uns stand, zu essen oder zu trinken. Er hätte sich keine Sorgen machen müssen. Noch zur Hälfte gefüllte Teller, Tassen voller Tee: Alles blieb unberührt. Die Amerikanerin, die wie eine New Yorkerin klang, sagte: „Mir wird langsam schlecht. Meinst du, das ist eine Wurstvergiftung? Erinnerst du dich, als dieses Delikatessengeschäft in der 41st geschlossen wurde?"

„Das waren Salmonellen", sagte ihr zuvorkommender Ehemann. „Hier, nimm einen Minzbonbon!"

Sie beäugte die Schachtel misstrauisch. „Die hast du nicht hier gekauft, oder?"

„Nein, am Flughafen." Erst dann nahm sie sich einen Bonbon.

DAS ELDERFLOWER WURDE BRECHEND VOLL, da immer mehr Polizeikräfte eintrafen und keine Kunden weggingen. Eine der Damen, die bei Miss Everly saßen, stellte sich als Küsterin bei der Kirche um die Ecke heraus und hatte den Schlüssel vom Gemeindesaal. Wir wurden alle höflich gebeten, uns zum Saal zu begeben, in dem wir befragt werden würden, bevor wir gehen durften.

Die irische Frau trat an uns heran, als wir aufstanden und zur Tür gingen. „Ach, ist das nicht ein schrecklicher Vorfall?", fragte sie und ging neben mir her. „Was für eine Vorstellung: ein Mann, der vor seinem Tee tot zusammenbricht."

„Haben Sie ihn gekannt?" Aus ihrem merkwürdigen Verhalten schloss ich, dass sie entweder Groll gegen den Colonel hegte oder dem Tod im Allgemeinen den Stinkefinger zeigte.

Sie zögerte. „Nein. Ich bin dem Mann nie begegnet." Okay, vielleicht hegte sie Groll gegen den Tod. Je länger ich in Oxford unter Hexen und Vampiren lebte, desto weniger Dinge überraschten mich.

Als wir in Reihen aus dem Elderflower traten und die Straße entlang zur Kirche gingen, müssen wir wie ein Trauerzug ausgesehen haben. Die Erkerfenster des Elderflower

sahen wie hervorstehende Augen aus, die uns beim Vorbeigehen anstarrten. Mein Laden war hell erleuchtet und ich
sehnte mich danach, dort drinnen zu sein, bei all der Wolle,
mit der ich nicht stricken konnte, bei den Mustern, die ich
nicht verstand, und bei einer Verkäuferin, die mich und mein
Geschäft verachtete.

Die Harrington Road endete an der New Inn Hall Street,
wo die Methodistenkirche St. John stand, wie am Kopf eines
langen Tisches, mit dem Friedhof auf der linken Seite und
dem Gemeindesaal auf der rechten. Es gab viele hübsche
Gebäude in Oxford. Der St. John's Gemeindesaal war keines
davon. Das niedrige, graue Steingebäude wirkte auch dann
noch düster und ungemütlich, als Bessie Yang das Licht ange-
schaltet hatte. Im Raum standen lange Tische in Reihen, und
Schilder an der Wand luden die Gemeindemitglieder dazu
ein, dem Chor beizutreten. Es roch nach Staub und
Schimmel.

Der Chief Inspector setzte sich an einen Tisch im
vorderen Teil des Raums und forderte uns alle auf, uns zu
setzen. Man würde uns befragen und wir wurden gebeten,
unsere Hosen-, Jacken- und Handtaschen zu leeren.

Als Erste rief er die Witwe zu sich. Sie schien nicht in der
Lage zu sein, sich zu bewegen, bis die freundliche und
patente Miss Everly ihren Arm um sie legte und sie stützte.

Dann holten Ian oder einer der beiden uniformierten
Beamten eine Partei an ihren Tisch, stellten Fragen und
machten sich Notizen, bevor die Nächste an der Reihe war.
Rafe und ich saßen am Ende eines der langen Tische und
warteten darauf, dass sie uns aufriefen. Ich beugte mich vor
uns flüsterte: „Das fühlt sich an wie Speed-Dating."

„Wie was?", fragte mich Rafe. Stimmt, ich bezweifle, dass

55

es damals zu Shakespeares Zeiten, oder wann auch immer er jung gewesen war, Speed-Dating gab.

Ich machte vielleicht oberflächliche Bemerkungen, aber mir war auch etwas unheimlich. „Wenn der Colonel ermordet wurde, dann könnte sein Mörder in diesem Raum sein." Ich schaute mich um, aber alle wirkten so *normal*. Die vier Damen, die gekommen waren, um ihre Freundin zu betrauern. Die Frau, die Yoga unterrichtete und ihre Freundin, die Ärztin. Tische mit verwirrt aussehenden Touristen und der arme Gerald Pettigrew, der nun allein herumsaß und sich offensichtlich wünschte, woanders zu sein.

Florence und Mary standen, nicht weit von uns entfernt, nebeneinander. „Das ist schrecklich", sagte Florence. „Das wird man uns nie vergessen."

Aber Mary schien der Herausforderung gewachsen zu sein. „Unsinn. Es ist ein unglücklicher Zwischenfall, aber wir schaffen das. Wir haben einen Betrieb, den wir leiten müssen."

Das stimmte. Und das Gleiche galt für mich. „Ich rufe besser Agatha an", sagte ich zu Rafe. Wahrscheinlich würde sie den Laden schließen müssen. Ich ging mit meinem Handy in die hinterste Ecke des Saals, um die Ermittlungen nicht zu stören. Ich sagte meiner Verkäuferin, dass ich eventuell spät dran sein würde und versuchte, mir eine plausible Ausrede einfallen zu lassen, doch sie zeigte keinerlei Neugier für die Frage, warum ich dem Laden eventuell fernblieb, und sagte nur, dass sie die Tür abschließen würde, wenn ich bis fünf nicht zurück war.

Ich ging an Katya vorbei, die im hinteren Teil des Raums stand. Bei ihr war ein junger Mann, den ich noch nie gesehen hatte. Sie redeten leise miteinander. Ich konnte nur ahnen, dass es sich um ihren Bruder, den Koch, handelte. Er war muskulös, ein gut aussehender Typ, der vielleicht in meinem Alter oder ein bisschen älter war – sagen wir Ende zwanzig – und durchschnittlich groß. Unter seinem kurzärmeligen T-Shirt konnte ich eine Drachen-Tätowierung auf seinem Bizeps sehen.

Die Kirchendienerin brachte eine Wasserkiste herein und reichte Flaschen herum, während wir warteten. Die Menschen schauten auf ihre Armbanduhren oder auf die Wanduhr, die die Zeit scheinbar festhielt und sie dann stoßweise mit einem Rülpsen weiterlaufen ließ. Der Einzige, der unbesorgt zu sein schien, war Rafe – als hätte er alle Zeit der Welt, was natürlich stimmte.

Ian war derjenige, der an unseren Tisch kam: Ich war mir nicht so sicher, ob zufällig oder gewollt. „Es tut mir leid, dass so etwas Schockierendes gerade dann passiert, wenn Sie sich eine Tasse Tee gönnen." Zweifellos hatte er das zu jedem Befragten gesagt.

„Es war schrecklich", stimmte ich ihm zu.

Er nickte und öffnete sein Notizbuch. „Lucy, ich beginne mit Ihnen. Ich denke, das meiste weiß ich schon, aber gehen wir es noch einmal für die offiziellen Akten durch. Ich brauche Ihren vollständigen Namen, Geburtsdatum, Adresse und Kontaktangaben. Ich fürchte, ich muss Sie bitten, mir ein offizielles Ausweisdokument zu zeigen."

„Selbstverständlich!" Ich griff zu meiner Handtasche. Ich fragte mich, wie Rafe sich ausweisen würde. Er war jemand, der dazu neigte, im Schatten zu bleiben. Ob er wohl so etwas Profanes wie einen Führerschein oder einen Pass besaß? Er griff entspannt in seine Hosentasche und zückte eine absolut modern aussehende Brieftasche, die einen absolut rechtmäßig aussehenden Ausweis enthielt. Unsere Blicke trafen sich und er blinzelte mir fast unmerklich zu.

Nach diesen einleitenden Maßnahmen bat Ian mich, alles zu beschreiben, was ich gesehen hatte. „Lassen Sie sich Zeit!"

Was hatte ich gesehen? „Es war alles ein großes Durcheinander. Lassen Sie mich überlegen!" Ich versuchte, an alle Einzelheiten zu denken, an die ich mich erinnerte. „Der Mann, der gestorben ist, Colonel Montague, hat sich wegen seines Tees wirklich rüpelhaft benommen. Deshalb kenne ich seinen Namen, wissen Sie? Er hat die Kellnerin mit sehr lauter Stimme zu sich gerufen, weil sie ihm den falschen Tee gebracht hatte. Er wollte Earl Grey und hat den Früchtetee bekommen, der für Bessie Yang, die Yogalehrerin, bestimmt gewesen war.

„Eine der Damen am Nebentisch hat seine Stimme erkannt und ihn beim Namen gerufen. Ich glaube, ihr Name war Miss Everly. Sie und ihre Freundinnen waren wegen der Beerdigung einer ihrer Kommilitoninnen vom College hier." Ich merkte, dass ich abschweifte. Es war schwer, mich zu fokussieren, wenn mein Verstand immer wieder jedem rationalen Gedanken aus dem Weg ging und dachte: „Oh mein Gott, dieser alte Mann ist direkt vor mir gestorben!" Ich sagte es zwar nicht laut, doch das Gefühl der Nervosität störte meine Konzentration.

Ian bremste mich nicht und unterbrach mein Geschwafel auch nicht. Er sah mich ruhig an, als wäre alles, was ich zu sagen hatte, faszinierend, und irgendwie half das, mich wieder in den Griff zu bekommen.

Rafe, der so kalt und beherrscht dasaß, half mir ebenfalls, und es gelang mir, das aufgeregte Geplapper und die Frage-

Antwort-Gespräche um mich herum auszublenden und mich darauf zu konzentrieren, der Polizei dabei zu helfen herauszufinden, wer diese schreckliche Tat begangen hatte.

Ich holte tief Luft und schaute zu Bessie, die einige Tische vor uns saß. Sie war eine Oase der Ruhe inmitten dieser schrecklichen Erfahrung, und ich versuchte mir vorzustellen, ich wäre genau hier in einer ihrer Yoga-Stunden am Dienstagabend oder am Samstagvormittag, und ihre ruhige, tiefe Stimme würde sagen: „Es gibt nur Sie und Ihre Matte." Ich schloss meine Augen und ließ die Szene, von der ich Zeugin geworden war, wie einen Film abspielen.

„Als wir hereinkamen, saßen der Colonel und die Dame, von der ich annahm, dass sie seine Frau war, schon am Tisch. Dann kamen diese vier Damen. Miss Florence Watt und ihr …" Ich zögerte und suchte nach dem richtigen Wort, „ihr Freund sind kurz danach eingetroffen. Sie haben an unserem Tisch Halt gemacht und ein paar Minuten geplaudert. Dann haben sie sich an den Fenstertisch gesetzt."

„An den Nachbartisch von Colonel Montague."

„Ganz genau. Die Kellnerin Katya hat unsere Bestellung aufgenommen und ist in die Küche zurückgekehrt." Ich hatte in Betracht gezogen, ihm von den Anfeindungen zwischen den beiden Schwestern Watt zu erzählen und beschlossen, dass sie irrelevant waren. „Sie kam zurück, um die Bestellung von Miss Watt und ihrem Freund aufzunehmen und als sie das getan hatte, rief Colonel Montague sie zu sich, um sich darüber zu beschweren, dass er den falschen Tee bekommen hatte. Er sagte, es war Früchtetee und er hatte …" Ich hielt wieder inne. „Entschuldigung. Das habe ich Ihnen schon gesagt."

„Ist schon in Ordnung. Besser, Sie erzählen mir Dinge

zweimal, als dass Sie etwas auslassen." Er war so ruhig, so beruhigend, so nett. Ich lächelte dankbar und setzte meinen Vortrag fort.

„Katya räumte seinen Tee und den Honig ab, brachte alles zu Bessie und ging zurück in die Küche. Sie kam mit einem neuen Kännchen Tee für ihn zurück. Er beschwerte sich, dass er seinen Scone bereits aufgegessen hatte, nahm es aber trotzdem."

„Haben Sie gesehen, dass er den Tee getrunken hat?"

Ich schloss meine Augen. Er war in meinem Blickfeld gewesen, doch ich war nicht besonders interessiert daran, ob ein mürrischer alter Mann seinen Tee trank oder nicht. Als ich mich konzentrierte, erinnerte ich mich jedoch daran, wie seine Silhouette vor dem Fenster ausgesehen hatte. Ich hatte ihn definitiv gesehen. „Ja. Ich habe gesehen, dass er ihn getrunken hat. Er nahm einen Schluck, verzog das Gesicht und gab dann mehr Zucker hinein."

Ich hielt inne und versuchte, mich an alles in der richtigen Reihenfolge zu erinnern. „Dann brachte Katya einen Champagne Afternoon Tea an den Tisch von Miss Watt und Mr Pettigrew."

„Wissen Sie, welche Sorte Tee sie getrunken haben?"

„Florence Watt hatte einen English Breakfast und Gerald Pettigrew hat Earl Grey bestellt." Ich erinnerte mich an das Gebärdenspiel, als sie an den Getränken gerochen und sie dann ausgetauscht hatte. „Sie haben ihren Tee bekommen und ihn dann getauscht." Ich seufzte. „Die neue Kellnerin hat Probleme damit, sich zu erinnern, welcher Tisch welche Nummer hat und wer was bestellt hat. Sie ist halt neu."

Er schrieb nicht viel auf, sondern hörte meist nur zu. Ich kann mir vorstellen, dass er das alles bereits gehört hatte. Er fragte: „Und haben Sie das bekommen, was Sie bestellt hatten?"

Ich war froh, ihm sagen zu können, dass Katya zumindest in unserem Fall keine Fehler gemacht hatte und zählte ihm auf, was wir bestellt hatten.

„Haben Sie noch jemand anderen gesehen, der zu Colonel Montague an den Tisch getreten ist?"

„Miss Everly hat mit ihm gesprochen. Sie hat sich von ihrem Stuhl erhoben, sie haben sich die Hände gereicht und dann hat sie, glaube ich, mit seiner Frau geredet. Aber ich habe nicht gesehen, dass sich noch jemand anderes seinem Tisch genähert hat – außer Miss Watt, die sich natürlich zumindest einmal bei jedem Gast vergewissert, dass er zufrieden ist, und die ihnen die Rechnung gebracht hat, denke ich. Aber es gibt immer Leute, die herumlaufen, kommen und gehen oder nach den Toiletten suchen."

„Haben Sie gesehen, ob der Colonel irgendeine Art von Medizin genommen hat?"

Ich schüttelte den Kopf. „Nein, aber ich habe ihn nicht die ganze Zeit beobachtet." Ich war weitaus interessierter an dem Drama gewesen, das sich zwischen den Schwestern Watt abgespielt hatte.

„Haben Sie gesehen, was er gegessen hat?"

„Nein. Wie ich schon gesagt habe, war er bereits bedient worden, als wir ankamen. Es war nur sein Aufstand wegen des Tees, der dafür gesorgt hat, dass ich ihn überhaupt zur Kenntnis genommen habe. Allerdings sagte er, dass er seinen Scone schon aufgegessen habe, als sie ihm den richtigen Tee brachte."

„Und es war definitiv die junge Polin, die ihn bedient hat?"

„Ja. Obwohl wir nicht sicher sind, dass sie Polin ist."

„Wie bitte?"

Ich erzählte ihm, wie merkwürdig sie sich benommen hatte, als Rafe Polnisch mit ihr gesprochen hatte.

Ian schaute uns beide abwechselnd an. Er wandte sich Rafe zu, der resigniert und etwas gelangweilt aussah. „Sie sprechen Polnisch?"

„Ja. Vielleicht nicht wie ein Muttersprachler, aber gut genug, um mich damit durchzuschlagen." Ian schaute ihn immer noch neugierig an, und der Vampir sagte: „Ich interessiere mich für Sprachen. Und natürlich kommen sie mir bei meiner Arbeit zugute."

Ian schaute zu Katya und ihrem Bruder, die gemeinsam in einer Ecke standen und Wasser aus Flaschen tranken. Ein uniformierter Polizist stand bei ihnen und Ian zog seinen Blick auf sich und winkte ihn heran. Er bat den Polizisten, Katya an unseren Tisch zu bringen, und nachdem sie Rafe gesehen hatte, sagte sie leise etwas zu ihrem Bruder. Er nickte und die beiden kamen an unseren Tisch.

Das Mädchen sah missmutig und, wie mir schien, verängstigt aus, während ihr Bruder wie ein Draufgänger auf uns zukam. Er erinnerte mich an die Muskelpakete in meinem Fitnessstudio zu Hause in Boston, die in o-beiniger Sorglosigkeit herumstolzierten und die möglichst schwere Gewichte hoben, während sie sich dabei im Spiegel anschauten. Ich verstand, dass sie das machten, um ihre Haltung zu kontrollieren, aber ich habe bei dieser Gepflogenheit immer den Verdacht gehabt, dass ausgeprägte narzisstische Züge mit im Spiel waren.

Das Paar setzte sich, wie von Ian angewiesen, einander gegenüber an den Tisch. Er drehte sich so um, dass er beiden gut ins Gesicht schauen konnte. Er sagte ihnen, dass er ihre vollständigen Namen und ihre Adressen aufnehmen müsse, und ihre offiziellen Ausweisdokumente sehen wolle.

Die beiden wechselten einen Blick und der Bruder sagte: „Wir haben keine mitgenommen. Die sind in der Wohnung." Sein Akzent war genauso schwer wie der von Katya. Dafür, dass sie Geschwister waren, sahen sie sich nicht sehr ähnlich. Er sah sehr viel attraktiver aus als sie, mit seinen großen blaugrauen Augen – eingerahmt von dunklen, gebogenen Wimpern, für die jede Frau über Leichen gehen würde –, mit seinem robusten Knochenbau und seinen vollen Lippen. Als er sah, dass ich ihn musterte, lächelte er mich an. Sogar seine Zähne waren gut. Groß und weiß, als hätte er gern einen Bissen von mir genommen. Sein freches Grinsen gab zu verstehen, dass ich es genießen würde.

„Irgendjemand begleitet Sie später nach Hause und dann geben Sie uns die Ausweise. Habe ich richtig verstanden, dass Sie aus Polen kommen?"

Erneut wechselten sie diesen verstohlenen Blick, den sie gemeinsam hatten, und sie nickten beide. Katya begann, mit ihren Händen zu spielen, rieb mit ihren Daumen über ihre Nägel hin und her, als würde sie sie glänzend polieren wollen. „Wo in Polen?"

„Krakau."

Ian sagte: „Da bin ich noch nie gewesen. Ich höre immer, dass es eine schöne Stadt ist."

„Ja, wirklich hübsch."

„Und was bringt Sie hierher?"

Er zuckte die Achseln. „Mehr Möglichkeiten."

Katya warf einen Seitenblick auf Rafe und senkte dann ihren Blick auf den Tisch.

Ian sagte: „Ich glaube, Sie kennen Krakau sehr gut, Mr Crosyer.“

Der Adamsapfel des Küchenchefs trat hervor, als er schluckte. „Ich war schon seit Jahren nicht mehr dort.“

Rafe lächelte. Ich fragte mich, ob er dieses Lächeln seinen Opfern schenkte, bevor er sie in den Hals biss. Irgendwie fing ich an, Mitleid mit Katya und ihrem Bruder zu haben. „Aber es ist ja keine Stadt, die sich übermäßig stark verändert. Aus welchem Stadtteil kommen Sie?“

Der junge Mann zögerte und sagte dann: „Aus dem Ostteil.“

Rafe nickte. „Wolschski oder Nie mówię po polsku?“

Er musste wohl wissen, dass er sich in einem schnellen Sinkflug befand, doch der Bruder spielte bis zum Ende mit. Er rieb seinen Nacken. „Aus dem zweiten.“

Und dann begann Rafe – wie es von Anfang an unvermeidlich gewesen war –, auf Polnisch mit ihm zu sprechen.

Neben mir fluchte das Mädchen leise flüsternd, doch es war ein sehr angelsächsisches Wort – von einem polnischen Akzent war nicht die Spur zu hören.

Ihr Bruder antwortete: „Sie sprechen sehr gut Polnisch, aber meine Schwester und ich sprechen in diesem Land lieber Englisch.“

Rafe schien das Spiel mit seiner Beute zu beenden. Er lächelte und lehnte sich auf seinem Stuhl zurück. „Wolschski ist in Russland, in der Nähe von Wolgograd. Der zweite Stadtteil, den ich erwähnt habe, ist eigentlich ein Satz, der bedeutet: ‚Ich spreche kein Polnisch.‘“

Da übernahm Ian und kniete sich in die Sache rein: Er sah taffer aus, als ich ihn je gesehen hatte. Ich hatte nicht gewusst, dass er den bösen Bullen spielen konnte, aber er machte es gut. „Warum hören Sie nicht auf, meine Zeit zu verschwenden und sagen mir, woher Sie kommen?"

Das Mädchen neben mir sagte ihm: „Ach, sag es ihnen einfach, Jim. Sie wissen, dass wir keine Polen sind, also ist es sinnlos, ihnen etwas vorzumachen." Sie sprach mit australischem Akzent und wirkte verblüffend anders, wenn sie ganz natürlich redete. Ihr ganzes Gesicht machte eine Veränderung durch und der Tonfall ihrer Stimme war höher und angenehmer.

Der Mann, den sie Jim nannte, zuckte die Achseln und öffnete seine Hände. Er lehnte sich zurück und fand zu seinem prahlerischen Auftreten zurück. Er verzog das Gesicht zu einem Grinsen. „In Ordnung. Es war einfach ein Jux. Wissen Sie, wir sind Schauspieler. Wir haben uns gefragt, ob wir in der Lage sind, eine Rolle zu spielen und sie nicht nur für ein paar Stunden oder einen Abend auf der Bühne beizubehalten, sondern rund um die Uhr. Es klappte."

„Bis ein Mann ermordet wurde. Nachdem er etwas gegessen hatte, das Sie zubereitet haben."

Jim beugte sich zu Ian und pochte mit seinem Zeigefinger auf den Tisch. „Ich habe diesen alten Knacker nicht umgebracht. Warum sollte ich?"

Der Kommissar wandte sich Katya zu. „Wie lautet Ihr wahrer Name?"

„Katherine Ainsley. Aber alle nennen mich Katie. Wir haben unsere Künstlernamen stark an unsere echte Namen angelehnt, um es einfacher zu haben."

„Katie. Sie waren es, die das ganze Essen und den Tee an jenen Tisch gebracht hat. Sie und Jim hatten den besten Zugang zu Colonel Montague, und die besten Möglichkeiten, ihn zu vergiften."

Vor Angst machte sie große Augen und sie schaute mich an, als wäre ich in der Lage, ihr zu helfen. „Wir haben niemandem wehgetan. Er war ein grober, alter Schwachkopf und vielleicht hätte ich ihm einen Scone gebracht, der mir auf den Boden gefallen war, aber ich hätte ihn doch nicht umgebracht! Warum sollte ich?" Jim hatte dieselbe rhetorische Frage gestellt, aber dieses Mal antwortete Ian.

„Vielleicht haben Sie die Rollen von Mördern gespielt? Um zu sehen, ob Sie mit der Sache davonkommen, genauso wie mit Ihrem Polnischsein."

Katie schüttelte ihren Kopf so vehement, dass ich mir Sorgen machte, sie würde sich verletzen. „So etwas würde ich nicht tun. Niemals."

Jim ergriff ihre Hand und sagte zu Ian: „Sehen Sie, Kumpel. Ich habe es Ihnen doch gesagt. Das war nur zum Spaß. Wir haben niemandem wehgetan. Das hätten wir nicht getan."

Ian wartete, bis das Schweigen eisern wurde. „Also, Sie haben vorgetäuscht, Pole zu sein. Haben Sie auch vorgetäuscht, Koch von Beruf zu sein?"

„Nein. Ich habe die Schauspielschule bezahlt, indem ich in Restaurants gearbeitet habe. Ich kann kochen und ganz sicher tue ich das, ohne die Kunden zu vergiften."

Ian sagte: „Wir brauchen eine Liste Ihrer bisherigen Arbeitsplätze." Er wandte sich Katie zu. „Und haben Sie sich die Schauspielschule finanziert, indem Sie in Restaurants gearbeitet haben?"

„Nein, habe ich nicht." Nun sah sie wieder missmutig aus. „Es ist eine schreckliche Arbeit. Ich würde so etwas nie wieder machen. Tatsächlich habe ich Jim schon gesagt, dass ich aufhören werde. Das ist eine Knochenarbeit! Die alten

Damen sind zwar ziemlich nett, aber auch anspruchsvoll. Der Spaß an der Sache geht flöten. Ich hatte vor zu kündigen und eine andere Stelle zu finden."

Ich konnte Katies Schweiß riechen. Sie fürchtete sich. Sie schluckte lautstark. „Und wir sind keine Geschwister. Jim ist mein Freund."

Ian fragte: „Ist einer von Ihnen schon einmal mit dem Gesetz in Konflikt geraten?" Das Paar schaute sich an. „Wir werden es ohnehin leicht herausfinden, also seien Sie jetzt besser ehrlich."

„Nein", sagte Katie.

„Jim?"

Er rutschte auf seinem Stuhl herum. Ich konnte sehen, wie sein Knie auf und ab wippte, als würde es dem Takt eines sehr schnellen Liedes folgen. „Ich war eine Zeitlang im Jugendknast", gab er schließlich zu. Er setzte einen vornehmen Akzent auf und sagte: „Ich habe mich auf die falschen Leute eingelassen."

Ian schickte sie mit einem uniformierten Beamten weg. Zuerst sollten sie nach Hause begleitet werden – wo immer das auch sein mochte –, dann sollten ihre Ausweise geholt werden, bevor man sie zur Wache brachte, um ihre Fingerabdrücke zu nehmen und sie weiter zu befragen. „Ach, und Sie müssen Ihre Pässe abgeben."

„Was?", sagte Katie und sah empört aus. „Aber wir haben doch nichts getan."

„Solange wir nicht bewiesen haben, dass das stimmt, wollen wir nicht, dass Sie den erstbesten Flieger zurück nach Sydney nehmen."

„Melbourne", erwiderte Jim. „Ich rufe meinen Anwalt an. Und das Konsulat."

„Das polnische oder das australische?", fragte Rafe locker.

Bevor Jim knurrend die Antwort geben konnte, die gerade in seinem Neandertalergehirn heranreifte, sagte Ian: „Sie dürfen gern anrufen, wen Sie wollen."

Als das Paar den Tisch verlassen hatte, fragte ich Ian: „Glauben Sie wirklich, einer von ihnen hat den Colonel getötet?"

Ich dachte, er würde meine unangemessene Frage zurückweisen, doch er beobachtete stirnrunzelnd, wie sie gingen. „Ich weiß es nicht. Sie hatten den besten Zugang zu den Speisen. Aber was für eine Verbindung könnte es zwischen zwei Schauspielern aus Melbourne, Australien, und einem pensionierten Colonel aus Oxford geben?"

Ich hatte nachgedacht. „Ich frage mich, ob er überhaupt das beabsichtigte Opfer war."

Die beiden Männer starrten mich an und ich führte meinen Gedanken näher aus. „Dieses arme Mädchen ist die fürchterlichste Kellnerin, die ich je gesehen habe. Ständig brachte sie die falschen Bestellungen an die falschen Tische. Colonel Montague könnte auch tot sein, weil sie Tisch zwei mit Tisch sieben verwechselt hat."

„Was bedeutet", sagte Rafe, „dass das beabsichtigte Opfer jeder in diesem Raum sein könnte."

KAPITEL 5

*J*an griff zu seinem Notizbuch und stand auf. „Würden Sie bitte zum Tisch neben der Tür gehen, damit der Beamte dort einen Blick in Ihre Handtasche werfen und ihre Hosen- und Jackentasche kontrollieren kann? Danach können Sie gehen."

„Selbstverständlich."

Ich hob meine Tasche vom Boden auf und ging auf die Tür zu. Hinter dem Tisch standen eine Beamtin und ein Beamter. Beide trugen Handschuhe. Zwei Damen waren vor mir und warteten auf die Beamtin, doch der Beamte hatte einen freien Tisch vor sich und winkte Rafe zu sich.

Ich beobachtete heimlich, wie er seine Taschen ausleerte, denn ich war neugierig zu wissen, ohne was ein moderner Vampir nicht aus dem Haus gehen würde. Es war nicht viel. Seine Brieftasche und seine Schlüssel. Das war alles. Der Beamte durchsuchte seine Brieftasche, doch sie enthielt nichts weiter als Kreditkarten, etwas Bargeld und ein paar Visitenkarten.

Er wartete auf mich, vermutlich, damit wir gemeinsam zum Laden zurückgehen konnten.

Als ich an der Reihe war, gab ich der Beamtin meinen Namen und meine Adresse und öffnete meine Handtasche vor ihr. Sie nahm eine Taschenlampe und spähte in meine Tasche. In der anderen Hand führte sie einen schwarzen Plastikstab, mit dem sie den Tascheninhalt trennte. Während sie herumstocherte, richteten sich meine Stricknadeln in der Tasche wie Skelettarme auf.

Dann hörte sie auf, sich zu bewegen, und schaute genauer in meine Tasche.

Ich wünschte, ich hätte mein Strickzeug nicht mitgenommen. Zweifellos schaute sie sich all die fallengelassenen Maschen an.

Ich wollte gerade erklären, dass ich noch Anfängerin war, da rief sie: „Sir, können Sie mal herkommen?"

Aufgrund ihres Tons kam Ian sofort zu uns. „Was ist los?"

Er ging hinter den Tisch, schaute zuerst mich und dann meine Tasche neugierig an. Ich wünschte, ich wäre ordentlicher und akkurater – so wie Rafe. In meiner Handtasche hätte nichts weiter sein sollen als Portemonnaie, Handy und vielleicht ein Lippenstift. Nicht lauter Krempel, von dem ich sicher war, dass ich ihn brauchen würde, halbvolle Minzbonbonpäckchen, alte Zugtickets, benutzte Taschentücher, Münzen aus jedem Land, in dem ich jemals gewesen bin, die jetzt auf dem Taschenboden schepperten.

Es war doch nichts Hexenartiges darin, oder? Bei dem Gedanken geriet mein Herz ins Stocken. Ians Gesicht wurde reglos. Er streifte sich Handschuhe über, griff in meine Tasche und zog einen Zeitungsausschnitt heraus.

„Möchten Sie eine Erklärung abgeben?"

Der sexy Bulle war weg, der böse Bulle war knallhart zurück, als er den gefalteten Zeitungsausschnitt mit dem Foto von Colonel Montague hochhielt. Das Bild war von einem Kugelschreiber verunstaltet worden, mit dem über das Gesicht des Mannes gekritzelt worden war.

Falls es eine richtige Antwort gab, die man einem Polizeibeamten geben musste, der einem gerade belastende Beweise aus der Handtasche genommen hatte, dann kannte ich sie nicht. Ich glaube, wir haben den Ausschnitt alle mehrere Sekunden lang angestarrt.

Dann entspannte sich mein erstarrtes Gehirn. „Der gehört mir nicht. Ich habe ihn noch nie gesehen." Meine Stimme klang hoch und schrill. Ich hörte mich genau wie Katie an, als sie versucht hatte, uns von ihrer Unschuld zu überzeugen. Sie musste sich genauso gefühlt haben – als ob etwas Heißes und Schweres auf ihre Lunge drückte.

Ian ließ den Zeitungsausschnitt in eine Asservatentüte gleiten.

„Ich sage die Wahrheit." Ich zwang mich zu einer tieferen Stimmlage. „Irgendjemand muss den in meine Tasche gesteckt haben."

Ich spürte alle Augen auf mich gerichtet. So wie alle Colonel Montague in seinen letzten Minuten angestarrt hatten, konzentrierten sie sich jetzt auf mich. Mir war vor Nervosität so heiß, dass ich gern etwas unter meinem Pulli angehabt hätte, um ihn ausziehen zu können.

„Wir setzen unser Gespräch auf der Polizeiwache fort."

Ich wollte den netten Ian zurück. Ich schaute mich um, als würde er sich womöglich irgendwo verstecken, doch alles, was ich sah, waren glotzende Gesichter. „Verhaften Sie mich etwa?"

„Wir bitten Sie, zur Wache mitzukommen und uns bei unseren Ermittlungen behilflich zu sein."

Was hatte ich in den letzten Stunden getan? Ich spürte Kälte am Nacken und wusste, dass Rafe sich mir genähert hatte. So froh war ich noch nie über seine Anwesenheit gewesen. „Lucy sagt die Wahrheit", erklärte er. „Sie hat ihre Tasche aufgemacht, um mir ihr Strickzeug zu zeigen, als wir ihren Laden verlassen haben. Dieser Ausschnitt war nicht drin." Er schaute sich im Raum um. „Irgendjemand muss ihn in ihre Tasche gesteckt haben."

Derselbe ‚Irgendjemand', der den Colonel vergiftet hatte.

ALS ICH VOM ERLEBNISREICHSTEN AFTERNOON TEA MEINES LEBENS ZURÜCK NACH HAUSE KAM, wollte ich unbedingt meine Großmutter sehen. Es war fast sechs, als ich ins Geschäft zurückkam.

Es war so eine Demütigung gewesen, auf die Polizeiwache gebracht zu werden. Im Gemeindesaal waren nicht mehr viele Einheimische gewesen, aber es waren genug, um zu wissen, dass sich der Klatsch verbreiten würde. Ich wurde von derselben Polizistin begleitet, die meine Tasche durchsucht hatte. Sie war kein gesprächiger Typ. Oder vielleicht war es ihnen nicht gestattet, mit den armen Trotteln auf dem Rücksitz des Streifenwagens zu reden. Die Polizeidirektion Thames Valley befand sich in einem anonymen Gebäude in Kidlington, versteckt hinter einer hohen Hecke.

Nachdem ich eine halbe Stunde auf einem unbequemen Wartezimmerstuhl gewartet hatte, wurde ich in einen Befragungsraum gebracht. Ian und Detective Sergeant Elizabeth

Drei stellten mir noch weitere Fragen, aber ich konnte ihnen nichts sagen, was ich nicht wusste. Ich sagte, dass die Zeitung nicht mir gehörte und dass ich weder den Colonel noch diesen Artikel zuvor gesehen hatte. Ich denke, es war hilfreich, dass es ihnen gelungen ist, den Ausschnitt auf einen Artikel in der London Times zurückzuführen, der mehrere Monate vorher veröffentlicht worden war. Ich war damals in Boston gewesen.

Anschließend fragte Ian mich, ob ich meine Tasche irgendwo hatte liegen lassen oder ob sich jemand dicht neben mich gesetzt hatte. Ich hatte es satt, mich an die Einzelheiten des Tages zu erinnern. Ein Mann war vor meinen Augen ermordet worden. Also ehrlich – im Vergleich dazu nahm die Frage, ob irgendjemand neben mir gesessen hatte, keinen sehr hohen Stellenwert ein.

Aber da derjenige, dem der Ausschnitt gehörte, ihn offensichtlich hatte loswerden müssen, bevor er durchsucht wurde, versuchte ich mich zu erinnern. Rafe war neben mir gegangen, die irische Frau war zu uns gekommen und gemeinsam waren wir plaudernd aus der Teestube aufgebrochen. Ich erzählte Ian, dass sie dem Toten im Vorbeigehen den Stinkefinger gezeigt und ihm dann den Rücken zugewandt hatte. Ich hatte neben Katie alias Katya gesessen, war mir aber sicher, dass einer von uns es bemerkt hätte, wenn sie irgendetwas in meine Tasche gesteckt hätte.

„Ach", sagte ich, als ich mich plötzlich erinnerte. „Ich bin zum Telefonieren in eine Ecke gegangen und habe meine Tasche vielleicht fünf Minuten lang liegen lassen." Ich hatte die Tasche nicht im Auge behalten. Jeder im Gemeindesaal hätte den Artikel hineinstecken können.

Ian führte seine Fingerspitzen zusammen und machte ein

sanft klopfendes Geräusch damit. Er starrte die Wand an, als würde ihn die beige Farbe faszinieren.

Bei dem Artikel handelte es sich um einen Bericht des Verteidigungsministeriums über die Modernisierung der britischen Streitkräfte. Colonel Montague wurde ausführlich als pensionierter Colonel zitiert, der fest davon überzeugt war, dass Personalabbau und Haushaltseinschnitte die einst so stolze britische Armee dezimiert hatte. Konnten diese Ansichten wirklich zu seinem Tod geführt haben?

„Dieser Artikel muss mit seiner Ermordung zu tun haben", sagte ich. „Kann er jemanden, der Kürzungen beim Militär befürwortet, so verärgert haben, dass er von ihm getötet wurde?"

Er schaute mir in die Augen und ich konnte sehen, dass er nicht viel von meiner Theorie hielt. „Kann sein. Aber es ist wahrscheinlicher, dass er jemanden verärgert hat, als er in der Armee gedient hat."

Er wies auf die wenigen biografischen Fakten hin, die vom Artikel geliefert wurden, den er vor meiner Befragung offensichtlich genau studiert hatte. Er las mir vor: „Colonel Montague hat in den 1960er Jahren in Deutschland und in den 1970ern als junger Leutnant in Irland gedient." Er schaute mich an und ich bemühte mich darum, meine zeitgeschichtlichen Kenntnisse auszugraben. „Die Troubles?", versuchte ich zu raten. „Die IRA?"

Er nickte. Und tippte die Finger noch einmal aneinander. Und sagte zu Kriminalmeisterin Drei: „Prüfen Sie noch einmal die berufliche Laufbahn des Colonels. Besonders interessiert mich seine Zeit in Irland."

Ich sah ihn an. „Sie meinen, die irische Frau, die sich

seinem Leichnam gegenüber so feindselig benommen hat, kann so lange Groll gegen ihn gehegt haben?"

„Unsere Ermittlungen gehen in verschiedene Richtungen." Was ich als ‚Stecken Sie Ihre Nase nicht in diese Angelegenheit' interpretierte. Aber ich war mit der Nase auf einen Mord gestoßen worden und dank des mir untergeschobenen Artikels waren meine Nase und ich in diese Befragung gezogen worden. Ich dachte, es würde mir zustehen, Spekulationen anzustellen.

„Danke für Ihre Kooperation", sagte er. „Wenn Sie draußen warten möchten, fährt Sie jemand nach Hause."

Jemand? Ich wollte, dass Ian das tat. Bei unserer ersten Begegnung hatte es so einen glühenden Blickkontakt zwischen uns gegeben, dass ich sicher gewesen war, er würde mich fragen, ob wir zusammen ausgehen. Jetzt dachte ich, dass dieser Mordfall spannender für ihn war als ich. Verständlich, aber nicht sehr schmeichelhaft.

Ich stand vor der Tür der Wache, mir war danach, zu schmollen und ich fragte mich, ob sie mich wohl vergessen hatten und ich den Bus würde nehmen müssen, um zur Harrington Street zu gelangen, da sah ich einen alten Mini Cooper anhalten. Das war Ians Auto. Plötzlich wusste ich, dass ich zumindest so interessant wie Colonel Montagues Leiche war.

Mein Tag wurde endlich besser.

Und der von Ian auch. Er konnte mich nicht nur nach Hause fahren, sondern ich hatte auch etwas Interessantes über den kürzlich verschiedenen Colonel herausgefunden.

KAPITEL 6

„Ich dachte schon, Sie würden mich mit einem Constable nach Hause schicken", beschwerte ich mich, als ich mich neben Ian auf den Beifahrersitz setzte. Der kleine Wagen fühlte sich vertraut an und roch nach ihm: ein feiner Duft, der eine Kombination aus Minze und Rosmarin war. Ungewöhnlich und sehr attraktiv.

Er legte den Gang ein und wir näherten uns der Ausfahrt. „Ich muss aufpassen, dass ich Privates und Berufliches nicht vermische", sagte er und warf mir einen Blick zu, der verdeutlichte, auf welcher Seite der Gleichung ich landete.

Ich fühlte mich nervös und mädchenhaft und widerstand dem Drang, mit meinen Haaren zu spielen. Ich hatte noch nie ein Talent für die ganze Sache mit dem Flirten gehabt, und da ich nicht wusste, was ich sagen sollte, sagte ich gar nichts.

Vielleicht hatte er damit gerechnet, dass ich auf den Flirt eingehen würde, aber ich ließ seine Bemerkung einfach fallen. Einen Augenblick lang herrschte Stille und dann entsann ich mich, dass ich zwar kein besonderes Talent zum

Flirten hatte – doch eine Suche im Internet konnte ich genauso gut anstellen wie jeder andere auch.

Ich hatte schon vor Monaten alles abgegrast, was das Internet über Ian zu bieten hatte, doch Colonel Montague hatte sich als ziemlich interessant herausgestellt. „Ich habe einen neueren Artikel über Colonel Montague gefunden", sagte ich und war recht stolz auf mich.

„Und was haben Sie herausgefunden?" Er klang eher, als würde er nur die Unterhaltung in Gang halten wollen, anstatt nach meinen Informationen zu gieren. Egal.

„Es stammt aus einem Artikel im Daily Express. Im Mai erschienen. Hier ist die Schlagzeile: „Armeechefs WÜTEND: Britische Soldaten werden in die Troubles in Nordirland gejagt"', las ich vor. „Und das Wort wütend ist in Großbuchstaben geschrieben."

„Der Express macht das manchmal so", erklärte er.

Meine Kinnlade klappte nach unten. „Finden Sie es gar nicht spannend, dass Ihre Annahme wahrscheinlich richtig ist?"

Er zuckte die Achseln.

Ich wartete. Vielleicht war ich keine Kommissarin aus Oxford, aber dumm war ich auch nicht. Nach etwa einer halben Minute Stille fragte er dann tatsächlich: „Und? Lesen Sie auch den Rest des Artikels vor?"

Ha!

„Ehemalige Armeechefs sind erzürnt darüber, dass sich die Regierung weigert, den britischen Soldaten Amnestie zu gewähren, die wegen der TROUBLES in Nordirland gejagt werden, wie sie es ausdrücken.' Und TROUBLES in Großbuchstaben."

„Na ja, es war damals ja auch eine große Sache. Ist es immer noch."

„,Ehemalige Soldaten um die sechzig oder siebzig werden wegen der Tötungen in den 70er Jahren strafrechtlich verfolgt.' Colonel Montague wird so zitiert: ‚Es ist lächerlich, dass man versucht, Soldaten für Dinge zu verfolgen, die vor fast vierzig Jahren geschehen sind. Die britische Regierung verfügt über detaillierte Aufzeichnungen, aber die IRA hat nichts aufbewahrt. Es ist einfach unfair, uns jetzt strafrechtlich zu verfolgen. Es ist Zeit für eine Amnestie.'"

„Das ist ja interessant!"

„Es geht noch weiter. Da steht: ‚Colonel Montague war Zugführer in Belfast. Er war in einen Vorfall verwickelt, bei dem ein unbewaffneter Demonstrant getötet und viele andere schwer verletzt wurden, darunter auch ein Priester, der eingreifen wollte.'" Ich dachte nach. Wenn die irische Frau siebzig war, dann war sie damals Anfang zwanzig gewesen. „Kann es sein, dass die irische Frau einen Bruder oder einen Liebhaber hatte, der getötet oder verletzt wurde? Vielleicht macht sie Colonel Montague dafür verantwortlich."

„Aber warum sollte sie so lange warten, um ihn zu verfolgen?"

Ich warf mein Haar über meine Schulter. „Ich bin hier nur die Forscherin. Der Kommissar sind Sie!"

Darüber musste er lachen. Dann fragte er mich, wie ich mit dem Betreiben des Wollladens zurechtkam. Ich sagte ihm, dass ich mehr Freude daran hatte als angenommen, obwohl ich natürlich vermied, etwas über Granny und die Vampire zu erzählen. Außerdem war die Tatsache, dass ich eine Hexe war, kein Thema, über das ich reden wollte.

Ich sehnte mich nach der Zeit, in der mein größtes

Problem an der Nähe von Jungs meine Schüchternheit gewesen war.

Ich würde Granny und den Rest ihrer untoten Freunde an diesem Abend im Strickclub sehen, doch ich glaubte nicht, dass ich so lange warten konnte, um ihr von den Ereignissen zu erzählen.

„Sie wird sich freuen zu erfahren, dass du heute erfolgreich gezaubert hast", sagte Rafe, der im Geschäft auf meine Rückkehr gewartet hatte.

„Wie bitte?" Ich hatte an nichts anderes als an den Mord gedacht, doch als ich darüber nachdachte, wie ich das Tablett vor einem Desaster bewahrt hatte, wurde mir klar, dass er recht hatte. Dann legte ich meine Hände auf die Augen und stöhnte. „Was ist, wenn auf dem Tablett, das ich vor dem Herunterfallen bewahrt habe, das vergiftete Essen stand? Vielleicht habe ich dem Mörder geholfen!"

Rafe dachte über meine schreckliche Theorie nach und sagte dann, dass es unwahrscheinlich sei.

„Ich hätte diese Woche mit dem Zauberbuch üben sollen, aber ich war so beschäftigt, dass ich kaum Zeit hatte." Das stimmte nicht. Hauptsächlich machte mir das Grimoire Angst.

„Wie ich deine Großmutter kenne, werden sie all die Aufregung und der Tratsch so mitreißen, dass sie dich milde davonkommen lassen wird, wenn du deine Hausaufgaben nicht gemacht hast."

„Ich hoffe, du hast recht." Ich hatte geplant, heute Abend vor der Strickrunde zu üben. Aber natürlich konnte ich mich weder auf das Hexen noch auf irgendetwas anderes konzentrieren, solange ich mit Granny nicht über den Mord in der Teestube geredet hatte.

Er schob den Teppich beiseite und öffnete die Falltür im Hinterzimmer. Ich ging die robuste Treppe zu den höhlenartigen Tunneln hinunter, die kreuz und quer im Untergrund von Oxford verlaufen. Wir klopften den richtigen Code an die äußerst unscheinbare und kaum sichtbare alte Holztür, die in den Stein eingelassen war. Nachdem sie uns mit Hilfe des von Rafe eingebauten hochtechnologischen Sicherheitssystems gesehen hatte, öffnete Sylvia die Tür.

Sylvia war eine der elegantesten Frauen, die ich je gesehen hatte – ob tot oder lebendig. In den 1920ern war sie einen Bühnen- und Filmstar gewesen. Kein allgemein bekannter Name, aber erfolgreich. Sie strahlte Glamour aus und war immer ausgezeichnet gekleidet. Sie war mit über sechzig in einen Vampir verwandelt worden, und ihr Haar hatte einen bezaubernden Silberton, der zu ihren großen, graugrünen Augen passte. Ihre Figur war immer noch umwerfend und sie trug Designer-Kleidung, die ihr schmeichelte.

Wenn ich bedachte, dass sie sich nicht im Spiegel sehen konnte, war ich immer davon beeindruckt, wie gut es ihr gelang, sich zurechtzumachen.

„Ach, Lucy", sagte sie. „Was für eine Überraschung! Wir haben vor heute Abend nicht mit dir gerechnet." Sie schaute meinen Begleiter an und sagte: „Und Rafe. Es ist mir immer eine Freude!"

„Ich hatte nicht vor zu kommen, aber heute ist etwas ganz Außergewöhnliches passiert und ich muss mit Granny reden."

Ihre fein nachgezogenen Augenbrauen hoben sich überrascht, doch sie war entweder zu kultiviert, um nachzuhaken, oder sie wusste, dass ich nichts sagen würde, solange meine Großmutter nicht im Zimmer war. „Ich weiß, dass sie wach ist, ich habe sie herumgehen hören. Setz dich doch ins Wohnzimmer! Ich sehe nach, ob sie für Gäste bereit ist."

Eigentlich hätte ich widersprochen, da ich mit meiner Großmutter nie auf die Etikette hatte achten müssen, aber nun, da Granny eine Vampirin war, hatte sie andere Gewohnheiten. Ich dankte Sylvia und setzte mich auf eines der luxuriösen Samtsofas.

Dort saßen zwei strickende Vampire, die offensichtlich versuchten, ihre Projekte noch rechtzeitig für die abendliche Präsentation fertigzustellen. Der eine war Silence Buggins – anders als ihr Name vermuten ließ, hatte ich nie jemanden kennengelernt, der weniger still war. Sie war in viktorianische Zeiten hineingeboren worden, und ganz gleich, wie sich Mode und Einstellung verändert hatten: Sie trug immer noch Korsetts, entblößte niemals ihre Fußgelenke und steckte sich das Haar hoch, wenn sie jemals ihr Haus verließ. An den meisten Orten wäre sie als Exzentrikerin angesehen worden, aber Oxford ist voll von merkwürdig gekleideten Menschen, deshalb schaute kaum jemand zweimal hin.

Während ihre Stricknadeln sich so schnell bewegten, dass ihr Werk nur ein verschwommener Fleck war, bewegten sich ihre Lippen fast genauso schnell. „Also habe ich ihm gesagt: Wenn Sie damit andeuten wollen, dass ich mich nicht gut mit den Verkehrsregeln auskenne, dann irren Sie sich, Sir. Mein Fahrrad hatte ganz sicher Vorfahrt."

Alfred nickte und gab zustimmende Laute von sich, aber ich glaube nicht, dass er ihr zuhörte. Jedenfalls wurde ich um das Ende ihrer erschütternden Geschichte gebracht. Nach einem Blick von Rafe murmelten sie Entschuldigungen, verstauten ihre Stricksachen in ihren Taschen und verließen den Raum.

„Du hättest sie nicht rauswerfen müssen", sagte ich, wie immer fassungslos über die Macht, die er ausübte.

„Schreckliche Klatschmäuler, die beiden. Du kannst offener sprechen, wenn die ihre Nasen nicht in deine Angelegenheiten stecken."

Das stimmte zwar, aber er hätte sich die Mühe sparen können, da meine Großmutter selbst eine ziemliche Plaudertasche war.

Ich fühlte mich immer etwas unbehaglich hier unten in ihrem Nest. Es war wunderschön, mit Antiquitäten und Kunst, die unschätzbar wertvoll sein mussten. Ich vermutete, dass Sylvia bei der Gestaltung ihre Hand im Spiel gehabt hatte. Die roten Samtsofas, die Vergoldung und der Prunk im Allgemeinen gaben einem das Gefühl, es würde sich um die Kulisse eines Stummfilms handeln. Aber trotzdem: Es machte mich ein bisschen nervös, von so vielen Vampiren umgeben zu sein, besonders am frühen Abend, wenn sie gerade erwachten. Als würde Rafe mein Unbehagen spüren, fragte er: „Darf ich dir etwas anbieten? Eine Tasse Tee?"

Mir schauderte. „Ich bin nicht sicher, ob ich jemals wieder Tee trinke."

„Das ist verständlich, allerdings wissen wir nicht, ob er am Tee gestorben ist. Je nach Gift und je nachdem, wie schnell es wirkt, könnte die tödliche Dosis im Essen gewesen sein, das er im Restaurant zu sich genommen hat, oder in irgendetwas, das er schon vorher gegessen hatte oder sogar in seiner Medizin."

„Du meinst, es könnte ein Unfall gewesen sein?"

Er schüttelte den Kopf. „Das bezweifle ich. Nein, ich glaube, dass er ermordet wurde."

„Wie schrecklich für die armen Schwestern Watt."

Er setzte sich mir gegenüber und dachte nach, bevor er sprach. „Da bin ich mir nicht so sicher."

Er sprach nicht weiter und so sagte ich schließlich: „Aber sie könnten deswegen ihre Teestube verlieren."

„Sie wären nicht die Ersten, die ihr Geschäft absichtlich in den Ruin treiben, damit sie von der Versicherung eine Entschädigung anfordern können."

„Das kannst du doch nicht ernst meinen. Willst du etwa andeuten, dass diese reizenden alten Damen einen Mann töten würden, um Geld zu machen?"

Er zuckte die Achseln. „Ich würde sagen, dass wir nicht davon ausgehen sollten, dass die Schwestern Watt auch Opfer sind, bevor wir nicht ein paar Nachforschungen angestellt haben. Uns ihre finanzielle Lage angesehen haben. Haben sie eine schriftliche Übereinkunft darüber, was passiert, wenn eine von ihnen aus dem Geschäft raus will?"

Ich hatte in meinem Leben so wenig mit Morden zu tun – abgesehen von dem an meiner eigenen Großmutter natürlich –, dass es für mich fast undenkbar war, dass eine oder beide dieser netten alten Damen etwas so Abscheuliches getan haben könnten, aber selbstverständlich gab es das Böse auf der Welt und nur jemand, der so naiv war wie ich, glaubte nicht daran. Und sie hatten sich zum Verkauf an diesen schrecklichen Bauunternehmer bereit erklärt, der unseren ganzen Häuserblock aufkaufen wollte. Und auch wegen des neuen Mannes, der zu Problemen zwischen ihnen führte, würden sie vielleicht gern das Geld der Versicherung aufteilen und jede ihren eigenen Weg gehen. „Brennen die meisten Leute, die Schadenersatz fordern wollen, nicht ihre Geschäfte nieder?"

„Brandstiftung ist sicher eine altbewährte Methode, aber nicht die einzige."

Ich wollte weiter diskutieren, doch ich nahm an, dass er recht hatte. Besser, wir würden beweisen, dass sie unschuldig waren, um uns dann mit denen zu beschäftigen, die eher Tatverdächtige waren. Zum Beispiel mit demjenigen, der den belastenden Zeitungsausschnitt in meine Tasche gesteckt hatte. Zumindest hatten sie den Namen der irischen Frau notiert und eine Kopie von ihrem Ausweis gemacht. Es dürfte nicht schwer sein, sie zu finden.

In dem Moment kam meine Großmutter in den Raum. Ihr weißes Haar war wie üblich zu einem Dutt gebunden. Ihr freundliches, gelassenes Gesicht erfüllte mich mit Freude, wie immer bei ihrem Anblick. Sie trug eine schwarze Hose mit einem schwarzen, durchsichtigen Umhang, der wohl gehäkelt war. Ich hatte es weit gebracht, wenn ich in der Lage war, den Unterschied zwischen Stricken und Häkeln zu erkennen. Ob Vampirin oder nicht – Agnes Bartlett war immer noch meine Großmutter. Außerdem war sie jemand, der diese Gegend und die meisten Menschen, die hier lebten, kannte.

„Lucy, wie schön, dich zu sehen. Möchtest du eine Tasse Tee?"

Erneut unterdrücke ich den Schauer, den mir das Wort Tee den Rücken hinunterjagte. „Nein, danke. Ich habe nebenan welchen getrunken." Und zum Glück war es Katya alias Katie gelungen, uns die richtige Bestellung zu bringen: einen English Breakfast Tea. Ohne Gift.

Granny setzte sich neben mich und nahm meine Hand in ihre eisigen Hände. Sie schaute mir ins Gesicht und ich sah Sorge in ihren blassblauen Augen. „Aber was ist denn los? Du siehst aus, als stündest du unter Schock."

„Oh, das tue ich." Und dann erzählte ich meiner Großmutter all das, was an jenem Nachmittag geschehen war, angefangen von dem Moment, in dem Rafe und ich die Teestube betreten hatten, bis zu dem, in dem wir gegangen waren. Abgesehen von ein paar Einwürfen wie „Ach, du arme Kleine" oder „Colonel Montague hast du gesagt?" oder „Was Mary und Florence durchmachen müssen", hörte sie aufmerksam zu. Bis wir an die Stelle gelangten, wo der Zeitungsausschnitt in meiner Tasche gefunden wurde. Sie schlug sich die Hand vor den Mund. „Ach Lucy, wie schrecklich für dich. Aber wer würde denn so etwas tun?"

KAPITEL 7

*R*afe fügte nichts zu meiner Erzählung hinzu, doch er lauschte jedem Wort aufmerksam, fast, als wäre er gar nicht dabei gewesen und würde versuchen, die Ereignisse durch meine Augen zu betrachten. Sylvia setzte sich still neben ihn. Auch sie sagte nichts, obwohl ich spürte, dass sie mich bohrend anstarrte.

Nachdem ich Granny von dem Mord und von meinem Ausflug zur Polizeiwache berichtet hatte, ging es mir etwas besser. Meine Kehle war trocken. Ich bat um Wasser. Sylvia holte mir eine Flasche und ich trank durstig.

Granny saß grübelnd da. Sie sagte: „Colonel Montague in der Teestube vergiftet. Das hört sich ja an wie eines dieser Brettspiele für Kinder, nicht wahr?"

„Kanntest du ihn?"

Sie richtete ihre Konzentration wieder auf mich. „Oh, ja! Ja! Ich kannte ihn. Sowohl Edward Montague als auch seine Frau Elspeth. Einst hat sie gestrickt, aber sie hat es aufgegeben – sagte, es sei schlecht für ihre Augen. Ich glaube nicht, dass das die Wahrheit war. Ich denke, er nahm es ihr übel, dass sie dafür Geld ausgab."

Ich dachte an den Mann zurück, den ich gesehen hatte. Er hatte eine feine Jacke aus Tweed, graue Wollhosen und Slipper getragen. „Er machte den Anschein, ziemlich wohlhabend zu sein."

„Oh, er ist schon sehr reich, aber ein absoluter Geizkragen. Die arme Elspeth musste immer darum kämpfen, Geld von ihm zu bekommen. Hätte sie mehr Mumm, würde ich sie verdächtigen, ihn selbst vergiftet zu haben."

Sylvia sagte: „Glaubst du, dass sie das getan hat? Sie saß ihm gegenüber, also hätte sie problemlos Gift in seinen Tee schütten können. Und wahrscheinlich ist sie diejenige, der sein Tod am meisten bringt."

Granny sagte: „Sie haben zwei Kinder. Zu denen war er auch knickerig und schroff. Er war ein äußerst unsympathischer Mann."

Rafe sagte: „Hast du eine Ahnung, wer sein Rechtsanwalt ist?"

„Ja. Er wandte sich immer an dieselbe Kanzlei wie ich. Elliot, Tate und Mills. Ich weiß das, weil es der Colonel war, der sie mir empfohlen hat. Er war vielleicht ein schrecklicher Mensch, aber wenn es ums Geschäft ging, war er sehr clever."

Rafe streckte seine langen Beine vor sich aus. „Ich denke, nach Geschäftsschluss statte ich dem Büro mal einen Besuch ab. Ich schaue mir sein Testament an und gucke, wer am meisten vom Tod des Mannes profitiert."

Diese Art von Nachforschungen fand ich absurd. Kinder und Ehefrauen brachten ihre Ehemänner und Väter nicht wegen Geld um. Und nette irische Damen gingen keinen Tee trinken, wenn sie einen Mord planten. Obwohl – natürlich taten sie das.

Sylvia sagte: „Man sagt, Giftmord wird von Frauen begangen." Sie lächelte nostalgisch. „Ich habe einmal so eine Frau gespielt. In einem Theaterstück. Sie verwendete Rattengift, um sich ihres Ehemannes zu entledigen." Sie neigte ihren Kopf, als würde sie gerade einen Blumenstrauß entgegennehmen. „Ich hatte sehr gute Kritiken."

„Wurde die Frau in deinem Theaterstück gefasst?"

„Ja. Sie wurde wegen Mordes gehängt." Sie seufzte und sah wehmütig aus. „Meine letzte Szene erntete stürmischen Beifall."

Rafe sagte: „Lucy meinte, dass Colonel Montague womöglich nicht einmal das beabsichtigte Opfer war. Die Kellnerin war eine Katastrophe und verwechselte immer wieder die Bestellungen. Sie könnte das Gift an den falschen Tisch gebracht haben."

Granny nickte. „Aber das würde bedeuten, dass das Gift in der Küche in sein Essen oder Getränk gegeben wurde. Eigentlich kann doch jeder, der in einem vollen Restaurant an einem Tisch vorbeigeht, ohne Weiteres etwas in den Tee oder in das Essen eines Mannes schütten, finde ich. Ich nehme an, wir wissen nicht, um was für Gift es sich handelte?"

Rafe antwortete: „Nein. Möglicherweise war es Cyanid oder Strychnin – irgendetwas, das schnell wirkt. Wissen können wir es nicht, solange die Ergebnisse der Autopsie nicht vorliegen."

Normalerweise würde die Polizei diese natürlich nicht mit einem Laien teilen, doch Rafe verfügte über einen unglaublichen Freundeskreis: Spitzel und die Art von Kreaturen, die spät in der Nacht in verriegelten Gebäuden ein und aus gehen konnten, ohne Spuren zu hinterlassen. Ich hegte keinen Zweifel daran, dass wir die Ergebnisse der Autopsie bekommen würden, sobald sie abgeschlossen war. Vielleicht sogar eher als die Polizei selbst.

„Wer war noch da?"

„Wärst du doch bloß dabei gewesen, Granny! Du hättest alle gekannt. Ein paar waren Touristen, aber viele Einheimische. Lass mich überlegen! Bessie Yang, die Yogalehrerin, trank einen Tee mit einer Ärztin über vierzig, die sich um Colonel Montague gekümmert hat, als es ihm schlecht ging. Amanda Silvester.

Die irische Frau, die allein Tee trank und sich so merkwürdig benommen hat, als die Leiche des Colonels vorbeigeschoben wurde. Ich bin überzeugt, dass sie mir den Artikel in die Tasche gesteckt hat.

Dann waren da natürlich Miss Watt und Gerald Pettigrew." Ich schämte mich dafür, dass ich selbst nur in der Teestube gewesen war, um auszuspionieren, wie die Liebesgeschichte sich entwickelte.

Granny schüttelte den Kopf. „Ihr Verhalten war schockierend. Offensichtlich hatte sie Mary nicht vorgewarnt, dass sie am Nachmittag als Gast kommen würde. Die Schwestern müssen in dieser schrecklichen Zeit zusammenhalten."

„Vielleicht werden sie das, aber vor dem Tod des Colonels braute sich definitiv ein Streit zusammen."

„Wie schade, dass Gerald Pettigrew zu Spannungen zwischen den Schwestern geführt hat." Sie ließ den Blick in die Ferne schweifen. „Obwohl ich vermute, dass das zu erwarten war."

„Erinnerst du dich an ihn, Granny?"

„Oh, ja! Damals war er sehr attraktiv und so charmant. Keines der Watt-Mädchen war je eine Augenweide, und ich kann mich nicht entsinnen, dass eine von ihnen jemals groß ein gesellschaftliches Leben hatte. Dann kam Gerald.

„Florence war in den wenigen Monaten ihrer Beziehung mit Gerald wie verwandelt. Ich habe nie herausgefunden, was geschehen ist. Beide Schwestern hielten sich über die ganze Sache sehr bedeckt, aber ich weiß, dass sie jahrelang nicht mehr miteinander gesprochen haben, nachdem er weg war. Kam eine in den Raum, ging die andere raus. Aber zu guter Letzt haben sie das Kriegsbeil begraben."

„Ich denke, das Kriegsbeil ist zurück." Ich fragte mich, ob es sie wieder entzweien würde.

Sylvia hatte gesagt, Gift sei die Waffe einer Frau und auch wenn das eines dieser alten Klischees aus Kriminalromanen war, an die ich eigentlich nicht glaubte, fragte ich mich: „Kann es sein, dass das Gift für Miss Watts Freund gedacht war? Wenn Mary Watt sich ihn tatsächlich vom Hals schaffen wollte ..." Ich konnte den Gedanken nicht zu Ende führen. Ich schlug mir die Hände vor den Mund, als hätte ich die Worte damit wegwischen können. „Hört mir nicht zu! Die Idee ist verrückt."

„Es ist eine völlig zulässige Theorie, meine Liebe. Zum gegenwärtigen Zeitpunkt sind das alle. Wenn wir doch so wenig wissen. Dieser Mord ist ein Puzzle mit sehr wenigen Stücken und viel zu vielen Lücken. Aber wenn Mary Watt vorgehabt hatte, Gerald zu vergiften, dann kann ich mir kaum vorstellen, dass sie die Überbringung einer inkompetenten Kellnerin überlassen hätte. Sie ist eine gewiefte Frau. Wenn sie beabsichtigt hatte, dass er stirbt, dann wäre der Mann jetzt tot."

Es war eine ziemlich grauenvolle Analyse einer ihrer besten Freundinnen, doch es war etwas Wahres daran. Mary Watt war mit Sicherheit eine effiziente Frau.

Rafe erinnerte uns daran, dass Florence Watt und Gerald Pettigrew die Teekannen ausgetauscht hatten und dass es ebenso wahrscheinlich sei, dass Florence das eigentliche Ziel gewesen war. Da versagte mein Gehirn. Meine Gedanken waren wie eine meiner gestrickten Handarbeiten: ein Wirrwarr aus falschen Anschlägen und unerklärlichen Knoten, die eine Form ergaben, die mit nichts Ähnlichkeit hatte.

Ich versuchte mich weiter zu erinnern, wer da gewesen war. Ich sagte: „Ach ja, der Tisch mit den Damen. Eine von ihnen hieß Miss Everly. Sie war mit drei Freundinnen da. Sie haben alle das St. Hilda's College besucht und waren auf der Beerdigung einer gemeinsamen Freundin. Eine von ihnen war die Küsterin in der St. John's Kirche und hat uns alle in den Gemeindesaal gelassen."

Granny strich sich ihren Rock glatt. „Sarah Everly?"

„Ich glaube nicht, dass wir ihren Vornamen erfahren haben", sagte ich.

„Es war Sarah", sagte Rafe. „Ich habe gehört, dass die Witwe sie Sarah genannt hat." Natürlich hatte er ein besonders feines Gehör.

„Oh mein Gott! Sarah Everly war einmal mit dem Colonel verlobt. Ich vermute, das war Ende der 1950er oder Anfang der 1960er. Beide waren sehr jung. Sie hatte ihren Abschluss gemacht und er war von der Militärakademie zurück. Sandhurst, glaube ich."

„Was ist passiert?" Sie war als Miss Everly vorgestellt worden – wenn sie den Colonel also nicht geheiratet hatte, dann vermutlich auch keinen anderen.

„Er hat sie sitzen lassen. Für seine derzeitige Frau."

Ich erinnerte mich an die attraktive, blonde Frau, die einen sehr viel lebhafteren Eindruck gemacht hatte als die Frau des Colonels. „Aber warum?"

„Weil Elspeth viel Geld hatte. Oh ja, es war eine Ehe, die sich auf seiner Seite voll und ganz auf Gier stützte, auf ihrer Seite jedoch auf echte Zuneigung. Ach, diese arme Seele!"

„Und Miss Everly hat nie geheiratet?"

„Nein. Niemals. Natürlich war sie ohne ihn besser dran, doch vielleicht sah sie es nicht gerade als Glücksfall an, dass sie sitzen gelassen worden war."

Die vier Frauen hatten vergnügt und fast mädchenhaft gewirkt, als sie bei einem Glas Sherry über die guten alten Tage am College geredet hatten. „Weißt du, was sie studiert haben?"

„Ich glaube, Biochemie."

Alle starrten Granny an und niemand von uns traute sich, den offensichtlichen Gedanken auszusprechen, der uns allen kam. Eine Frau, die Biochemie studiert hatte, wusste ganz gewiss, wie man einen Menschen vergiftete.

KAPITEL 8

Granny war wegen all der Neuigkeiten über den Mord zu beschäftigt gewesen, um mich nach meinen Fortschritten beim Hexen zu fragen, doch ich wusste, dass meine Galgenfrist nicht lange andauern würde. Ich hatte voll und ganz die Absicht, etwas zu berichten zu haben, bis wir uns am gleichen Abend zur Strickrunde treffen würden.

Ich dachte, dass ich meine Fähigkeiten, wenn man sie so nennen konnte, genauso gut für einen guten Zweck einsetzen und versuchen konnte, bei der Lösung des Mordfalles zu helfen.

Katie und ihr Freund waren klar die Spitzenreiter unter den Verdächtigen, da sie in vielen Punkten gelogen hatten. Hatten sie den Colonel umgebracht?

Aber warum? Ich konnte mich auf keinen Zauberspruch konzentrieren, dachte mir aber, ich könnte es mit dem magischen Spiegel versuchen. Der schien recht einfach zu funktionieren. Ich konnte ihn darum bitten, mir einen Ort zu zeigen, oder das, was jemand gerade tat, und der Spiegel würde mir diese Information liefern. Ich denke, dass er von Hexen erfunden wurde, um einander nicht aus den Augen zu verlieren, bevor es soziale Netzwerke gab.

Ich versuchte, meinen Kopf freizubekommen, was nahezu unmöglich war. Ich hatte den Verdacht, dass meine Fähigkeiten als Hexe denen von Katie als Kellnerin ebenbürtig waren. Nicht gerade ein beruhigender Gedanke. Ich versuchte, ihn zusammen mit allen anderen, die mein Gehirn überfluteten, beiseitezuschieben.

Ich schaute in den Spiegel. Er war so alt, dass die Oberfläche eher wie Zinn als wie ein Spiegel aussah. Trotzdem war es ein schönes Stück mit schwerem Goldrahmen, übersät mit Symbolen und Edelsteinen, die tatsächlich echt sein könnten. Er war noch nie gestohlen worden, deshalb glaubte ich, dass er mit einem mächtigen Zauber belegt war.

Granny hatte mir beigebracht, mich auf eine Frage zu konzentrieren. Ich sagte die kurze Zauberformel auf, die den Zauber einleitete – so wie ein Passwort eine Datei auf dem Computer öffnet – und die Oberfläche begann sich zu kräuseln. Ich hatte es geschafft. Ich nahm mir einen Moment Zeit, um die Euphorie darüber zu genießen, dass ich Schritt eins bei der Verwendung des magischen Spiegels abgeschlossen hatte und stellte dann die Frage, von der ich besessen war.

„Zeig mir Jim und Katie in ihrer Wohnung." Ich hatte keine Ahnung, wie ihre Nachnamen lauteten oder wo ihre Wohnung wohl lag und ich war mir sicher, dass es jede Menge Jims und Katies auf der Welt gab.

Doch wie sich herausstellte, hatte dieser magische Spiegel viel stärkere Zauberkräfte als Suchmaschinen auf dem Computer. Ich fing an, eine Gestalt zu sehen, fast als würde es sich um ein sehr altes Foto handeln, das vom Licht und von der Zeit so verblasst war, dass die Umrisse kaum noch erkennbar waren. Je länger ich hinschaute und mich dabei auf die Frage in meinem Kopf konzentrierte und sie ständig wiederholte, wurde das Bild klarer und deutlicher. Schon bald erkannte ich genau die Katie und genau den Jim, die ich mir gewünscht hatte. Katie lag in Jims Armen und weinte.

Er hatte seine Arme um sie gelegt und ich konnte sein Gesicht sehen, was Katie nicht konnte. Es zeigte Hilflosigkeit und Verwirrung. Er tätschelte ihr ungeschickt den Rücken. Es gab nur Bild, keinen Ton, doch ich stellte mir vor, dass er die Art von nutzlosen Floskeln zum Besten gab, die ein Mann einer weinenden Frau eben sagt. „Komm schon. Jetzt weine doch nicht! Es wird schon alles wieder gut." Und so weiter.

Seine Worte zeigten dieselbe Wirkung wie die der meisten Männer bei weinenden Frauen: gar keine. Sie schluchzte weiter und er tätschelte ihr weiter ungeschickt den Rücken.

Die Wohnung selbst sah nichtssagend und uninteressant aus. Wie Studentenbuden überall. In einer alten Küche stapelte sich das Geschirr, das gespült werden musste, und dahinter lag ein Wohnzimmer mit schäbigen Möbeln, die wahrscheinlich mitvermietet wurden. Die Rollläden der Fenster waren geschlossen, deshalb konnte ich nicht nach draußen sehen. Genauer gesagt, konnte ich zwar sehen, was sie machten, hatte aber keine Ahnung, wo sie waren. Ich beobachtete sie noch ein paar Minuten lang, bis ich mir wie eine Spannerin vorkam und dann verblasste das Bild im Spiegel.

Trotzdem fühlte ich mich leicht siegestrunken. Das hier war das zweite Mal, dass es mir gelungen war, die Wirkung des magischen Spiegels zu entfalten. Das erste Mal, so glaubte ich, war es Anfängerglück gewesen, aber dieses Mal hatte ich definitiv alles richtig gemacht.

Ich schaute auf meine Uhr und sah, dass mir weniger als dreißig Minuten blieben, bevor die Strickrunde der Vampire begann. Ich brachte mein Haar in Ordnung, zog mir frische Jeans und einen Pullover an, den meine Großmutter mir gestrickt hatte. Dann ging ich nach unten.

Normalerweise waren dort zehn oder zwölf Vampire, die zur zweimal pro Woche stattfindenden Strickrunde kamen, aber mein Instinkt sagte mir, dass wir – nun, da es einen Mord gegeben hatte – mehr Teilnehmer haben würden.

Seit ich die Strickgruppe kannte, hatte ich einiges über Vampire gelernt. Ich habe eingesehen, dass sie einst furcht-einflößende Kreaturen der Nacht waren, die sich auf jeden stürzten, der am Abend ahnungslos eine dunkle Straße allein entlangging – besonders süße Jungfrauen – aber die Zeiten hatten sich gewandelt. Natürlich gab es noch immer bösar-tige Vampire, die aus Spaß töteten, aber die meisten fanden es viel einfacher und günstiger, Blutbänke zu benutzen. Gewiss wurden die Vampire vor Ort gut von der von Doctor Weaver geleiteten Blutbank versorgt. Das größte Problem für Vampire war nicht die Beschaffung des nächsten Mahls, sondern die Langeweile. Ich wusste genau: Angesichts der Herausforderung, bei der Aufklärung eines Mordes zu helfen, würde sich an diesem Abend eine größere Anzahl von Mitgliedern unserer lokalen Gruppe in meinem Wollgeschäft einfinden als normalerweise.

Ich stellte zwanzig Stühle in einem unregelmäßig großen Kreis auf. Es war still, nur die Stühle kratzten auf dem Holz-boden, während ich sie positionierte. Nyx saß in der Ecke des

Zimmers und beobachtete alles mit prüfendem Blick, während sie unentwegt ihre Pfoten leckte, um die Zeit totzuschlagen.

Auch ohne dass sie ganz plötzlich ihre Augen aufriss und an mir vorbeischaute, sagte mir das kalte Kribbeln an meinem Nacken, dass ich nicht allein war. Ich drehte mich um und da stand Rafe. „Ich dachte, du brauchst vielleicht Hilfe bei der Vorbereitung. Ich warne dich besser vor: Heute Abend wird es eine außergewöhnlich hohe Teilnehmerzahl geben."

Dann sah er die Anzahl von Stühlen, die ich bereitgestellt hatte. „Darauf bist du schon selbst gekommen."

Er begann, die Stühle in einen präziseren Kreis zu stellen, während ich in den Verkaufsbereich zurückkehrte und kontrollierte, dass die Jalousien ganz geschlossen waren, damit niemand von draußen das Licht im Laden sehen konnte.

Granny und Sylvia kamen wie üblich als Erste. Ich war so aufgeregt über meine Abenteuer mit dem magischen Spiegel, dass ich zu meiner Großmutter eilte und ihr von meinem Erfolg erzählte.

„Das ist ja wunderbar, mein Liebes. Ich habe gehofft, dass du dein Training nicht vernachlässigst."

„Nein, natürlich nicht. Ich habe den magischen Spiegel benutzt und konnte Jim und Katie in ihrer Wohnung sehen."

„Das ist sehr vielversprechend. Was haben sie getan?" Ich war mir nicht sicher, ob sie mich das fragte, um meine Zauberkräfte zu messen, oder weil sie sich fragte, was die beiden mutmaßlichen Mörder so taten, wenn niemand zusah. Ich vermutete, es war Letzteres.

„Sie lagen sich in den Armen und Katie weinte", berichtete ich.

Granny sagte, dass sie sehr stolz auf mich sei. „Aber ich wünschte mir schon, wir wüssten mehr. Wer auch immer den Colonel ermordet hat: Er könnte wieder zuschlagen. Deshalb habe ich mich auch gefragt: Diese Beerdigung, auf die die Frauen vom St. Hilda's gegangen sind ... Wissen wir, wie ihre Freundin gestorben ist?"

Ich hatte nicht daran gedacht, den Tod einer alten Freundin aus dem College mit dem von Colonel Montague in Verbindung zu bringen – Rafe schon. Er sagte: „Ich habe das kontrolliert. Die Freundin ist eines natürlichen Todes gestorben. Sie war über achtzig und hat einen schlimmen Herzanfall erlitten. Angesichts ihrer Fettleibigkeit und ihrer Gewohnheit zu rauchen, überrascht es mich, dass sie überhaupt so lange überlebt hat."

„Was für eine Erleichterung! Also geht es nur um einen Mord, nicht um einen Serienmörder."

Ich hätte schwören können, Enttäuschung aus der Stimme meiner Großmutter herauszuhören, da es nur einen einzigen Mord aufzuklären galt. Aber ich war müde, vielleicht bildete ich mir das auch nur ein.

An der Eingangstür ertönte ein leises Klopfen und ich machte einen Satz. Ich hatte doch gerade kontrolliert, dass kein Funken Licht von der Straße aus zu sehen war. Wer konnte da an die Tür klopfen? Rafe sagte: „Ich mache auf."

„Beachte es nicht. Der wird schon wieder gehen", sagte ich.

„Ich will nicht, dass er geht. Ich habe diese Person gebeten, vorbeizukommen."

Wir alle beobachteten ihn, wie er langsam in Richtung

Eingangstür schritt. Es war eigentlich kein großes Opfer, Rafe beim Gehen zu beobachten. Die einzige Person mit dieser Gangart, die ich jemals gesehen habe, ist Colin Firth. Langgliedrig. Er geht mit seinen Hüften voran und schwingt seine Schultern äußerst attraktiv. Die Art, wie die anderen Frauen ihn ansahen, sagte mir, dass ich nicht die Einzige war, die das dachte.

Er spähte kurz zwischen den Lamellen der Jalousien hindurch, schloss dann die Tür auf und öffnete sie. Herein kam ein Mann, den ich ihn vor der Teestube hatte begrüßen sehen. Sie hatten kurz miteinander geredet, dann war der Mann weitergegangen, während wir anderen zum Gemeindesaal getrottet waren.

Rafe führte ihn durch den ganzen Laden bis ins Hinterzimmer, und er schaute sich interessiert um. Er nickte uns allen höfisch vornehm zu. „Guten Abend, meine Damen."

Rafe sagte: „Das ist ein Freund von mir. Anthony Billing. Hast du etwas gefunden?"

„Oh, ja! Es war ziemlich leicht, sie zu verfolgen." Er hatte einen sehr wohlklingenden schottischen Akzent. „Nachdem der Polizist das Paar zur Wache gebracht hatte, habe ich ein bisschen herumgeschnüffelt."

„Und was haben Sie herausgefunden?", fragte meine Großmutter gespannt.

„Nun, liebe Dame, sie sind genau die, die sie behaupten zu sein. Ihre Namen sind Katherine Ainsley und James Walker. Sie haben sich in einer Schauspielschule in Melbourne kennengelernt. Nach dem Abschluss hat keiner von beiden große Erfolge erzielt. Er war in ein paar Werbespots und ist oft in einem Laientheater aufgetreten, während sie kurz vor dem Durchbruch stand, als sie für eine Pilotsendung gecastet wurde, die dann leider nie von einem Kanal übernommen wurde. Ich habe das Gefühl, dass sie dachten, hier würden sie bessere Chancen haben."

„Und war er Koch?" Ich konnte mir die Frage nicht verkneifen. Ich hatte seine Scones gegessen und die schmeckten einfach fantastisch.

„Ja, das war er tatsächlich. Eigentlich bin ich überzeugt davon, dass er sich besser an das Kochen halten sollte. Ich denke, das wäre eine realistischere Laufbahn als das Schauspielgeschäft."

„Konnten Sie irgendeine Verbindung zu Colonel Montague entdecken?"

„Ich fürchte, nein. Aber eines ist interessant."

„Und zwar?"

„Laut ihres Tagebuchs möchte er sie heiraten, sobald sie finanziell besser gestellt sind. Die beiden leben von der Hand in den Mund."

„Könnte jemand sie bezahlt haben, damit sie den Colonel ermorden?", fragte ich. Ich griff nach jedem Strohhalm, das wusste ich.

Er schien ernsthaft über meine Frage nachzudenken. „Sie meinen, als Auftragskiller? Na ja, ich nehme an, das ist möglich. Das hängt vom Testament ab. Und davon, was mit dem Anwesen des Colonels passiert und ob dieses Paar plötzlich zu Geld kommt."

Ich hatte überhaupt keinen Zweifel daran, dass Rafe und sein Vampir-Netzwerk Katies und Jims Bankkonten im Auge behalten würden. Rafe und seine Freunde waren besser als ich mit meinem magischen Spiegel.

„Stricken Sie, Sir?", fragte meine Großmutter. „Unser

kleiner Strickclub trifft sich in wenigen Augenblicken und Sie sind herzlich willkommen, wenn Sie mitmachen wollen."

„Oh, vielen Dank. Aber nein, ich muss heute Abend noch Arbeiten zensieren."

„Ich verstehe", sagte meine Großmutter auf das Huldvollste. „Wir treffen uns jeden Dienstag und Donnerstag um zehn Uhr abends. Sie sind immer willkommen!"

Er bedankte sich bei ihr und ging dann zurück zur Eingangstür. Ich ließ ihn hinaus und schloss und verriegelte die Tür hinter ihm.

Arbeiten zensieren? „Ist dein Freund Professor an einem College?", fragte ich Rafe flüsternd.

„Oh, ja! Du wärst erstaunt, wie viele Hochschuldozenten untot sind."

KAPITEL 9

*A*n diesem Abend hatten wir so viele Leute im Strickclub der Vampire, dass ich mehr Stühle brauchte. Insgesamt waren wir 23. Unser Treffen lief wie üblich ab, angefangen von der Präsentation, bei der jeder das Projekt vorstellte, an dem er gerade arbeitete, und, falls nötig, nach Ratschlägen fragte. Dann machten wir uns alle ans Werk.

Ich arbeitete an dem Paar Socken, mit dem ich vor vielen Wochen begonnen hatte. Ich fühlte mich besser, wenn ich zumindest versuchte mich einzufügen, aber ich spürte, dass wir alle nur diese Einleitung hinter uns bringen wollten, um zum besten Teil des abendlichen Unterhaltungsprogramms zu kommen.

Zum Tratsch.

Alle Vampire wollten dabei helfen, den Mord aufzuklären, nicht aus Selbstlosigkeit, sondern um etwas zu tun zu haben.

Ich sagte: „Ich denke, ich sollte wieder Yoga machen." Ich tätschelte mir den Bauch, der in letzter Zeit tatsächlich etwas schlaff geworden war. „Ich muss meine Körpermitte straffen. Ich werde mal eine Stunde bei Bessie nehmen und dann versuchen, hinterher mit ihr zu reden. Und herauszufinden, ob sie etwas weiß oder etwas gesehen hat."

Meine Großmutter sagte: „Ausgezeichnet. Und wir müssen einen Weg finden, um mit Elspeth Montague, der Frau des Colonels, zu sprechen. Ich kann es nicht tun, weil sie mich erkennen würde, und sie ist ja schon geschockt genug darüber, ihren Mann verloren zu haben. Sie will bestimmt keine alte Freundin sehen, die aus der Welt der Toten zurückkehrt."

Wir stimmten alle zu, dass sie das irgendwie beunruhigend finden würde. Sylvia sagte: „Mich kennt sie nicht. Ich könnte eine Floristin spielen, die ihr wegen des Trauerfalls Blumen bringt. Ihr könnt es getrost mir überlassen, im Gespräch ihr Vertrauen zu gewinnen."

„Was ist mit der Ärztin?", fragte ich. „Hat es Sinn, mehr über sie zu erfahren?"

Silence Buggins brannte darauf, eingespannt zu werden. Die arme Frau wünschte sich nichts sehnlicher, als im Mittelpunkt der Aufmerksamkeit zu stehen, aber ihr unablässiges Geplapper erzielte nicht den von Silence erwünschten Effekt, sondern brachte die Leute dazu, sie stehen zu lassen, während sie redete, oder ihr nicht weiter zuzuhören. Sie sagte: „Ich könnte zur Ärztin gehen. Ich könnte so tun, als würde ich an Vapeurs leiden, oder vielleicht an Schwindsucht." Sie legte ihre Hand vor den Mund und hustete äußerst damenhaft.

Sylvia und Granny wechselten einen Blick und schüttelten kaum merklich ihre Köpfe. Sylvia sagte: „Silence, meine Liebe, Schwindsucht, die jetzt Tuberkulose genannt wird, ist heutzutage sehr selten. Und mit ‚Vapeurs' geht seit über hundert Jahren niemand mehr zum Doktor. Und außerdem: Was, glaubst du, wird geschehen, wenn die Ärztin dich untersucht?"

Silence sah so enttäuscht aus, dass Alfred sein Stricken unterbrach und sagte: „Vielleicht kannst du versuchen, ihr etwas zu verkaufen."

„Zum Beispiel?"

Hester, die ewig mürrische Jugendliche, sagte: „Tickets für ein Theaterstück mit schrillen Kostümen, würde ich sagen. Du siehst so irre aus, dass sie das wohl glauben würde."

Silence wäre rot im Gesicht geworden, wenn sie dazu genug Blut in ihrem Körper gehabt hätte. Dafür versteifte sich jeder Teil ihres Körpers, der nicht bereits wegen der Walknochen in ihrem Korsett steif war. „So unverschämt spricht man nicht mit mir."

„Eigentlich", sagte ich, „ist das keine schlechte Idee. Sag ihr, dass eine Kollegin ein Theaterstück inszeniert, in dem es um ..." Ich schaute mich um, „Ärztinnen zu viktorianischen Zeiten geht?"

„Davon gab es einige", sagte Dr. Weaver nickend.

„Sie ist Ärztin, also wird sie es als ihre Pflicht ansehen, sich dafür zu interessieren. Du kannst sie dazu bringen, über die schreckliche Tragödie zu sprechen."

Silences Miene erhellte sich sofort. „Ja. Das ist eine ausgezeichnete Idee, Lucy. Das mache ich."

Hester rollte mit den Augen und begann, ihre Nadeln in die Wolle zu stecken. Meine Großmutter, die sich immer darum bemühte, dass die anderen zufrieden mit sich selbst waren, sagte: „Das war ein ausgezeichneter Vorschlag, Hester.

Vielleicht könntest du Freundschaft mit dem jungen Mann schließen. Mit dem Koch, Jim."

„Ich bin 16 Jahre alt. Sei nicht eklig!"

„So meinte ich das doch nicht. Sag ihm, dass du ihn bei seiner Arbeit in der Küche der Teestube gesehen hast und dass du hoffst, eines Tages selbst Chefköchin zu werden."

„Von mir aus", sagte sie in ihrem typischen gelangweilten Tonfall, doch ich bemerkte, dass sie aufhörte, auf die Wolle einzustechen, als würde sie sie ermorden wollen, und tatsächlich anfing zu stricken. Es war ein Anfang.

Als unser Treffen beendet war, hatte jeder, der an den Ermittlungen teilnehmen wollte, eine Aufgabe, und die anderen hatten sich bereit erklärt, bei ihren Gängen durch Oxford Augen und Ohren offen zu halten und von jedem Leckerbissen zu berichten, den sie in Erfahrung bringen konnten. Es war erstaunlich, was Vampire mit ihrem feinen Gehör in Pubs oder auf der Straße mithörten.

„Was ist mit dir, Rafe?" Mir fiel auf, dass er keine Aufgabe übernommen hatte. Er schaute mich mit seinem kühlen Lächeln an. „Ich nehme mir die Vergangenheit von Colonel Montague vor. Und auch die von Gerald Pettigrew."

„Glaubst du, er könnte den Colonel ermordet haben oder das beabsichtigte Opfer gewesen sein?"

„Beides. Aber ich mag Florence und Mary Watt. Wenn dieser Mann Geheimnisse hat, habe ich vor, dahinterzukommen, bevor er für Ärger sorgen kann."

„Aber Florence ist so glücklich."

„Und wir wollen, dass sie es bleibt."

„Was ist mit dir, Lucy?"

Bevor ich antworten konnte, sagte Sylvia: „Natürlich wird

Lucy unser Bindeglied zu DI Ian Chisholm sein, der seine Augen nicht von ihr lassen kann."

Ich spürte, wie mir heiß wurde. „Das stimmt nicht."

„Und ob! Mach dir seine Vernarrtheit zunutze, um an Informationen zu gelangen."

Ich spürte Rafes kühlen Blick auf mir ruhen und wurde vor Hitze noch röter. „Ich bin nicht, er ist nicht ..."

Es war Alfred, der langnasige Vampir, der mich rettete. „Gütiger Himmel, Mädchen, was hast du denn mit der Socke angestellt? Die sieht aus wie etwas, das man zum Schrubben von Töpfen verwendet."

Ich senkte den Blick und zu meinem Entsetzen hatte er recht.

„Versuch, den Wirrwarr mit einem Zauberspruch zu lösen", sagte Granny und versuchte, mein Strick-Desaster in einen lehrreichen Moment zu verwandeln.

Das, was ich mir wirklich wünschte, war, mich wegzuhexen.

KAPITEL 10

*D*er folgende Tag begann ereignislos, zumindest im Cardinal Woolsey's. Nebenan im Elderflower sah die Sache anders aus. Polizeifahrzeuge trafen ein, Kriminaltechniker gingen hinein. Ab und zu kamen sie mit einer Kiste oder einer Tasche wieder heraus und sahen sehr offiziell und sehr mysteriös aus.

Agatha und ich taten so, als wäre alles normal, aber beide verbrachten wir mehr Zeit als nötig vorn im Geschäft, mit dem Aufräumen und Umgestalten des Schaufensters, wodurch wir einen ausgezeichneten Blick auf die Straße hatten.

Während ich einen der handgestrickten Pullover zusammen mit einer Strickanleitung, der Wolle und den nötigen Stricknadeln ins Schaufenster legte und dabei Nyx störte, die verärgert in meine Richtung miaute, tauchte ein Fernsehteam auf. Der Tod war gestern Abend in den Nachrichten gewesen, aber ich vermute, sie wollten frisches Filmmaterial für das abendliche Update haben.

Ich hatte einiges über Colonel Montague erfahren, aber

nichts, was erklären würde, warum er in der Teestube der Schwestern Watt ermordet wurde. In den Nachrichten vom Vorabend war berichtet worden, dass der Colonel 1945 geboren worden war und in Eton und Sandhurst studiert hatte. Er hatte in Deutschland gedient und war dann in den 1970ern während der ‚Troubles' in Irland stationiert gewesen. Danach hatte er in der Verwaltung gearbeitet, bis er in den Ruhestand getreten war. Der Bericht erwähnte, dass er eine Frau und zwei Kinder zurückließ.

Hätte ich meine Nase nicht in fremde Angelegenheiten gesteckt und so viel Aufmerksamkeit auf das gerichtet, was nebenan vor sich ging, hätte ich das Desaster in meinem eigenen Laden vielleicht verhindern können.

Zu dieser Zeit waren keine Kunden da.

Ich schaute gerade aus dem Vorderfenster, als Nyx knurrte und hinter mich schaute – ihre Augen waren so rund wie Zwillingsmonde.

Ich drehte mich um und da stand meine Großmutter im Laden und sah so aus, als wüsste sie nicht, wo sie war. Sie war mehr als nur im Halbschlaf und bevor ich mich sammeln konnte, sagte sie zu Agatha: „Guten Tag. Kann ich Ihnen behilflich sein?"

Agatha starrte Granny an und richtete dann einen zitternden Finger auf das reizende gerahmte Erinnerungsfoto von ihr, auf dem auch ihr Todestag stand. *„Mon Dieu"*, krächzte sie. *„Vous êtes mortes!"* Dann bekreuzigte sie sich. Sie murmelte immer noch auf Französisch, während sie zur Tür eilte.

Als ein Fernsehnachrichtenteam genau davor stand.

Tu etwas!

Was? Ich schaute Granny an, doch sie war immer noch in irgendeiner Welt des Zwielichts.

Ich hatte keine Zeit, um nach oben zu rennen und das Familienzauberbuch zu holen. Es blieb keine Zeit zum Nachdenken, also handelte ich. Ich stellte mich zwischen Agatha und die Tür. „Agatha, warten Sie! Es gibt eine ganz einfache Erklärung!"

Sie starrte erst mich und dann wieder Granny an und bekreuzigte sich noch einmal. „*Non.* Gehen Sie mir aus dem Weg!" Sie begann, sich an mir vorbeizudrängen.

Die Verzweiflung schärfte meine Erinnerung. Ich versuchte, mich einer Seite zu entsinnen, die ich am letzten Abend gelesen hatte. Einen Zauberspruch zum Vergessen. Ich gebe zu, dass ich daran gedacht hatte, alle Erinnerungen an Todd alias das Ekel, Ex-Freund und Betrüger, zu verbannen. Es war das Letzte, das ich vor dem Einschlafen gelesen hatte.

Ich schaute Agatha direkt in ihre erschrockenen, angstvollen Augen. Als sich unsere Blicke trafen und ich ihre Furcht spürte, packte mich das Mitleid für diese arme Frau, die solch einen Schock erlitten hatte. Ihr und uns zuliebe brachte ich all meine Konzentration auf und verbannte alle Zweifel.

Nyx, die meine Beine streifte, war eine warme Präsenz und gab mir Kraft.

Mit leiser Stimme sagte ich auf:

Vergessen seien Zeit und Ort
Voller Frieden und Anmut gehe nun fort
Diese Erinnerung ist nicht mehr als Staub
Verweht, und deine Gefühle sind taub

Hier hob ich die Hand mit der Handfläche nach oben und blies darauf, um zu versinnbildlichen, wie ihre letzte Erinnerung davonflog.

Wie ich will, so soll es geschehen.

Es herrschte absolute Stille. Ich hielt die Luft an. Agatha blinzelte und schaute sich um. Sie sah verwirrt aus, aber nicht mehr verängstigt. „*Qu'est-ce qui ce passé?*"

Ich holte ihre Handtasche. „Es tut mir wirklich leid, dass wir Ihnen nicht mit der Wolle behilflich sein konnten, die Sie wollten", sagte ich und hoffte, geschäftlich zu klingen. „Einen schönen Tag noch!"

Ich machte ihr die Tür auf und sie ging hinaus und schaute sich um, als wäre sie sich nicht sicher, wo sie war. Der Reporter, der tatenlos herumstand und darauf wartete, dass nebenan noch etwas passierte, ging mit gezücktem Mikrofon auf sie zu. „Arbeiten Sie hier?"

Agatha schaute erst zu ihm, dann zurück zur Tür, die ich schon halb geschlossen hatte. Sie sah aus wie jemand, der nach einem sehr langen Flug am Flughafen ankommt. „Nein, ich war noch nie hier." Und dann ging sie fort.

Ich fand das Schild mit der Aufschrift ‚In 10 Minuten zurück' und hängte es an die Tür. Dann wandte ich mich Granny zu und versuchte, mir die Frustration nicht anhören zu lassen. „Granny! Was machst du hier?"

Granny sah genauso verwirrt aus wie Agatha. Und verschlafen. „Ich weiß es nicht. Ich bin aufgewacht und habe gemerkt, dass ich zu spät dran bin, um den Laden aufzumachen." Sie entdeckte das Foto und ging näher, um es zu mustern. „Ach, das ist ja ein hübsches Foto von mir. Normalerweise sehe ich auf Fotos aus wie eine Vogelscheuche. Die Kamera bereitet mir Unbehagen." Sie las ihren Geburts- und Todestag und schlug sich dann die Hand vor den Mund. „Ach, jetzt erinnere ich mich. Ich sollte nicht hier sein, stimmt's? Es ist so schwer, mich daran zu erinnern, dass ich tot bin."

„Ich weiß." Wie konnte ich weiter böse auf sie sein, wenn sie so schuldbewusst aussah?

„Und ich habe diese arme Frau verängstigt. War sie deine neue Verkäuferin?"

Ich zuckte die Achseln. „Sie war eh nicht besonders gut. Sehr hochnäsig."

„Du hast gute Arbeit mit diesem Zauberspruch zum Vergessen geleistet. Beim Rhythmus hast du zwar etwas gepfuscht, aber nicht so, dass jemand es gemerkt hätte." Als hätte ich als Klavierschülerin bei meiner Vorführung eine falsche Note gespielt.

„Müssen nicht die Wörter stimmen?"

„Nicht nur. Der Rhythmus hilft dir bei der Konzentration. Wenn du erst einmal Übung hast, meine Liebe, wirst du eine sehr mächtige Hexe sein."

„Mächtig genug, um dich davon abzuhalten, zu jeder Tageszeit ins Geschäft zu kommen?"

Ihre Augen funkelten, als sie mich ansah. „Wahrscheinlich nicht. Ich war schon eine Hexe, da warst du noch gar nicht geboren."

Und nachdem sie mich zurechtgewiesen hatte, ging sie ins Hinterzimmer und ich hörte, wie sie die Falltür auf- und zumachte, um in ihr Bett zurückzukehren.

Ich würde mich schleunigst an mein Zauberbuch machen müssen. Entweder musste ich eine Verkäuferin nach der anderen neu einstellen, oder ich musste einen mächtigen Zauberspruch finden, der diese Falltür geschlossen hielt. Mächtiger als Grannys Fähigkeit, ihn zu brechen.

Nie hätte ich mir vorgestellt, dass ich einmal einen Machtkampf mit meiner eigenen Großmutter haben würde.

Ganz sicher keinen magischen.

Ohne Verkäuferin hatte ich keine Mittagspause. Da ich aber auch keine etwas durchgeknallte Französin hatte, die den Menschen erzählte, dass meine tote Großmutter mitten am Tag im Laden herumging, beschloss ich, dass das ein ganz guter Kompromiss war.

Ich positionierte einen Aushang in meinem Schaufenster, der besagte, dass ich nach einer Verkäuferin suchte. Es dauerte nicht lange. Ich hängte einfach dieselbe Mitteilung auf, die ich eine Woche zuvor verwendet hatte.

Am Ende des Tages machte ich eine enttäuschend niedrige Einzahlung auf der Bank und ging dann zum Lebensmittelhändler, wo ich ebenfalls einen Anschlag ans Brett hängte, um eine Verkäuferin zu suchen.

Die Frau, die das Geschäft führte, betrachtete mich über den Rand ihrer Brille hinweg. „Was? Noch eine Verkäuferin?" Sie schaute mich an, als würde ich meine Angestellten vielleicht verprügeln oder zwischen den Schichten im Keller einsperren.

Ich lächelte auf – wie ich hoffte – sorglose Weise. „Es ist so schwer heutzutage, gutes Personal zu finden."

„Nicht, wenn man es vernünftig bezahlt und gut behandelt." Sie war so arrogant. Die einzige Person, die sie einstellte, war ihr Pantoffelheld. Er war schwerhörig, wahrscheinlich waren sie deshalb noch verheiratet.

Nachdem ich meinen Zettel aufgehängt hatte, kam er mit

einer Schachtel Frühstücksriegeln aus dem Lager. Er begann, sie in das Regal mit Kuchen und Keksen einzuräumen. Sie sah ihn und schrie: „Nein, Dennis. Ich sagte Vollkornkekse, nicht Weetabix! Geh zurück und mach das noch einmal, du blöder Dussel!"

„Danke für die ausgezeichneten Tipps für Arbeitgeber-Arbeitnehmer-Beziehungen", sagte ich, als ich ging.

Sie war nicht die Einzige, die arrogant sein konnte.

KAPITEL 11

*A*m nächsten Tag belegte ich die Falltür mit einem Zauberspruch, um mich vor hereinkommendem Bösen zu schützen. Es war alles, was ich in meinem Grimoire finden konnte, obwohl ich ja eigentlich einen Zauberspruch suchte, um eine peinliche Situation in Form meiner im Laden auftauchenden Großmutter zu vermeiden.

Wenn ich ein Zauberbuch schreiben würde, stünden Zaubersprüche gegen Peinlichkeiten an erster Stelle.

Es war wieder ein ruhiger Tag und nebenan im Elderflower war keinerlei Aktivität festzustellen. Vielleicht half meine Strickarbeit mir dabei, mich zu beruhigen. Ich weiß nicht, warum ich das dachte. Es war das, was Stricker sagten. Für mich war das Stricken ein Kampf – zwischen mir und einem schwammigen Ball aus Tierhaaren –, und natürlich gewann immer das schwammige Tierhaar.

Obwohl das Muster für die Socken einfach sein sollte – Stufe 1 für Anfänger, einfach – fand ich das ganz und gar nicht. Wir alle haben unterschiedliche Talente, und es macht mich traurig, sagen zu müssen, dass Stricken nicht meins war.

Normalerweise würde das nicht viel ausmachen, aber ich hatte nun einmal unglücklicherweise einen Strickladen geerbt. Zumindest sollte ich lernen, wie man ein Paar Socken strickt.

Dann öffnete sich die Tür und die Glöckchen läuteten, um einen neuen Kunden anzukündigen. Ich war froh, dass ich meine Nadeln ablegen konnte. Diese Socke würde nur einem Schwein, einer Kuh oder irgendetwas mit einem winzigen Fuß und einer sehr langen, knöchrigen Wade dienen. Ich würde alles wieder aufmachen und von vorn beginnen müssen.

Ich schaute auf und war erschrocken, Katie – ehemals als Katya bekannt – eintreten zu sehen. Angesichts meiner offensichtlichen Überraschung sah sie ein bisschen verlegen aus und errötete. Aber egal: Ein Laden ist ein öffentlicher Ort. Ich konnte sie nicht rauswerfen, also fragte ich kühl und professionell: „Guten Tag. Kann ich Ihnen behilflich sein?"

Sie sah aus, als würde sie sich unbehaglich fühlen und vermittelte den Eindruck, als wäre sie lieber tausend Meilen weit entfernt. Das Gleiche traf auf mich zu. Sie sagte: „Ich habe gesehen, dass Sie eine Verkäuferin suchen."

Es folgte eine Pause. Wollte sie sich ernsthaft als Kandidatin bewerben? Dieses Mädchen, das kein Tablett tragen konnte, ohne es fallen zu lassen, das keine Kanne Tee servieren konnte, ohne sie an den falschen Tisch zu bringen, und das vorgegaukelt hatte, jemand ganz anderes zu sein, als es war. Ach ja, und eines Mordes verdächtigt wurde.

Wahrscheinlich sah sie diese Gedanken über mein

Gesicht huschen und bevor ich ihr sagen konnte, dass sie ungeeignet war, sagte sie schnell: „Ich stricke sehr gut."

„Wirklich?" Das war alles, was mir einfiel.

Sie verzog den Mund, als hätte sie etwas Saures gegessen. „Viel besser als ich kellnern kann."

Nun, wenn sie beweisen wollte, dass sie stricken konnte, dann hatte ich das perfekte Projekt. Ich schob ihr die verhedderten Schweinesocken über den Tresen zu. „Wenn Sie dieses Chaos beheben und in ein Paar Socken verwandeln können, das sich für Menschen eignet, stelle ich Sie ein."

Ich gebe zu, ich hatte das nicht richtig durchdacht. Denn selbst wenn sie so eine gute Strickerin war wie meine Großmutter, war sie trotzdem eine schreckliche Wahl als meine Verkäuferin. Erstens, weil ich ihr nicht traute. Zweitens, weil sie nichts von der Verkäuferin an sich hatte, die ich mir wünschte. In meiner Vorstellung war die ideale Angestellte so jemand wie meine Großmutter: eine ältere Dame, die ausgezeichnet strickte, Strickmuster verstand und auch Verkaufsfähigkeiten hatte. Katie schien nichts davon zu haben.

Wie dem auch sei: Sie nahm den Wirrwarr in die Hand und untersuchte ihn. „Was ist passiert? Hat die Katze es sich geschnappt?"

„Nein", sagte ich. „Das war ich. Um ehrlich zu sein, bin ich für das Stricken absolut unbegabt, und da ich einen Strickladen leite, hatte ich das Gefühl, ich sollte es lernen. Aber es läuft nicht gerade gut."

Sie rannte nicht zurück auf die Straße. Und sie lachte mich nicht aus. Sie breitete den Wirrwarr flach aus und untersuchte ihn kritisch. „Ihr erstes Problem ist, dass Sie Ihre Wolle zu fest ziehen."

Mich beschlich die Ahnung, dass diese Frau, die ständig gelogen hatte, vielleicht tatsächlich etwas vom Stricken verstand.

Sie schaute mich unsicher an. „Macht es Ihnen etwas aus, wenn ich das hier wieder auftrenne und neu anfange?"

Ich dachte an all die Stunden und Flüche, die ich in diesen Wirrwarr hier gesteckt hatte. Aber ein Paar Socken würde nie daraus werden, also konnten wir die Wolle genauso gut wieder verwenden. „Klar."

Sehr effizient entwirrte sie die Fäden und zog meine Nadeln heraus. Die Wolle verheddertee sich ein paarmal und sie musste unterbrechen und ein paar garstige Knoten lösen, doch an der Art, wie sich ihre Finger bewegten, erkannte ich, dass sie mit Wolle vertraut war. Menschen haben verschiedene Gaben. Manche können sich an die Tastatur eines Klaviers setzen und fühlen die Musik, andere können malen oder schreiben oder Mathe verstehen oder kellnern.

Katie hatte keinerlei Talent fürs Kellnern, aber ich fing an zu denken, dass sie mit Stricknadeln vielleicht gut umgehen konnte.

Als sie damit fertig war, die Wolle wieder zu einem Knäuel aufzuwickeln, setzte sie sich auf meinen Besuchersessel, griff sich das Strickmuster, studierte es kurz und begann dann zu stricken.

Meine Finger schmerzten noch vor Anstrengung nach den vielen Reihen, die ich heute kläglich zustande gebracht hatte, ihre Finger bewegten sich hingegen fließend. Rhythmisch und beruhigend.

„Nun, wenn Sie hier sitzen und stricken wollen, sollte ich Ihnen vielleicht ein paar Fragen stellen." Da war ich vielleicht etwas hinterhältig. Ich hatte nicht vor, sie einzustellen

– ich leistete nur ein bisschen amateurhafte Detektivarbeit. Ich befragte die Tatverdächtige.

„Großartig." Nun, da sie strickte, war sie entspannter. Ich wollte, dass sie sich wohl fühlte.

„Erzählen Sie mir von sich!" So eine wunderbar offene Frage, die jeder bei einem Vorstellungsgespräch hasst.

Sie strickte noch ein paar Maschen mehr und sagte dann: „Ich wurde in Melbourne geboren, aber wir sind nach Sydney gezogen, als ich noch ein Kind war. Ich habe das Stricken von meiner Großmutter gelernt. Sie hat sich um mich gekümmert, wenn Mom bei der Arbeit war." Sie schaute zu mir auf und dann zurück auf ihr Werk und hörte sich nach einer viel sanfteren Katie an als die, die nebenan gearbeitet hatte. „Ich fühle mich ihr nah, wenn ich stricke."

„Das Gleiche empfinde ich auch in Bezug auf meine Großmutter. Ich meine, wenn ich in diesem Geschäft bin. Dass es ihr nicht gelungen ist, mir das Stricken beizubringen, ist offensichtlich."

Darüber lächelte Katie. „Ich war am Boden zerstört, als meine Granny starb. Aber sie war alt und ihre Zeit war gekommen. Ich bin nie richtig darüber hinweggekommen, sie verloren zu haben. Jedenfalls habe ich dann nach dem Schulabschluss in einem Strick- und Handarbeitsladen in Melbourne gearbeitet. Ich könnte Ihnen die E-Mail-Adresse vom Besitzer geben. Eigentlich würde ich immer noch dort arbeiten, wenn Jim mich nicht zu dieser Reise überredet hätte."

Ich lehnte meinen Rücken gegen den Kassentisch. Da ihr das Stricken leicht von der Hand ging, machte ihr das Reden weniger Mühe. „Erzählen Sie mir etwas über Jim und Sie."

Sie hielt inne, kontrollierte das Strickmuster und machte

sich dann wieder an die Arbeit. „Da gibt es nicht viel zu erzählen", sagte sie. „Wir haben uns in der Melbourne Academy of Dramatic Arts kennengelernt. MADA, auch wenn wir es natürlich als MAD abgekürzt haben. Ich war noch nie für die Uni gemacht und ich glaube, Jim auch nicht. Wir liebten beide das Schauspielern und endeten im gleichen Impro-Kurs."

„Impro? Das kann ich mir nicht vorstellen."

„Es war ein ziemlicher Spaß. Er war schon immer ein Witzbold und ein guter Imitator. Die ganze Zeit zog er Nummern ab und tat so, als wäre er jemand anderes. Er sagte, das sei eine gute Übung. Als wir den Kurs beendet hatten, bekamen wir hier und da einen Job, aber nicht genug, um davon leben zu können. Er verdiente sich seinen Lebensunterhalt als Koch, und ich arbeitete im Strickladen. Als er vorschlug, wir sollten alles hinschmeißen und für ein Jahr nach England ziehen, dachte ich, er macht Witze."

„Tat er aber nicht."

Sie hatte die Spitze bereits fertig und es sah aus, als würden menschliche Zehen es dort ziemlich bequem haben. Ich war beeindruckt. „Australier lieben das Reisen. Es ist in unserer Natur. Jim wollte echt raus. Er sagte, solange wir jung sind und keine Kinder haben, sollten wir reisen. Ich vermute, er hat recht."

„Und Sie haben sich für Oxford entschieden?"

„Wir haben ein paar Tage in London verbracht, aber er wollte nach Oxford. Er sagte, wenn wir wieder zu Hause sind, können wir immer sagen, dass ‚wir Oxford besucht haben'." Sie verdrehte die Augen angesichts Jims Albernheit. „Wie gesagt, er ist ein Witzbold."

Ihre Finger bewegten sich so schnell und sicher, dass es

eine Freude war, sie zu beobachten. „Nun, als wir herkamen, haben wir ein bisschen Urlaub gemacht. Eines Tages gingen wir diese Straße entlang und er sagte, er würde mich gern auf einen echten englischen Tee einladen. Aber wir mussten vorgeben, Polen zu sein. Nur zum Spaß, wissen Sie."

„Warum Polen?"

„Einfach so. Am Tag davor hatten wir einen Tag lang so getan, als wären wir Italiener."

„Also sind Sie als Polen getarnt ins Elderflower gegangen."

„Ja. Miss Mary Watt hat uns platziert. Dann kam ihre Schwester mit ihrem Begleiter herein. Und offensichtlich war da irgendetwas im Busch. Florence sagte etwas gereizt, dass sie ausgehen würden. Mary antworte: ‚Was meinst du, wer sich ums Kochen kümmert? Und die Kunden bedient?'"

„So haben sie sich vor den Gästen gestritten?"

„Oh, ja! Sie können sich vorstellen, wie der restliche Streit verlief, und dann ging Florence mit ihrem Mann davon. Jim sagte, das sei unsere Chance. Wir tranken unseren Tee aus und eilten zurück zur Wohnung. Er forderte mich auf, mich abzuschminken und mir einen einfachen Rock und ein neues Top mit Rollkragen und langen Ärmeln anzuziehen. Und er kleidete sich mit seiner besten Jeans und seinem eleganten Hemd. Er sagte, wir würden Miss Watt erzählen, dass wir Geschwister seien und zusammen arbeiten mussten. Ich dachte, das sei verrückt, aber wir gingen da vorbei und die arme alte Dame war vielleicht in einem Zustand! Vor uns kam eine große Gruppe Deutsche herein. Sie hätte fast geheult."

„Oh, arme Miss Watt." Ich konnte nicht glauben, als wie

rücksichtslos sich Florence – geblendet von ihrer Schwärmerei – herausgestellt hatte.

„Ich denke nicht, dass sie uns jemals eingestellt hätte, wenn sie nicht verzweifelt gewesen wäre. Und da Jim eben Jim ist, hat er ihr einen Deal vorgeschlagen. Er sagte, wenn wir es nicht schaffen würden, ihr einen Tag ohne jegliche Beschwerden zu verschaffen, dann könne sie uns vom Fleck weg feuern. Ohne uns einen Penny schuldig zu sein. Sie war so verzweifelt, dass sie Ja sagte."

„Deshalb haben Sie ihr also nie Ausweise zeigen oder Referenzen vorlegen müssen."

„Genau. Nach dem ersten Tag, als Jim all die Scones und Sandwiches und Quiches besser hinbekommen hat als sie selber, sagte sie, sie würde uns behalten. Er ist helle, wissen Sie? Ein super Koch."

„Mutig auch."

„Ich denke nicht, dass sie mich mochte, von Anfang an, aber Jim sagte, wir seien ein Paar und ich vermute, sie hat beschlossen, das zu schlucken. Wahrscheinlich dachte sie, sie könne mich einarbeiten. Aber es war eine schreckliche Arbeit. Ich würde nie Kellnerin sein wollen. Nie wieder!"

Wahrscheinlich war das ein Segen für jedes Speiselokal auf diesem Planeten.

„Zuerst war es lustig, uns als Polen auszugeben. Als wäre man die ganze Zeit auf der Bühne. Die einzigen Momente, in denen wir normal sprachen, waren die in unserer Wohnung. Er bestand darauf, dass wir auch auf der Straße an unseren Rollen festhalten mussten."

„Nun, ich bin nicht so gutgläubig wie Miss Watt. Ich hätte gern Namen, E-Mail-Adresse und Telefonnummern von dem Handarbeitsladen, in dem Sie gearbeitet haben."

Sie schaute auf und wirkte erfreut. „Sie meinen, Sie stellen mich ein?"

Als sie hereingekommen war, hatte ich keinerlei Absicht dazu gehabt. Aber die Art, wie diese Frau strickte, war wie jemanden am Klavier Platz nehmen zu sehen und den Floh-walzer zu erwarten – und dann ein Beethoven-Konzert zu bekommen. Ihr Stricken war bewegte Poesie. Eine Socke trat bereits zum Vorschein.

„Ich gehe davon aus, dass Sie irgendeine Art von Arbeits-visum haben?"

Sie nickte.

Sie gab mir ihre Mobilfunknummer und die Informatio-nen, um die ich sie gebeten hatte, und ich sagte, ich würde mich mit ihr in Verbindung setzen.

Sie sah aus, als würde es ihr leidtun, sich von der halbfer-tigen Socke trennen zu müssen. „Würde es Ihnen etwas ausmachen, wenn ich die hier mit nach Hause nehme? Ich habe schon so lange kein Strickprojekt mehr und es beruhigt mich. Momentan ist alles ein bisschen stressig, wie Sie sich vorstellen können."

„War es fürchterlich bei der Polizei?"

Ihr schauderte. „Angenehm war es nicht. Hätten wir nicht vorgegeben, Polen zu sein, wäre es besser gewesen. Ich hätte niemals eingewilligt, Katya zu sein, wenn ich geahnt hätte, dass sie jemanden sterben sehen würde."

So schlimm es auch für mich gewesen war, als Kundin im Elderflower zu sitzen: Mir war klar, dass es für sie – die Person, die wahrscheinlich das Gift serviert hatte, das Colonel Montague getötet hatte – noch schlimmer gewesen sein musste.

„Ja", sagte ich. „Natürlich können Sie die Socken mit nach Hause nehmen."

Wahrscheinlich ging ich das Risiko ein, dass ich Wolle, Strickmuster, Socken oder Katie nie wieder sehen würde, aber ich sah nichts davon als großen Verlust an.

Sie sammelte ihre Sachen zusammen. „Ich hoffe, Sie nehmen mich. Es ist mir sogar egal, wie hoch das Gehalt ist. Ich muss etwas zu tun haben. Ich sehe ihn immer vor mir, wissen Sie?"

Angesichts der vielen Male, die ich die schreckliche Szene in der Teestube in Gedanken durchgespielt hatte, konnte ich mir nur zu gut vorstellen, wie es für sie sein musste. „Gibt es etwas, an das Sie sich erinnern, etwas, das Sie gesehen haben, das Sie vielleicht vergessen haben, der Polizei zu berichten?"

„Ich habe mir den Kopf zerbrochen, wirklich, und das Einzige, das mir einfällt, ist das Rattengift."

KAPITEL 12

*M*ir ging ein genauso dramatischer Schauer durch den Körper wie ihr. „Rattengift?"

„Ich sollte es niemandem sagen. Es ist ein schrecklich abgründiges, düsteres Geheimnis, aber Jim hat eine Ratte gesehen, als er die Vorräte aufräumte."

„Eine Ratte?" Ich weiß, dass ich kreischte wie ein Mädchen, aber ich bin eben ein Mädchen, und außerdem war die Teestube direkt nebenan. Ich konnte mir gut vorstellen, wie gemütlich Ratten einen hübschen Korb voller Wolle fanden, in dem sie es sich bequem machen konnten. Und sie konnten wegen des Smörgåsbords voller Lebensmittel nebenan auftauchen. Welche anständige Ratte würde nicht gerne bei uns in der Gegend wohnen?

Ich war so glücklich, dass Nyx mich adoptiert hatte.

„Er sagte, es war noch ein Rattenbaby." Als würde das die Sache besser machen. Wo es Rattenbabys gab, musste es auch Eltern und Geschwister, Cousinen, Tanten, Großcousins geben, die schon dreimal entfernt worden waren.

Ich hatte mich gerade einigermaßen daran gewöhnt,

mit einem Nest voller Vampire zusammenzuleben – ich glaubte nicht, dass ich auch noch ein Rattennest ertragen konnte. Ich bin eine tolerante Frau, aber ich habe meine Grenzen.

„Wie auch immer – er erzählte es Miss Watt, und die hat natürlich Zustände bekommen. Dann kam sie mit Rattengift in die Küche und sagte ihm, dass wir keiner Menschenseele davon erzählen durften. Jim sagte, in jeder Küche gebe es Ratten, doch Miss Watt behauptete, in ihrer Küche sei noch nie eine gewesen."

Wenn es in der Küche Rattengift gab, war es ein Leichtes, einem Kunden etwas davon zukommen zu lassen.

Wer hatte Zutritt zur Küche? Natürlich die beiden Watt-Schwestern und Jim und Katie. Und wer noch? Ich wusste es nicht, also stellte ich Katie die Frage.

Sie hob die Brauen. „Vorgestern, meinen Sie?"

„Ja, das nehme ich an."

„Nun, alle, die Sie aufgezählt haben, natürlich. Und Mr Pettigrew. Florence Watts Freund. Er ist reingekommen, um sich nach dem Quiche-Rezept zu erkundigen. Ich habe nicht genau zugehört. Eine der alten Damen ist hereingekommen, weil sie die Küche mit der Toilette verwechselt hat. Das passiert mindestens einmal pro Tag. Sie ist nicht richtig ausgeschildert und die Leute gehen direkt in die Küche, anstatt die Treppe hoch."

„Eine alte Dame? Welche alte Dame?"

„Ihre Namen weiß ich nicht. Sie saßen zu viert an einem Tisch. Ich habe sie nicht bedient."

Miss Everly und ihre Freundinnen. „Aber wenn Sie die Dame haben hereinkommen sehen, haben Sie sich doch wahrscheinlich umgedreht und sie zur Toilette dirigiert."

„Oh, ja! Aber was ist, wenn sie zurückgekommen ist, als niemand da war?"

Ich spürte, wie sich meine Augenbrauen zu einem verwirrten Stirnrunzeln zusammenzogen. „Warum sollte niemand da gewesen sein?"

Sie sah aus, als wünschte sie, sie hätte nichts gesagt. „Sehen Sie, ich will ihn nicht in Schwierigkeiten bringen, aber Jim raucht." Sie schaute zu mir auf und dann aus dem Fenster. „Vielmehr tun wir das beide. Wir schlichen uns immer für eine Raucherpause nach draußen, wenn nicht so viel los war."

„Ich verstehe. Also gab es Momente, in denen niemand in der Küche war. Und jede Person im Restaurant hatte Zugang zum Rattengift."

„Ich vermute schon. Außerdem hätte auch jemand durch die Tür zur Straße hereinkommen können. Die Küchentür geht auf eine Hintergasse hinaus."

Es sah ganz danach aus, dass die Polizei viel Arbeit vor sich hatte. Und apropos Arbeit: Eigentlich hätte das hier ein Vorstellungsgespräch sein sollen. „Also rauchen Sie."

„Nur etwa drei Zigaretten am Tag. Eine nach dem Frühstück, dann noch eine nach dem Mittagessen, und eine nach dem Abendbrot. Aber ganz ehrlich: Wenn ich hier arbeiten würde, würde ich mich nicht nach draußen stehlen. Sie könnten mir vertrauen."

Nichts an ihren jüngsten Unternehmungen hätte mir Vertrauen einflößen sollen, aber merkwürdigerweise vertraute ich ihr trotzdem. Vielleicht war ich dumm, aber mein Instinkt sagte mir, dass sie im Herzen ein guter Mensch war. Nyx, die im Schaufenster gedöst hatte, wo drei Touristen sie fotografiert hatten, stand plötzlich auf und streckte sich.

Dann stieg sie anmutig aus dem Korb, sprang nach unten, lief schnurstracks zu Katie hinüber und stieß ihre Nase gegen das Bein der Australierin.

Sie sagte: „Ach wie süß!" Als sie die Katze hochhob, kuschelte Nyx sich in ihre Arme, gab ein zufriedenes Geräusch von sich und starrte mich dann mit ihren grünen Augen an. Manche sagen, Katzen seien nicht gut im Kommunizieren, aber ich kann nur sagen, dass sie Nyx kennenlernen sollten.

Ich war mir sicher, dass die Katze mein Urteil, dass Katie vertrauenswürdig war, bestätigte. Sie ließ sich unter dem Kinn streicheln und kosen. Sie belohnte Katie, indem sie laut schnurrte. Ich musste einfach lachen. „Nyx mag Sie."

Auch Katie lachte. Wenn sie lächelte, erhellte sich ihr ganzes Gesicht. „Zählt ihre Meinung?"

Ich sah Nyx an. Wir waren noch nicht lange zusammen, aber sie war bereits ein sehr wichtiger Teil meines Lebens. „Oh ja, Nyxs Meinung zählt definitiv."

Sobald Katie weg war, setzte ich mich an den Computer, um nach dem Laden zu suchen, in dem sie gearbeitet hatte. Nyx sprang ins Schaufenster und spähte nach draußen, um zu beobachten, wie Katie wegging.

Eines der schönen Dinge daran, Nyx zu haben, war, dass man mit ihr laut reden konnte, ohne wie eine Verrückte auszusehen. „Du mochtest sie, stimmt's?"

Nyx leckte sich ihre Vordertatze.

„Meinst du nicht, wir gehen ein Risiko ein, wenn wir jemanden einstellen, der eventuell eines Mordes verdächtigt wird?"

Nyx gähnte.

Ich war nicht ganz sicher, wie viel später es in Melbourne

als in Oxford war, aber ich dachte, je eher ich die E-Mail schicke, desto eher bekomme ich eine Antwort. Ich war beeindruckt von ihrer Website und dem breiten Angebot. Sie boten alles Übliche für das Stricken und Häkeln, aber auch für das Spinnen, Weben und für die Filzherstellung. Ein demnächst stattfindender Kurs, um Wolle selbst zu färben, sah interessant aus.

Nachdem ich meine E-Mails verschickt hatte, in denen ich mich nach Katies Arbeitserfahrungen, Verhalten, Pünktlichkeit und Ehrlichkeit erkundigt hatte, checkte ich meinen Posteingang. Darin war eine Mail von meiner Mutter. Ich hoffte, sie würde ein Datum vorschlagen, an dem sie zu Besuch nach England kommen konnten, wie mein Dad und sie es immer wieder versprochen hatten, seit ich nach Oxford gezogen war.

Sie waren nämlich unglaublich beschäftigt mit den archäologischen Ausgrabungen in Ägypten. „Mumien können genauso anspruchsvoll sein wie Mamis", sagte ich laut und kicherte über diesen gemeinen Vergleich. Sie sagte, dass die Ausgrabungen gut liefen und sie vielleicht nach Oxford kommen würden, um für die Arbeit bei ihnen ein paar neue Studierende anzuwerben, aber dass das noch ein paar Monate dauern würde.

Außerdem sah ich eine E-Mail von meiner Freundin Jennifer aus Boston. Sie hatte jede Menge über unsere Freunde zu Hause zu berichten und schmiedete schon Pläne für Weihnachten. Ein paar Leute aus meiner alten Clique waren dabei, für Silvester ein Appartement in New York zu buchen. Das klang nach einem Riesenspaß.

Ich spürte, wie das Heimweh an mir nagte. Ich hatte hier keine Freunde in meinem Alter. Hauptsächlich, weil ich zu

beschäftigt gewesen war, um auszugehen und Leute kennen-
zulernen. Und die Einladungen, die ich erhielt – beispielsweise zum Hexen-Buffet – konnten mich nicht so recht
begeistern. Ich hatte den größten Teil meiner Freizeit mit
einem Haufen Vampire verbracht, die einige Jahrhunderte
älter waren als ich.

Das Glöckchen läutete und sagte mir, dass ich Kunden
hatte, also schloss ich meine E-Mail und ließ gleichzeitig
mein vorübergehendes Heimweh hinter mir.

Es war Samstag und ich war ziemlich sicher, dass ich
meinen Samstagabend mit Nyx und meinem Zauberbuch
verbringen würde. Ich wusste auch, dass ich anfangen würde,
meinen Kleiderschrank zu durchsuchen, um zu entscheiden,
was ich bei meinem Date mit einem Vampir am Sonntag-
nachmittag tragen würde.

KAPITEL 13

*A*m Sonntag blieb es trocken. Der Vormittag war bewölkt, aber mit Fortschreiten des Tages kam die Sonne heraus. Ich probierte so ziemlich alles an, was ich im Schrank hatte, bevor ich mich für meine schwarzen Skinny-Jeans, Stiefel und den Pullover in Cranberry-Farbe mit den herabhängenden Blättern entschied, den Alfred für mich gestrickt hatte. Ich ließ mein Haar offen und steckte mehr Mühe in mein Make-up als normalerweise – was etwa fünf Minuten anstatt normalerweise zwei bedeutete.

Ich stand draußen und wartete, da tauchte ein schlanker schwarzer Wagen geräuschlos auf. Ich verdrehte die Augen hinter meiner Sonnenbrille. Natürlich fuhr er einen Tesla.

Ich stieg ins Auto und er fuhr los. Ich spürte meine Aufregung, und fragte mich, ob meine Freude auch darauf zurückzuführen war, dass ich vom Laden und der Mordszene nebenan wegkam.

„Netter Wagen."

„Danke!"

„Sehr umweltfreundlich."

Darüber lächelte er. „Ich habe größeren Anlass zur Sorge über die Zukunft des Planeten als die meisten anderen."

Wir ließen das Zentrum von Oxford hinter uns und fuhren durch die grünen Vorstadtstraßen mit ihren viktorianischen Backsteinhäusern, doch er setzte den Weg fort und mir wurde klar, dass wir die Stadt verließen. „Ich habe keine Ahnung, wo du wohnst."

„In der Nähe von Woodstock."

Woodstock war mit dem Auto etwa eine Viertelstunde von Oxford entfernt und war vor allem für eines berühmt. „Du wohnst im Blenheim Palace?" Ich hatte dort einmal eine Führung gemacht. Ein riesiger Palast, der vom Duke of Marlborough gebaut wurde und der Geburtsort von Winston Churchill war.

Er warf mir einen Blick zu. „Zu viele Touristen."

Ich lachte. „Okay. Überrasche mich!"

Ich schaute aus dem Fenster und genoss es, nicht im Laden zu sein. Sobald wir aus Oxford draußen waren, fuhren wir an grünen Weiden vorbei, die mit Schafen gespickt waren, deren Wolle zweifelsohne zum Teil in meinem Geschäft landen würde. Ich konnte die Hügel der Cotswolds sehen, die sich vor uns erhoben, und auch vereinzelte Häuser aus grauem Cotswold-Stein. Wir überholten drei Ausflugsbusse auf ihrem Weg nach Blenheim, eine Gruppe von Radfahrern in Lycra-Kleidung, die sich auf ein Rennen vorzubereiten schienen, und unzählige Autos voller Familien, die eine Sonntagsspritztour machten und vielleicht in einem der Pubs zu Mittag essen würden.

Wir fuhren durch den Ortskern von Woodstock mit seinen malerischen steinernen Häusern, Hotels und Pubs, bis zum anderen Ende der Stadt. Die Straße wurde viel ruhiger und wir bogen in eine kleinere Straße mit alten Bäumen ein, die einen Bogen über uns formten. Es war so still hier.

Etwa fünf Minuten später griff Rafe nach einem Schlüsselanhänger, als wir uns zwei Steinsäulen näherten, auf denen Löwen thronten, die ein schwarzes Eisentor zwischen sich hielten. Er drückte auf einen Knopf und die Eisentore öffneten sich mit majestätischer Langsamkeit.

Wir fuhren zwischen ihnen hindurch und über eine Privatstraße hinunter zu einem großen Herrensitz. Der Garten im Inneren war von einer Mauer umgeben und eine Gärtnerin war damit beschäftigt, die verblühten Hortensien zurückzuschneiden. Auf dem samtigen, grünen Rasen neben der Fahrbahn pickten drei Pfauen auf der Erde.

Ein weiterer auf der Mauer beobachtete alles von oben, seine grünen und blauen Federn schimmerten in der Nachmittagssonne. Ich traute meinen Augen kaum. „Pfauen? Du hast Pfauen?" Es war irgendwie einfacher, sich auf die Vögel zu fokussieren als auf den Palast, den er sein Zuhause nannte.

„So ist es."

Als das Auto vorbeifuhr, hob einer der drei pickenden Pfauen seinen Kopf, schaute uns an, und begann, vor sich hin zu watscheln, um mit uns Schritt zu halten. Er war nicht der schönste der Vögel. Er war ein bisschen rundlich und sein Schwanz sah ziemlich traurig aus. Er hatte nur eine Feder, die er beim Rennen hinter sich herschleifte wie einen einsamen Wasserskifahrer hinter einem viel zu großen Motorboot.

Als der Wagen vor der breiten Treppe hielt, die zum Haus führte, steigerte der Vogel sein Tempo und stand schon wie ein Hund bei der Rückkehr seines Herrchens wartend da, als

Rafe die Autotür öffnete. Ich konnte mir dieses Wiedersehen nicht entgehen lassen, also stieg ich aus und rannte um den Wagen herum, um die beiden zu beobachten.

„Nun, Henri, ich sehe, dass du dich fit hältst", sagte Rafe und sprach den Namen des Tieres mit einem französischen Akzent aus. Er steckte eine Hand in seine Tasche und holte ein paar Pellets heraus, die er auf seine Handfläche legte. Als er sich hinhockte, richtete der Pfau seine perlenartigen Augen auf mich, und ich blieb regungslos stehen, bis er entschied, dass ich keine Bedrohung war, und sich vorbeugte, um Rafe aus der Hand zu fressen.

Das gehörte zu den Top Ten der niedlichsten Dinge, die ich je gesehen hatte. „Warum nennst du ihn Henri?"

„Er ist französisch. Er wurde in einem Château bei Toulouse aufgezogen, aber seine Besitzer machten schwere Zeiten durch, und als sie ihr Hab und Gut verkauften, baten sie mich, ihn zu nehmen."

Ich wollte nicht unhöflich sein, aber der Vogel schien ungesund pummelig zu sein. „Ist er nicht ein bisschen übergewichtig?"

„Ach, schrecklich. Henri hat den Körper eines Pfaus und die Seele eines Schweins. Er würde alles essen, aber er hat eine Vorliebe für Steaks." Er schaute zu mir auf. „Er ist gerade in der Mauser, deshalb sieht er so zerzaust aus. Möchtest du ihn füttern?"

„Lässt er mich denn?"

„Ich glaube schon." Er winkte mich zu sich und ich kniete mich neben Rafe. Henri machte ein paar tänzelnde Schritte nach hinten, aber als Rafe mir das Vogelfutter in die Hand gab und ich sie flach ausstreckte, übertrumpfte die Gier des Vogels rasch seine Skepsis und er watschelte nach vorn und holte sich ziemlich anmutig die Pellets von meiner Handfläche.

Dann sagte Rafe: „Das reicht jetzt, Henri. Geh ein bisschen Sport machen."

Der Vogel warf den Kopf in den Nacken, als würde er sagen: ‚Wer's glaubt, wird selig.' Dann drehte Henri sich um und watschelte zurück, wobei er mit seiner einzigen Feder den Staub von der Straße aufwirbelte.

Als wir aufstanden, sagte Rafe: „Herzlich willkommen!"

„Es ist unglaublich hier."

„Danke. Es gehörte einst zum Haus Tudor. Das Gebäude war ziemlich runtergekommen, als ich es gekauft habe. Ende des 17. Jahrhunderts habe ich die Flügel an beiden Seiten hinzufügen lassen. Capability Brown hat den Garten und das Grundstück geplant." Das aus ortstypischem Stein gebaute Herrenhaus war etwas, das man bei einer Führung besichtigte – und kein Ort, an dem jemand leben konnte, der nicht prominent war.

Bevor wir die Stufen hinaufgestiegen waren, öffnete sich die Tür, in der uns ein Mann mittleren Alters in blauem Anzug erwartete. „Guten Tag, Miss", sagte er zu mir. Und zu Rafe: „Herzlich willkommen zu Hause."

Ich murmelte: „Guten Tag", dann trat ich durch die Tür in einen Roman von Jane Austen ein. Ganz ehrlich: So kam es mir vor. Wie Elizabeth, wenn sie Pemberley besucht. Vielleicht hatte dieses Haus hier einen kleineren Maßstab, aber ich bekam den Eindruck von Reichtum, gutem Geschmack und Geschichte, die ineinander verflossen. Und ich war erst im Foyer. Auf den gefliesten Böden lagen edle Teppiche, in der Mitte sah ich eine prachtvolle Treppe und einen Kamin, der groß genug gewesen wäre, um einen Elefanten zu rösten.

Der Mann in Blau schloss die großen Flügeltüren und Rafe sagte: „Danke, William."

„Klingeln Sie, wenn Sie für das Essen bereit sind." Und dann verschwand der Mann.

Ich sah Rafe erstaunt an. „Ist er der Alfred für den Bruce Wayne in dir?"

Rafe schaute mich an, als hätte ich Fieber. „Wie bitte?"

„Du weißt schon: Batman."

Er sah immer noch aus, als hätte er keinen Schimmer, wovon ich redete. Ich verdrehte die Augen. „Ist die amerikanische Populärkultur völlig an dir vorbeigegangen?"

„Das hoffe ich inständig."

Also wusste er doch nicht alles, auch wenn er groß, dunkel und untot war. Ich war entschlossen, ihn in nächster Zukunft in ein dunkles Kino zu zerren und seine kulturelle Bildung zu erweitern.

Während ich darüber nachdachte, welche Filme und Fernsehsendungen ich ihm zeigen wollte, führte er mich links an der großen Treppe vorbei aus dem Foyer. Er öffnete ein Paar Flügeltüren und wir gingen in einen großen Raum mit modernen, bequemen Sofas und Sesseln, einem großen Kamin in georgianischem Stil und einem Kerzenhalter mit gewaltigen Proportionen. Aber all das war nichts im Vergleich zu den vielen Gemälden, die an den holzgetäfelten Wänden hingen.

Fast hätte ich meine Zunge verschluckt, was mich wahrscheinlich auch davon abhielt, etwas Dummes zu sagen. Eine ganze Wand war Monet gewidmet und die Blau- und Grüntöne waren so frisch, als wären die Wasserlilien erst in dieser Woche gemalt worden. So frisch, dass ich fragen musste: „Monet ist kein Vampir, oder?" Konnte er immer noch da sein? Der Geist von Giverny, der einfach drauf los malte und seine Werke buchstäblich in der Schattenwirtschaft verkaufte.

Rafe sah belustigt aus. „Falls es so ist, habe ich nichts davon gehört."

„Du musst ein Fan von Impressionisten sein", sagte ich und wandelte umher, um eine Wand voller Bilder zu betrachten, darunter auch zwei Werke von van Gogh, einige von Turner, eines von Pissarro und auch von anderen Künstlern, von denen ich noch nie gehört hatte.

„Meine Wände ändern sich je nach meiner Laune."

Als ich nur fragend die Brauen hob, drehte er an einem Messinggriff im unteren Teil der Verkleidung und zwei Paneele öffneten sich wie Türen. Dahinter hingen weitere Bilder.

Ich erkannte den Rembrandt, musste auf die Signatur spähen, um den van Dyck zu erkennen, und als ich eine Reihe von Skizzen von da Vinci entdeckte, wäre mir fast das Herz stehen geblieben. „Das sind alte Meister. Kannst du dir überhaupt vorstellen, was die wert sind?"

Er stellte sich neben mich und wir betrachteten die Skizzen gemeinsam. „Für mich sind sie unbezahlbar kostbar, genauso wie die Freude, die sie mir über die Jahre beschert haben. Geld wird nach einer Weile bedeutungslos."

Ich konnte mir nicht vorstellen, wie man Geld gegenüber so gleichgültig sein konnte, aber andererseits konnte ich mir auch nicht vorstellen, ein Vampir zu sein.

Er öffnete andere Paneele und enthüllte so eine ganze Wand mit Picasso. „Gertrude Stein und ich haben immer über ihn gestritten."

„Du und Gertrude Stein. In Paris, in den 1920ern?"

„Selbstverständlich. Ihre Salons waren recht bemerkenswert." Er lächelte etwas betrübt. „Ich vermisse diese Leute. Das waren spannende Zeiten."

Er führte mich durch das restliche Haus und ich war immer faszinierter von dem Mann, der hinter diesem Vampir steckte.

Seine Bibliothek mit doppelter Deckenhöhe war natürlich beeindruckend und vom Boden bis zur Decke mit Büchern gefüllt. Sie verfügte über ein ausgeklügeltes System aus Leitern und Messinggeländern, an denen sie entlangglitten.

Hinter der Bibliothek befand sich ein hochmodernes Büro mit zwei Computern und moderner Büroausstattung. Die Schlafzimmer waren eine Mischung aus alt und neu. Neue Matratzen, Bettwäsche und Vorhänge, und hauptsächlich antike Möbel.

Sein Schlafzimmer war das modernste, mit einem King-Size-Bett und tiefen, bequemen Sesseln. Der Anstrich, die Teppiche und die Bettwäsche hatten beruhigende, kühle Grautöne. Die Fensterläden waren geschlossen, sodass das Licht gedämpft war. Das dazugehörige Badezimmer enthielt eine große Glasdusche mit etwa 17 Duschköpfen, eine Sauna und eine tiefe Badewanne.

Selbst wenn ich nicht gewusst hätte, dass er an Schlaflosigkeit litt, wäre ich wohl darauf gekommen. Alles im Zimmer diente der Beruhigung, und ausgehend von der Anzahl der Bücher vermutete ich, dass er viel Zeit mit dem Lesen verbrachte, anstatt zu schlafen.

Wie aßen zu Mittag – nicht in dem förmlichen Esszimmer, sondern in einem Wintergarten mit Glasdach. Die Luft duftete nach Rosen und Orchideen und die Glaswände waren perfekt, um die Kälte abzuhalten und boten gleichzeitig einen Blick auf viele Hektar Land. Er hatte sogar einen eigenen See, der wie die Zinnoberfläche meines magischen Spiegels aussah.

Ich hatte noch nie mit einem Vampir zu Mittag gegessen und war ein bisschen besorgt, was mir wohl serviert werden würde, doch William kam mit einem Tablett mit einer Auswahl an Sandwiches, Wurstwaren, geräuchertem Lachs und Salaten herein.

Er bot uns Wein, Softdrinks, Tee oder Kaffee an und ich entschied mich für Wasser mit Kohlensäure. Ich machte meinen Teller voll, da ich nach der kilometerweiten Wanderung durch dieses Haus hungrig war und mir dachte, dass ich besser Kohlenhydrate tanken sollte, wenn ich es durch den riesigen Garten schaffen wollte. Rafe nahm sich eine große Portion vom rohen Lachs und etwas Salat. Er trank ebenfalls Mineralwasser.

„Es ist so schön hier", sagte ich, während wir aßen. „Wie nennst du es? Crosyer Castle?"

Er schüttelte den Kopf. „Eigentlich Woodbridge House. Das war der ursprüngliche Name und den habe ich beibehalten. Ich bleibe lieber so anonym wie möglich."

Ich beendete meine Mahlzeit mit einem Kaffee und einem köstlichen Zitronenkuchen, den William selbst gebacken hatte. Rafe trank noch mehr Wasser und schaute mir beim Essen zu. „Ich fühle mich ganz schlecht, weil William diesen ganzen Kuchen nur für mich gemacht hat."

„Ich denke, er ist glücklich, dass er für jemanden backen kann. Meine Mahlzeiten zuzubereiten, ist nicht so interessant."

Ich zögerte und fragte dann: „Weiß er es?"

„Oh, ja! Seine Familie hat mich jahrhundertelang bedient. Jede Generation wird dazu erzogen, und alle von ihnen waren immer treu und diskret. Williams Schwester ist die Chefgärtnerin und sein Cousin kümmert sich um Reparaturen. Bei Bedarf stellen sie zusätzliche Arbeitskräfte ein, aber eigentlich betreiben die drei den Hof."

„Es muss ein toller Arbeitsplatz sein."

„Ich glaube schon. Auch ich arbeite meistens hier."

Ich schob meinen Teller weg und leckte mir das letzte bisschen Zitrone von den Lippen.

Er griff nach meiner Hand und zog mich auf die Beine. „Komm, machen wir einen Spaziergang, bevor es kalt wird." Und das taten wir – einmal um den See und durch einen Wald. „Hier gilt ein altes Wegerecht", sagte er und deutete auf einen abgetretenen Pfad. „Der Weg steht Fußgängern und Reitern immer offen."

„Macht dir das nichts aus?" Er schien so auf seine Privatsphäre versessen zu sein.

„Selbst wenn es mir etwas ausmachen würde, wäre das sinnlos. England ist durchzogen von öffentlichen Wegen, die über Privatgrundstücke gehen. Aber nein, es macht mir nichts aus. Ich freue mich, dieses Grundstück mit Menschen zu teilen, die Freude daran haben."

Wir gingen zurück zum Haus und als ich zu William zurückkehrte, um ihm für das Mittagessen zu danken, entdeckte ich ihn in einer äußerst modernen Küche mit Geräten der Spitzenklasse und Arbeitsflächen aus Granit. Der Holzboden sah ziemlich alt aus und vor dem Fenster konnte ich einen Küchengarten sehen, der vor Kräutern barst, die wahrscheinlich vor Hunderten von Jahren gepflanzt worden waren.

„Danke für das Essen, William. Es war köstlich."

„Schön, dass es Ihnen geschmeckt hat." Und er hielt mir einen Korb hin.

„Was ist das?"

„Übrig gebliebener Kuchen. Er schien Ihnen zu schmecken."

„Ach, aber den hätten doch Sie nehmen können! Sie haben ihn schließlich gebacken."

Er schüttelte seinen Kopf und tätschelte sich dann seinen Bauch. „Da Rafe kein Schleckermaul ist, würde ich zu guter Letzt alles aufessen. Bitte, Sie tun mir einen Gefallen, wenn Sie ihn mitnehmen."

Was hätte ich anderes tun können, als ihn anzunehmen?

Als wir nach Hause fuhren, sagte ich: „Danke!"

Rafe schaute mich von der Seite an und seine Mundwinkel hoben sich. „Wofür?"

„Für alles heute, aber vor allem danke, dass du den Mord nicht einmal erwähnt hast. Es war schön, eine Pause zu haben."

Meine Pause währte nicht lange.

KAPITEL 14

*A*m Montagmorgen machte ich wie immer auf.

„Kann ich Ihnen behilflich sein?", fragte ich eine Gruppe von Damen, die in mein Geschäft kamen. Ich erkannte, dass es sich um die vier Frauen handelte, die an dem schicksalhaften Tag, als Colonel Montague gestorben war, Tee getrunken hatten.

Wieder einmal führte Miss Everly die Gruppe an. Sie war genauso gut gekleidet wie beim letzten Mal, als ich sie gesehen hatte, dieses Mal mit einem Kamelhaarmantel und hohen Absätzen. Ihre Freundinnen sahen genauso altmodisch aus wie beim letzten Mal, als ich sie gesehen hatte. Sie trat hervor. „Wir haben diesen Laden immer geliebt, nicht wahr, Mädels?"

Ich fand es reizend, dass sie sie als Mädels bezeichnete, wo sie doch alle Mitte siebzig oder achtzig sein mussten. „Ich nehme an, es war Ihre Großmutter, die das Geschäft damals geleitet hat. Agnes Bartlett? Ach du meine Güte, das ist ja ein bezauberndes Foto von ihr da an der Wand. Sie war so eine nette Frau. Es hat mir sehr leid getan, als ich gehört habe, dass sie verstorben ist."

Am Anfang, als ich den Laden übernommen hatte, waren Beileidsbekundungen jedes Mal ein Stich ins Herz für mich gewesen. Nun, da mir bewusst war, dass meine Großmutter untot und eine Schlafwandlerin war, lösten sie Beklemmung in mir aus.

Es war nicht so schlimm, wenn Fremde oder Touristen eine etwas blass und sehr verschlafen aussehende Achtzig-jährige entdeckten, die durch den Laden wandelte, doch wenn es jemand war, der sie lebendig kennengelernt hatte ... Mir schauderte. Der Zauberspruch, den ich bei Agatha ange-wandt hatte, hatte mich diese Woche schon einmal gerettet. Ich wollte nicht häufiger als nötig auf meine aufkeimenden Kräfte zurückgreifen. Ich hoffte nur, dass der Falltür-Zauber hielt.

Ich stimmte zu, dass es traurig gewesen war, sie zu verlie-ren. Und ja, ich sei ihre Enkelin, Lucy. Die vier Damen gingen durch das Geschäft, wie es Kunden eben so machten, kramten in Körben herum und blätterten durch Strick-kataloge.

Das Publikum im Cardinal Woolsey's bestand aus zwei Kategorien: Es gab Stöberer und es gab Käufer. Die meisten Käufer kamen mit einem bestimmten Projekt, das sie vor Augen hatten, oder mit einer groben Idee von dem, was sie wollten. Beispielsweise: „Ich möchte meinem Enkel einen dicken, warmen Pullover stricken. Seine Lieblingsfarbe ist Blau." Oder: „Meine Tochter ist schwanger. Es ist mein erstes Enkelkind – schon, seit ich stricken gelernt habe, habe ich mich darauf gefreut, Babys ersten Pulli zu stricken. Ich glaube, es sollte etwas in Gelb oder Grün sein, weil wir das Geschlecht nicht wissen."

Die Stöberer hingegen streiften herum und ließen ihren Blick von einer Sache zur nächsten wandern. Manchmal kauften sie aus einem Impuls heraus, aber normalerweise schlugen sie die Zeit tot. Diese vier wirkten wie Stöberer.

Für mich war der Spaß an der Sache natürlich zu versuchen, die Stöberer in Käufer zu verwandeln.

Miss Everly täuschte erst vor, dass sie isländische Pullover studierte, dann legte sie das Buch plötzlich nieder. „Ich glaube, ich habe Sie in der Teestube gesehen. Als der arme Colonel Montague von uns gegangen ist."

Ich nickte. „Das stimmt. Es war ein schrecklicher Schock."

„Ich kannte ihn, wissen Sie?"

Oh, ich wusste alles über ihre Vergangenheit mit dem Colonel. Aber da sie mich nur als die junge Lucy von jenseits des großen Teichs kannte, hatte sie keine Ahnung, welche Informationen meine Großmutter an mich weitergegeben hatte. Ich schaute sie höflich interessiert an. „Wie traurig für Sie, dass Sie einen Freund verloren haben."

Sie schaute mich merkwürdig an und ich fragte mich, ob ich das Wort Freund zu stark betont hatte. „Ich habe mir den Kopf darüber zerbrochen, wer dem Colonel etwas Böses wollen könnte. Obwohl ich ihm näher saß als Sie, hatte ich ihm den Rücken zugekehrt. Aber Sie hatten doch einen ziemlich guten Blick, oder?"

Machte sie gerade ihre eigene Detektivarbeit als Amateurin? Fragte sie sich wirklich, ob ich zusätzliche Informationen hatte? Oder wollte sie kontrollieren, ob ich sie womöglich belasten konnte? Wissen konnte ich es nicht, aber ich sagte die Wahrheit. „Ich hatte wahrscheinlich eine bessere Sicht auf den Tisch des Colonels als Sie, aber ich war in eine Unterhaltung mit einem Freund vertieft. Ich habe eigentlich nicht viel von dem gesehen, was geschah."

„Da gab es diesen unglückseligen Zwischenfall, als ihm der falsche Tee serviert wurde. Ich kann nicht aufhören, mich zu fragen, ob der Tee vielleicht für jemand anderen bestimmt war."

Eine ihrer drei Freundinnen kicherte nervös über den Häkelnadeln. „Mensch, dann hätte jede von uns das beabsichtigte Opfer sein können. Da macht man sich schon Gedanken, oder?"

„Aber kann es nicht sein, dass die Vergiftung ein Zufall war? Eine Art Lebensmittelvergiftung?"

Miss Everly schüttelte ihren Kopf. „Ich war früher Biochemikerin. Die Symptome passen nicht. Nein, er wurde absichtlich vergiftet."

Ich schaute sie alle an – sie schienen so unschuldig. Vier nette alte Damen, die nur in Ruhe eine Tasse Tee nach der Beerdigung ihrer Freundin hatten trinken wollen und die dann in so einen schrecklichen Todesfall verwickelt worden waren.

Aber trotzdem lasse ich mich von alten Damen nicht an der Nase herumführen. Meine Großmutter und ihre Freundin Sylvia waren die hellsten Köpfchen, die ich kannte. Ich sah sie an. „Haben Sie Feinde?" Mir schien, dass Menschen, die ermordet wurden, generell Feinde hatten, die sie tot sehen wollten.

Miss Everly sagte etwas sehr Überraschendes. „Ich

nehme an, wir alle haben Feinde. Die Frage ist, wie weit sie gehen würden."

Ich war erleichtert, als sich die Tür öffnete und eine junge Mutter hereinkam, die einen Kinderwagen mit einem schlafenden Baby vor sich herschob. Natürlich wechselten die vier Damen alle in den Großmutter-Modus und betüterten das schlummernde Kind. Die müde aussehende Mutter schaute mich an. „Haben Sie Muster für Babydecken?"

Diese Frau war eine Käuferin. Ich wusste nicht, wie lange das Baby weiterschlafen würde, doch ich ahnte, dass die Frau ihre Shopping-Ausflüge genau an die Dauer des Nickerchens anpasste. Ich sollte besser flott machen, wenn ich nicht wollte, dass mir das Geschäft durch die Lappen ging oder ich ein schreiendes Baby zu verantworten hatte. Ich brachte sie unverzüglich zu den Mustern und Broschüren und suchte drei recht einfache Deckenmuster, ein etwas schwierigeres und eins für Fortgeschrittene heraus.

Sie nahm mir eins der einfachen aus der Hand und schaute mich dann bestürzt an. „Ich weiß nicht, was ich mit mir anfangen soll. Ich war Bankkauffrau und habe ein Team mit acht Mitarbeitern geleitet. Ich ließ mir jede Woche die Nägel machen und fuhr auf Geschäftsreise nach Zürich, Frankfurt und Paris. Jetzt habe ich kaum noch Zeit zum Duschen. Wenn das Baby endlich schläft, bin ich so müde, dass ich irgendetwas Stumpfsinniges mit meinen Händen machen will."

Sie war nicht gerade ein Aushängeschild für die Mutterschaft, so viel war klar. Die arme Mutter sah absolut erschöpft aus – mit dunklen Ringen unter den Augen und Flecken auf der Kleidung, die nach Milch und dem Erbrochenen eines Babys aussahen.

„Dieses Muster wird geistig nicht sehr anspruchsvoll für Sie sein." Und dann bot ich ihr eine Auswahl an passender Wolle an. Sie suchte sich fast nach Zufallsprinzip verschiedene Farben aus und dankte mir. Ich tippte ihre Einkäufe ein und sie steckte sie in den Korb des Kinderwagens, da erklangen wimmernde Töne vom Baby.

Sie drehte den Kinderwagen in Richtung Tür um, da ertönte ein Geräusch wie das Schreien einer Babymöwe. Die Mutter stöhnte verzweifelt. Bald sah ich, warum. Nach ein paar Möwenschreien zur Probe fing das Kind an, laut zu brüllen. Ich hätte nie geglaubt, dass eine so kleine Kreatur so viel Lärm machen konnte.

„Ach du meine Güte, das ist ja eine gesunde Lunge", sagte eine von Miss Everlys Freundinnen und machte einen Schritt zurück. Die Mutter sah aus, als würde sie gleich selbst anfangen zu schreien. Sie sagte: „Ich will nur ein bisschen Ruhe und Stille. Ich will stricken, ist das zu viel verlangt? Eine halbe Stunde Ruhe und Stille, damit ich stricken kann?"

In diesem Moment kam Sylvia zur Eingangstür herein. Sie trug eine Einkaufstüte des teuersten Schuhgeschäfts in Oxford. Sie nickte den Damen höflich zu und begann, als Käuferin getarnt, ziellos in verschiedene Körbe zu schauen.

Ich spürte den Kummer, der von der armen frisch gebackenen Mutter und von dem Baby ausging. Ich trat hinter meinem Tresen hervor und ging zu ihr. „Darf ich mal? Ich bin immer gut mit Babys klargekommen."

Ich wartete gar nicht erst auf die Zustimmung der Mutter. Ich beugte mich nach unten und hob das brüllende Baby heraus. Es war ein kleiner Junge ganz in Blau – abgesehen von dem Rot in seinem Gesicht. Leuchtendes Rot. Er schrie so laut, dass er kaum genug Luft holen konnte, bevor er wieder zu schreien anfing. Ich hielt ihn wie einen Football und schaute in seine Augen, die so blau, so verwirrt, so wütend waren. Er riss sie weit auf und starrte in meine.

Ich beugte mich zu ihm herab und murmelte: „Ich weiß, es kommt einem erst komisch hier vor, aber dieser Ort ist schön und du wirst dich daran gewöhnen."

Er holte noch einmal Luft, schrie aber dieses Mal nicht so laut. Er sah mich verwirrt an, so, als wären wir uns vielleicht schon einmal begegnet, als würde er sich jedoch nicht mehr erinnern können, wo. Ich lächelte auf ihn hinab. Ich konnte seinen himmlischen Babygeruch riechen und spürte die Wärme seines kleinen Körpers, der an meinen gekuschelt war. Ich fing an, ihn zu einem uralten Rhythmus zu wiegen, den wohl keine Frau jemals lernt – wahrscheinlich wird das Wiegen uns einfach genetisch vererbt. Er fing an, in meinem Rhythmus zu atmen und schlummerte dann wieder ein.

Ich richtete mich an die frisch gebackene Mutter, die noch immer mit dem Stress zu kämpfen hatte. „Setzen Sie sich auf den Stuhl da und stricken Sie eine Weile. Ich halte Ihr Baby."

Sie nickte und machte es so, wie ich gesagt hatte. Eine der alten Damen schaute mich an. „Es scheint, dass Sie magische Fähigkeiten bei Kindern haben."

Ich schaute sie erstaunt an. Schon seit meiner Jugend, als ich mit dem Babysitten begonnen hatte, war es mir gelungen, Kinder zu beruhigen. Hatte ich Zauberkräfte verwendet, ohne es überhaupt zu wissen?

Die vier Damen seufzten selig, während ich das Baby wiegte. Eine der altmodischen Freundinnen sagte: „Ich vermisse meine Tochter und meine Enkel. Ich weiß, dass du uns darum gebeten hast, hierzubleiben, Gina, aber ich denke wirklich, dass ich morgen den Zug zurück nach Warwick nehme."

Auch ihre Freundin pflichtete ihr bei und sagte, sie würde ebenfalls abreisen wollen. Ich hatte den Eindruck, dass Miss Everly ganz und gar nicht erfreut darüber war, so im Stich gelassen zu werden. Zu ihrer Unterstützung blieb nur noch die Küsterin übrig, und ich ahnte, dass diese damit beschäftigt war, Küsterin zu sein.

„Warum kommst du nicht mit uns? Es gibt nichts, was du hier tun kannst."

Miss Everly schüttelte ihren Kopf. „Ich kann nicht wegfahren. Irgendjemand muss ja die Frau des Colonels unterstützen. Liebe arme Elspeth."

Ich fragte mich, ob die arme Gattin des Colonels irgendein Interesse daran hatte, von der Frau getröstet zu werden, die einst in ihren Mann verliebt war, und vermutete, dass die Antwort Nein lautete. Ich war mir ziemlich sicher, dass sich meine Meinung mit der der anderen drei deckte. Sie wechselten missbilligende Blicke. Ich fragte mich, ob es die Neugierde war, die Miss Everly in Oxford hielt und dachte, dass es besser wäre, wenn sie den Zug nehmen und nach Hause fahren würde.

Trotzdem behielt ich meine unverblümten amerikanischen Ansichten für mich.

Eine von ihnen sagte: „Das ganze Einkaufen macht mich müde. Ich hätte liebend gern eine Tasse Tee. Wie schade, dass die Teestube zu hat." Sie keuchte auf, als ihr klar wurde, wie unsensibel sie sich anhörte, und versuchte eiligst zu erklären, dass sie damit nicht gemeint hatte, das Café solle wieder öffnen. Aber wie schade, dass es keine anderen Teestuben in der Nähe gebe, und dann schaute sie mich an. „Aber ich lebe ja schon so lange nicht mehr in Oxford. Vielleicht gibt es noch ein Café in der Nähe?"

Es gab eine Reihe von Filialen von Kaffeeketten auf der High Street, wie sie bestimmt wussten, aber ich beschrieb ihnen den Weg und die vier gingen fort.

Als sie weg waren, holte Sylvia sich einen Stuhl aus dem Hinterzimmer und setzte sich neben die überwältigte Mutter. Die beiden saßen zufrieden strickend Seite an Seite. Ich setzte mich auf meinen Stuhl hinter dem Schreibtisch und hielt das Baby an mich gedrückt, dessen warmer Atem an meinen Hals strömte und dessen winzige Hände sich an meine Bluse klammerten. Es war eine sehr angenehme halbe Stunde.

Die Mutter schaute auf ihr Handy. „Ich muss gehen. Aber vielen Dank. Ich glaube, ich hätte es keine Minute länger ausgehalten."

Ich konnte ihr keinen weltbewegenden Rat geben. Alles, was ich ihr anbieten konnte, war der Vorschlag, ihr Baby vorbeizubringen, wann immer sie eine Auszeit brauchte.

Als sie weg war, sagte Sylvia: „Wie ich sehe, hast du dich im Zaubern geübt. Deine Großmutter wird erfreut sein."

„Diese Fähigkeit hatte ich schon immer. Ich habe nie gewusst, dass es etwas Besonderes ist."

Sie lächelte. „Ein Großteil der Magie greift einfach auf die natürliche Welt zurück und auf Kommunikation auf einer tieferen Ebene. Genau das, was du mit dem Kind gemacht hast, oder?"

„Ja, ich glaube schon."

„Ich freue mich zu sehen, wie deine Kräfte wachsen. Ich frage mich, wo du noch enden wirst."

Das fragte ich mich auch – an manchen Tagen erschien mir das alles einfach überwältigend.

KAPITEL 15

*I*ch las gerade den überraschend enthusiastischen Bericht über Katie aus Australien, als Rafe wie eine schwarze Rauchwolke an meiner Seite auftauchte. Er war zwar nicht wirklich aus dem Nichts erschienen, aber dadurch, dass er so leichtfüßig war und sich von Türen und Schlössern nicht stören ließ, kam es mir immer so vor. Er sagte: „Du siehst so ernst aus."

„Nicht ernst, verwirrt. Katie alias Katya ist eine schreckliche Kellnerin, aber eine ausgezeichnete Strickerin."

„Es ist gut, ein Hobby im Gefängnis zu haben. Da vergeht die Zeit schneller."

Deshalb sah ich wahrscheinlich ernst aus. „Ich denke nicht, dass sie eine Mörderin ist. Und außerdem mag Nyx sie."

Nyx war gerade dabei, sich gegen seine Beine zu reiben und er schaute zu ihr hinab. „Nyx ist eine schlechte Menschenkennerin." Dann hob er die Katze hoch. Sie kletterte auf und über seine Schulter und hing dann wie ein Sack Getreide dort, wenn Getreide schnurren könnte.

„Ich denke darüber nach, Katie einzustellen."

„Warum?"

„Weil sie stricken kann und eine ausgezeichnete Referenz von einem Strickladen hat, in dem sie vorher war. Sie hat den Wirrwarr, den ich gemacht habe, in die Hand genommen und ihn in eine richtige Socke verwandelt. Das war Zauber."

Er sah unbeeindruckt aus. „Vielleicht war es Zauber. Vielleicht ist sie eine deiner Schwestern."

Ich starrte ihn an. „Gibt es Zaubersprüche, um Gestricktes zu entwirren?" Warum war ich nie selbst darauf gekommen? Das schwere, verschnörkelte Familienzauberbuch war voll von Liebeszaubersprüchen und Zaubersprüchen, die das Vergessen bewirkten, von Zaubersprüchen, um verlorene Gegenstände wiederzufinden, und es bot viele Wege, um die eigenen Feinde zu verfluchen – aber ich konnte mich nicht an etwas über das Entwirren von verpfuschten Strickarbeiten erinnern. Wenn ich gewusst hätte, dass ich Magie anwenden kann, hätte ich das auch getan.

„Frag mal deine Großmutter. Ich bin mir sicher, dass das möglich ist."

Ich spürte, wie meine Lippen zum Schmollmund wurden. „Granny hat mir nie von so einem Zauberspruch erzählt."

„Ich nehme an, weil sie wollte, dass du stricken lernst."

„Sie war viel netter, als sie noch gelebt hat." Das stimmte zwar nicht, aber ich erfreute mich an meinem Schmollmund.

„Wir wissen so wenig über Katie, Lucy, dass sie sich sehr wohl als Mörderin herausstellen könnte."

Ich glaubte nicht, dass sie einen Grund hatte, mich zu ermorden, aber andererseits schien sie auch keinen Grund zur Ermordung des Colonels gehabt zu haben. „Sie hat eine sehr interessante Information einfließen lassen. In der Küche gab es Rattengift."

„Ich bin kein Experte, aber ich glaube nicht, dass sich das als das Gift herausstellt. Zunächst einmal hat es einen sehr starken Geschmack. Tee würde nicht reichen, um ihn zu verdecken. Und das Opfer hätte länger gebraucht, um zu sterben."

Ich wollte wirklich nicht lange bei diesem mentalen Bild verweilen. „Ich frage mich immer wieder, wer sich gewünscht haben konnte, dass Colonel Montague stirbt."

„Ich habe mich umgehört. Der alte Junge handelte völlig irrational. Wahrscheinlich wegen Demenz. Solange die Autopsie nicht vervollständigt ist, kann man unmöglich sagen, an was für einer Krankheit er gelitten hat. Es könnte Alzheimer, Parkinson, sogar eine bipolare Störung sein, aber er hat angefangen, riesige Geldsummen für sehr ungewöhnliche Einkäufe auszugeben. Er hat ein Rennpferd gekauft, ohne jemals etwas mit Pferderennen am Hut gehabt zu haben. Dann einen Vintage-Wagen Marke Aston Martin. Und er sprach auch darüber, ein Anwesen auf Ibiza zu kaufen. Dabei reiste der Mann noch nicht einmal gerne."

„Könnte er seine Medikamente irgendwie verwechselt und sich selbst vergiftet haben?"

„Nein. Tut mir leid, Lucy. Ich wünschte, ich könnte das dir zuliebe als Unfall hindrehen, aber er wurde definitiv ermordet. Ich habe mir seine Söhne unter die Lupe genommen. Keiner von ihnen ist begütert. Vielleicht wollten sie ihr Erbe schützen."

„Was ist mit der Ehefrau?"

„Sie hätte das gleiche Motiv. Aber ihr Kummer und ihr

Schock schienen so echt ... Ich kann mir kaum vorstellen, dass irgendjemand so gut schauspielern kann."

Da musste ich zustimmen. Sie schien krank vor Kummer zu sein.

Ich erzählte ihm von Miss Everly und ihrem Besuch in meinem Geschäft. „Ich weiß nicht, warum sie bleiben will. Will sie wirklich die Witwe trösten? Die Frau, die den Mann geheiratet hat, den sie liebte?"

„Wer weiß?"

„Aber hat sie ihn umgebracht? Endlich nach all den Jahren Rache genommen. Vielleicht kann sie den Tatort nicht mehr verlassen. Sie hat noch nie jemanden ermordet und ist fasziniert von dem Nachspiel. Zu sehr, um ihr langweiliges Leben wieder aufzunehmen."

„Einen Menschen umzubringen, ist nicht so aufregend, wie du zu glauben scheinst", sagte er trocken. Zweifellos wusste er das aus Erfahrung und ich wollte keine Einzelheiten hören.

„Meinst du, es ist unmöglich?"

Er verwöhnte mich mit seinem umwerfend charmanten Lächeln. „Ich denke, deine Theorie ist etwas weit hergeholt. Aber wenn Miss Everly dich zu einem Tee einlädt, rate ich dir, die Einladung auszuschlagen."

Die halbe Stunde, in der ich das Kind gewiegt hatte, hatte mir Zeit zum Nachdenken verschafft und ich beschloss, Katie die Stelle zu geben. Klar, vielleicht war sie eine Mörderin, aber ich wollte ihr den Vertrauensbonus geben. Genauso wie ich hoffte, dass sie mir den Vertrauensbonus geben würde, falls sie je herausfand, dass ich eine Hexe war.

Und unsere Nachbarn von unten alle Vampire waren.

Ich beobachtete, wie noch eine junge Frau am Laden

vorbeikam, stehen blieb, zweimal hinschaute, dann ihr Handy zückte und ein Foto von Nyx machte, die in der Schale voller bunter Wolle lag. Da ich das Material, auf dem sie schlief, niemals hätte verkaufen können, hatte ich angefangen, einzeln übriggebliebene Wollknäuel in die Schale zu legen. Als die Frau das Foto postete, beschloss ich, die Prospekte von unserem Geschäft neben die Schale ins Schaufenster zu legen, sodass jeder, der Fotos von der Katze im Schaufenster veröffentlichte, gleichzeitig Werbung für das Cardinal Woolsey's machte. „Du solltest auf meiner Gehaltsliste stehen", sagte ich zu Nyx, als ich die Prospekte strategisch um sie herum verteilte. Sie machte ein Auge auf und rollte sich dann mit dem Bauch nach oben, sodass sie sogar noch niedlicher aussah. Während ich sie streichelte, bemerkte ich, dass Florence Watt und Gerald Pettigrew Arm in Arm vorbeispazierten. Dieser Liebesgeschichte war trotz Mary Watts Feindseligkeit und des Mordes kein Abbruch getan worden.

Sie sahen mich und winkten mir fröhlich zu. Ich winkte zurück und dachte, wie schön es war, sie so glücklich zusammen zu sehen.

Wenn keine Kunden da waren, stellte ich ein paar Stricksets für Pullover zusammen, wie Granny es mir beigebracht hatte. Ich nahm ein Muster, suchte das notwendige Material zusammen und erstellte das Set. Das ersparte den Kunden Zeit und Ärger.

Ich kontrollierte auch, ob Sonderaufträge eingegangen waren. Wir lieferten weltweit und ich sah, dass es einen Auftrag aus Schottland und einen aus Kanada gab. Ich suchte gerade Wolle aus, da ging noch eine Bestellung ein. Dieses Mal aus der Gegend, und die Ware sollte geliefert werden.

Wir boten innerhalb von Oxford einen Lieferservice an, wenn es dem Kunden aus irgendeinem Grund nicht möglich war, selbst im Laden vorbeizukommen. Wir nahmen nicht viel dafür und entweder fuhr ich die Ware mit dem Rad aus oder bot dem Verkehr in Grannys kleinem Auto die Stirn.

Zum Glück lag die Bestelladresse in der Nähe, sodass ich mit dem Rad fahren konnte, aber als ich genauer nachlas, machte ich große Augen. Die Kundin war Elspeth Montague. Ich bezweifelte, dass es viele Elspeth Montagues in Oxford gab, und Granny hatte gesagt, dass sie früher einmal Kundin gewesen war. Fing die Frau des Colonels etwa wieder an zu stricken?

Nach all den Tricks, die wir uns hatten einfallen lassen, um uns Zutritt zu ihrem Haus zu verschaffen, bat sie mich tatsächlich, zu ihr zu fahren.

Ich packte die drei Bestellungen ein, und kaum war Ladenschluss, zog ich meine Jacke an und griff zu Elspeth Montagues Päckchen. Die anderen würde ich morgen zur Post bringen.

Draußen war es kühl, als ich auf mein Rad stieg und in die St. John Street fuhr. Dort standen Reihenhäuser in vornehmem Georgianischem Stil. Viele waren in Studentenwohnungen unterteilt worden, aber das Haus, vor dem ich mich befand, sah noch immer intakt aus. Ich klingelte und fragte mich, was ich sagen oder tun solle, als die Tür sich öffnete und Elspeth Montague da stand.

Ihr größter Schmerz schien vorbei zu sein, sie sah jedoch immer noch blass und erschüttert aus. Als sie die Tüte vom Cardinal Woolsey's sah, lächelte sie mich anscheinend erleichtert an. „Oh, danke, meine Liebe. Ich war in den letzten Tagen ganz wirr und dachte plötzlich, wie schön es wäre, ein Projekt zu haben. Ich kann mich auf nichts konzentrieren, wissen Sie. Nicht aufs Fernsehen, nicht auf Bücher. Aber Stricken ist so beruhigend, finden Sie nicht?"

„Ja. Für manche ist es das tatsächlich." Ich war keine davon, aber das hier war weder der Moment noch der Ort für solch eine Enthüllung.

Ich hatte geplant, subtile Fragen über den Mord zu stellen, stellte aber fest, dass es mir nicht gelang. Alles, das aus meinem Mund kam, war: „Wie geht es Ihnen?"

Sie schien überrascht über die Frage und schaute mich genauer an. Dann nickte sie. „Sie waren da. Stimmt's?"

„Ja. Es tut mir so leid."

„Er war nie ein einfacher Mensch, mein Mann, aber man ist plötzlich so verloren ohne ihn."

Ich war fast überzeugt davon, dass wir Elspeth von der Liste der potentiellen Mörder streichen konnten, aber was war mit dem Rest der Familie? „Wie haben Ihre Kinder diese Tragödie aufgenommen?"

Wieder sah sie verwundert aus und ich vermutete, die meisten Leute waren zu feinfühlig, um so direkte Fragen zu stellen. Besonders fremde Kuriere, die mit dem Fahrrad kamen. „Wie es zu erwarten war." Dann presste sie die Lippen aufeinander, als würde sie versuchen, nicht zu weinen. „Die Wahrheit ist: Ich glaube, sie sind erleichtert. Es ist schrecklich, so etwas zu sagen, das weiß ich, aber er war kein sehr netter Vater." Sie japste und riss mir die Tüte dann fast aus der Hand. „Vielleicht war er kein sehr netter Mensch."

Ich wusste nicht, was ich sagen sollte. Ich konnte ihr nicht zustimmen, aber widersprechen wollte ich ihr auch nicht –

nachdem alles, was ich über den Mann gehört hatte, darauf
hindeutete, dass er ein gemeiner alter Knacker gewesen war.

„Sie haben meine Kreditkarte belastet, glaube ich."

„Ja. Vielen Dank. Es ist alles geregelt. Ich hoffe, Sie haben
Freude daran, den Pullover zu stricken."

„Ich denke, es wird mich beruhigen. Danke, dass Sie mir
die Ware geliefert haben. Ich kann es noch nicht recht ertragen, rauszugehen. Die Menschen starren einen so an."

„Geben Sie mir Bescheid, wenn Sie noch etwas
brauchen."

Sie nickte, dankte mir wieder und schloss die Tür. Ich
wendete mein Rad und wäre fast davon heruntergefallen, als
ich die irische Frau, die in der Teestube gewesen war, als der
Colonel ermordet wurde, auf mich zukommen sah. Vielleicht
hätte sie mich nicht bemerkt, wenn ich nicht fast gefallen
wäre, aber als sie einen Blick auf mein Gesicht warf, machte
sie einen Satz wie ein verängstigtes Kaninchen, drehte sich
um und lief flink in die Richtung zurück, aus der sie
gekommen war.

Dachte sie, dass ich sie nicht erkannt hatte? Oder dass ich
nicht mit der Frau reden wollte, die mich fast ins Gefängnis
gebracht hätte? Ich folgte ihr auf meinem Rad. Es war nicht
gerade ein faires Rennen. Egal, wie schnell sie lief, ich würde
sie natürlich überholen. Unsere Jagd war lächerlich: Sie ging
immer schneller und ich hielt ihre Geschwindigkeit auf
meinem Rad. Wir rasten durch die St. John Street bis zum
Wellington Square – einer der versteckten grünen Orte, auf
die man normalerweise gerne stieß.

Wir liefen, beziehungsweise fuhren, mit Hochgeschwin-
digkeit um den die Grünfläche umgebenden Schmiedeeisen-
zaun herum, bis sie an eine Öffnung gelangte und in den

eingezäunten Garten flitzte. Da sie so etwas wie einen Käfig betrat, nahm ich an, dass sie vorhatte, nicht weiterzurennen. Ich stieg von meinem Rad ab und schob es in den geschlossenen Park. An so einem kühlen Oktoberabend bei Dämmerung war niemand anderes dort. Sie ging weiter, verschnaufte, und ich folgte ihr zu einer Holzbank unter einem Baum. Ich lehnte mein Rad gegen die Bank und trat ihr, die Hände in die Hüften gestemmt, entgegen. Ich erinnerte mich daran, wie demütigend es gewesen war, auf dem Rücksitz eines Polizeiwagens abtransportiert zu werden, und hegte nicht gerade wohlig warme Gefühle für diese Frau.

„Sie haben mir diesen Zeitungsausschnitt in die Tasche gesteckt, nicht wahr?"

Sie antwortete nicht. Sie atmete schwer und hatte eine Hand auf die Brust gelegt.

Ich dachte nicht einmal darüber nach, dass sie vielleicht einen Mord begangen hatte und ihn mir in die Schuhe schieben wollte, und dass es vielleicht nicht unbedingt das Schlauste war, ihr hier in einem verlassenen Park meine Meinung zu sagen. Ich war zu wütend, um klar zu denken. „Sie sagen mir besser ganz genau, was Sie in der Teestube gemacht haben und warum sie diesen Zeitungsausschnitt mithatten. Und wehe Sie lügen!"

Sie setzte sich ziemlich plötzlich auf die Bank. „Ich hatte vor, ihn zur Rede zu stellen", sagte sie keuchend. „Den Colonel."

Ich ließ mich nicht blenden. „Zur Rede zu stellen? Oder ihn umzubringen?"

Sie schüttelte den Kopf. Dann griff sie in die Tasche ihres Kamelhaarmantels. Ich zuckte zusammen und fragte mich, ob sie etwas Tödliches dort drin hatte, aber sie zog eine

Packung Taschentücher heraus und putzte sich die Nase. Ihre Wangen waren von der Kälte, oder von der Bewegung, oder von beidem gerötet. „Ich hatte vorgehabt, ihn in aller Öffentlichkeit, vor seiner Frau, zur Rede zu stellen. Ich schwöre Ihnen, dass das alles war, was ich vorhatte. Ich beobachtete ihn und versuchte, all meinen Mut zusammenzunehmen, da ging es ihm plötzlich schlecht."

Ich dachte an die Artikel über den Colonel, die ich gelesen hatte. „Hat er jemanden umgebracht, den sie lieb hatten?"

Sie gab ein unwirsches, höhnisches Lachen von sich. „Ganz im Gegenteil."

Ich war schon fast den ganzen Tag auf den Beinen, ich war müde, mir war kalt und nicht nach Spielchen zumute. „Was?"

Sie steckte die Taschentücher ein und legte die Hände in ihren Schoß. Sie trug Handschuhe. Ich wünschte, ich hätte auch welche mitgenommen. „Er ist der Grund dafür, dass jemand, den ich sehr lieb habe, geboren wurde."

Ich spürte, wie ich die Augen aufriss und jetzt wurden sogar meine Augäpfel kalt. „Sie hatten eine Affäre mit Colonel Montague?"

„Ich nicht. Meine Schwester." Sie schüttelte den Kopf. „Dumm, romantisch, Eileen. Sie kam jeden Tag, um für ihn zu kochen, wissen Sie? Ich denke, sie glaubte wirklich, er würde sich darüber freuen zu erfahren, dass sie schwanger war. Natürlich war das Gegenteil der Fall. Er war wutentbrannt. Beschuldigte sie, ihn in eine Falle gelockt zu haben und tat so, als sei sie diejenige, die etwas falsch gemacht hatte. Er feuerte sie auf der Stelle und wollte nichts mit ihr oder dem Baby zu tun haben."

Es tat mir leid, dass jemand so gestorben war wie der Colonel, aber er schien tatsächlich ein schlechter Mensch gewesen zu sein.

Sie schüttelte traurig den Kopf. „Das waren noch andere Zeiten. Unser Dad sagte, sie habe ihr eigenes Volk betrogen, indem sie mit einem Engländer ging. Ihre Freunde waren nicht viel besser. Am Ende ging sie weg und zog nach England. Sie behielt das Baby, das ist ihr hoch anzurechnen. Meine Nichte Sharon ist eine wundervolle Frau. Sie war oft bei mir, damit ihre Mom sich ausruhen konnte. Aber jetzt ist meine Schwester krank. Die Überstunden und die Sorgen, weil sie nie genug Geld hatte, haben sie ausgelaugt. Ich wollte diesem schrecklichen Mann sagen, was er getan hat und ihn dazu auffordern, die Frau zu unterstützen, deren Leben er beinahe ruiniert hätte."

Es war eine plausible Geschichte, doch überzeugt war ich nicht. Eine Frau, die eine Unschuldige wie mich reinlegte, war nicht ganz vertrauenswürdig.

Zweifellos konnte sie meine Zweifel sogar im dämmrigen Licht lesen, denn sie stand auf und sah mich direkt an. „Ich bin in Panik geraten, als er so gestorben ist. Ich hatte geplant, ihm den Artikel ins Gesicht zu drücken und ihm zu sagen, was ich von ihm hielt. Ich hatte Fotos von dem Kind, die ich seiner Frau zeigen wollte. Aber ich habe ihn nicht umgebracht, und als gesagt wurde, wir sollten die Straße überqueren und unsere Hosen-, Jacken- und Handtaschen ausleeren, habe ich den Zeitungsartikel in Ihre Tasche gesteckt, als niemand hinschaute. Sie waren telefonieren gegangen und die Sache war in einem Augenblick erledigt."

Vielleicht für sie. „Ich wurde zur Polizeiwache gebracht und befragt."

Sie senkte den Blick und schaute irgendwo in die Nähe meiner Knie. „Das tut mir leid. Ich habe mich falsch verhalten. Und feige." Sie holte tief Luft. „Soll ich es der Polizei sagen? Sie aus dem Schlamassel ziehen?"

Ich war versucht, schüttelte jedoch meinen Kopf. „Sie haben mir geglaubt, dass es nicht meiner war. Ich denke jedoch, dass sie vielleicht nach Ihnen suchen, damit Sie ihnen bei ihren Ermittlungen helfen. Es wäre weise von Ihnen, wenn Sie ihnen das sagen würden, was Sie mir erzählt haben."

Sie biss sich auf die Lippe und nickte dann. „Erst muss ich die Frau des Colonels sehen. Wenn ich das getan habe, gehe ich zur Polizei."

„Sie wollen dieser armen, trauernden Witwe doch wohl nicht etwa sagen, dass ihr Mann untreu war, oder?"

Da richtete sie schlagartig den Kopf auf und sie durchbohrte mich mit ihrem Blick. „Und ob ich das will. Sie hat das Recht, es zu wissen, und seine Tochter hat ein Recht auf ein Erbe. Ihr Leben ist so erbärmlich, wissen Sie? Sie hat keinen einzigen der Vorteile gehabt, für die er hätte sorgen sollen. Jetzt ist sie eine Frau in den Vierzigern und sie kümmert sich um ihre Mutter. Sie haben es verdient, dass er für sie aufkommt, sei es auch aus dem Grab."

„Ach, arme Elspeth", sagte ich.

„Besser, es kommt im Stillen von mir als von einem Rechtsanwalt."

„Können Sie beweisen, dass er der Vater ist?"

Sie gab noch einmal dieses höhnische Lachen von sich. „Er hat ihr Briefe geschrieben – in einem davon wirft er ihr vor, sie würde versuchen, ihn in die Ehefalle zu locken. Aber wir müssen einen DNA-Test verlangen, bevor er beerdigt wird – Sie sehen also, dass die Sache recht dringend ist."

„Na ja, versuchen Sie, sie nicht zu sehr aufzuregen."

Arme Elspeth.

Und arme Eileen und ihre Tochter.

Ich dachte, dass Elspeth ihr beruhigendes Stricken noch dringender brauchen würde, als sie angenommen hatte.

KAPITEL 16

*A*ls Katie am nächsten Morgen zu ihrer ersten Schicht kam, beeindruckte sie mich sofort damit, dass sie zehn Minuten zu früh erschien. Sie trug eine braune Papiertüte, in der ich ihr Mittagessen vermutete, bis sie mir den Inhalt präsentierte. „Überraschung!"

Ich schaute in die Tüte und darin waren meine Socken. Nun ja, nicht meine Socken. Nichts, was dem Schlamassel ähnelte, das ich angerichtet hatte. Dieses hier war ein perfektes Paar Socken.

„Ich kann gar nicht glauben, dass Sie die so schnell gestrickt haben." Ich zog mir sofort die Schuhe aus und zog mir die Socken über die Füße. „Und sie passen perfekt", sagte ich und bewegte meine Zehen in den warmen wolligen Socken.

„Ich habe sie an meinen eigenen Füßen gemessen, da ich dachte, dass wir in etwa die gleiche Größe haben." Sie sah genauso erfreut aus wie ich mich fühlte, und ich hoffte, das würde bedeuten, dass wir einen guten Start vor uns hatten.

Katie brauchte nur eine kurze Einführung, da sie sehr viel

mehr über das Stricken wusste als ich, und sie wirkte sehr vertraut mit den verschiedenen Arten von Wolle und Zubehör. Auch an der Kasse brauchte sie nicht viele Erklärungen, da sie bei ihrem letzten Job eine ähnliche benutzt hatte.

Als wir eine kurze Ruhepause ohne Kunden hatten, fragte ich: „Wie geht es Jim?"

„Bestens", war ihre überraschende Antwort. „Er hat eine Rolle in einem Theaterstück bekommen. Es ist natürlich nur ein Laientheater und er wird nicht bezahlt, aber er ist begeistert, weil er etwas zu tun hat. Auch wenn unsere Namen nicht in der Zeitung standen, kennt jeder jeden im Lebensmittelhandel in Oxford. Er hat keinerlei Hoffnung, irgendwo eingestellt zu werden, und selbst wenn wir es wollten, könnten wir nicht abreisen, solange die ganze Sache nicht geklärt ist."

„Oh, das tut mir wirklich leid." Und ich war glücklich, meinen Teil beizutragen, indem ich ihr diese Stelle gab.

„Miss Watt ist mit ein bisschen Geld bei uns vorbeigekommen und hat uns gesagt, wie leid es ihr tut, dass alles so gelaufen ist. Wir fanden das sehr anständig von ihr."

Anständig war das in der Tat. Konnte es sein, dass sie sich schuldig fühlte? Ich schüttelte den Kopf. Ich musste aufhören, überall Schuldgefühle als Beweggrund zu sehen. Mary Watt war eine bezaubernde Frau. Sie hatte nur zwei Mitarbeitern helfen wollen, die in ein sehr bedauerliches Ereignis verwickelt worden waren. Natürlich hatte sie Colonel Montague nicht ermordet. Aber wer dann? Offenbar hatten viele Menschen einen Grund, den Mann zu hassen, und niemand hatte ihm ein Haar gekrümmt. Nur, dass irgendjemand es doch getan hatte.

KAPITEL 17

*A*ls es Mittag war, war ich ziemlich zufrieden mit meiner Entscheidung, Katie einzustellen. Sie hatte eine Gabe für das Verkaufen. Sie war überhaupt nicht aufdringlich, aber da sie selbst so eine gute Strickerin war, konnte sie den Kunden viel besser helfen als ich. Sie gab ihnen die Zuversicht, dass sie tatsächlich jedes Projekt, das ihnen durch den Kopf ging, schaffen konnten, und im Gegensatz zu Agatha verachtete sie unsere Kunden nicht, und das war gut.

Sie schien sich für die Projekte zu interessieren und half bei der Beantwortung kniffliger Fragen – beispielsweise, ob der Enkel von dieser Frau, der ungefähr in ihrem Alter war, lieber Grün oder Blau, strukturierte oder glatte Wolle mochte. Natürlich fühlten sich die Kunden sicherer, wenn sie ihren Instinkt guthieß oder ihnen zu besseren Entscheidungen verhalf. Ich fragte mich, ob unsere Besucher es für merkwürdig hielten, dass dieser typisch englische Laden von einer Amerikanerin und einer Australierin geführt wurde, aber niemand sagte etwas, zumindest nicht zu uns.

Alle Befürchtungen, dass sich die Schließung der Teestube nebenan auf das Geschäft auswirken würde, waren bald verworfen. Eigentlich waren wir nach den ersten paar Tagen so beschäftigt wie eh und je.

Mehr als eine Person wandte sich mit hoffnungsvollem Blick an mich. „Ist die Tragödie von nebenan nicht eine schreckliche Schande?"

Ich antwortete mit einem beschwichtigenden und verhaltenen Murmeln. Ich wollte nicht über die Tragödie tratschen und war mir deutlich bewusst, dass Katie nach meinem Wissensstand eine Tatverdächtige war. Meine nichtssagende Höflichkeit entmutigte die meisten Schnüffler. Katie war sogar noch unverblümter. Die Handvoll Leute, die ihr neugierige Fragen stellten, ernteten einen ausdruckslosen Blick und die Antwort: „Ich bin Australierin. Ich habe erst heute angefangen, hier zu arbeiten."

Man musste es ihr lassen. Sie hatte nicht gelogen, sondern nur verschwiegen, dass sie am Tag, als der Colonel gestorben war, im Elderflower gearbeitet hatte.

Ich wollte Katie gerade sagen, dass sie in die Mittagspause gehen konnte, da kam eine Frau Ende dreißig herein. Sie hatte kurze, dunkle Haare und trug Khaki-Hosen, ein T-Shirt und einen Pullover, der aus einem Kaufhaus stammte und mit Sicherheit niemals von Hand gestrickt worden war. Sie schaute sich im Laden um und trat näher. Ich begrüßte sie mit meinem Standard-Gruß. „Guten Morgen. Sagen Sie uns, wenn wir Ihnen helfen können."

„Danke. Ich schaue mich nur mal um."

Mir schien es, dass sie nicht so sehr einkaufen, sondern eher die Zeit totschlagen wollte, und mir wurde recht gegeben, als zwei Kunden zahlten und den Laden verließen. Jetzt waren nur noch Katie, ich und die Fremde da. Die Frau kam auf mich zu. „Haben Sie etwas für Anfänger?"

Ich empfahl einen einfachen Schal. Wir boten einige Muster samt Anleitung sogar kostenlos an. „Oh, ja! Sehr schön." Dann sagte sie: „Ich habe von dem Tod in der Teestube nebenan gehört. Ist das nicht schrecklich?"

Ich stimmte zu, dass es schrecklich war und versuchte, die Unterhaltung dann wieder auf das Stricken zu lenken, aber sie wollte nichts davon wissen. „Ich weiß, dass Sie da waren. Meine Tante und mein Onkel waren in der Teestube, als es geschah, wissen Sie, und sie waren sehr erschüttert. Meine Tante kennt Sie aus dem Laden. Sie wohnen nicht weit weg von hier." Sie machte eine vage Handbewegung. „Meine Tante ist so verängstigt davon, dass ein Mörder auf freiem Fuß ist, dass sie gar nicht schlafen kann. Es muss schrecklich für Sie sein, wo Sie doch direkt nebenan sind."

War diese Frau einfach ein Ghul? Versuchte sie, mir Informationen zu entlocken? Was wusste ich ihrer Ansicht nach? „Es tut mir sehr leid für Ihre Tante und Ihren Onkel. Ja, es war schrecklich."

„Ich denke, das, was alles noch schlimmer macht, ist, dass sie wirklich nichts gesehen hat. Sie sagte, Sie hätten einen sehr guten Blick auf den Toten gehabt."

Ihre Worte brachten lebhafte Erinnerungen zurück und ich fühlte mich, als würde ich Colonel Montague noch einmal bei seinem Todeskampf beobachten. Sicherlich erschauderte ich. „Ihre Tante hätte gern meinen Platz haben können. Ich habe keine Ahnung, wer ihn ermordet hat, falls Ihre Tante das wissen will. Ansonsten hätte ich sofort der Polizei davon berichtet."

„Natürlich hätten Sie das. Merkwürdigerweise ist es nur

so: Manchmal sind wir uns nicht über alles bewusst, was wir gesehen haben. Meine Tante sagte, dass einige Leute hin und her gelaufen sind, und ich frage mich, ob Sie vielleicht mehr gesehen haben, als Ihnen bewusst ist. Vielleicht würde es Ihnen helfen, darüber zu reden?"

Mir gefiel es nicht, wie die Frau mich ansah. Das war keine beiläufige Unterhaltung – sondern ein Verhör. Ich sagte: „Eigentlich versuche ich, das Geschehene so gut es geht zu vergessen."

Das stimmte natürlich nicht. Ich konnte nicht aufhören, über die Vergiftung und über das, was ich gesehen hatte, nachzudenken. Ich war genauso wie alle anderen daran interessiert, einen Mörder aus dem Verkehr zu ziehen, ganz besonders, weil dieser seine schreckliche Tat direkt neben meinem Laden und meinem Zuhause begangen hatte. Ganz gewiss konnte ich keine fremde Frau gebrauchen, die von der Straße hereinkam und versuchte, mich auszufragen.

Da ihr offensichtlich klar wurde, dass sie mich nicht zum Reden bringen konnte, sagte sie: „Es gab ein junges Paar, das dort arbeitete: einen Koch und eine Kellnerin. Ich habe gehört, sie sind Geschwister. Sie wissen nicht, was aus ihnen geworden ist, oder?"

Aus den Augenwinkeln sah ich, wie Katie sich versteifte, aber ich hielt meinen Blick sorgsam auf das Gesicht der Frau gerichtet. „Warum sollte ich das wissen?"

Sie strahlte über das ganze Gesicht. „Ach, dafür gäbe es natürlich keinen Grund, außer dem, dass meine Tante sagt, das Cardinal Woolsey's sei das Herz der Harrington Street. Sie sagt, jeder kommt hierher. Ich dachte, vielleicht hätten Sie etwas gehört."

Ich hatte den Laden noch nicht lange genug geleitet, um

zu wissen, wie man sich jemanden vom Hals schaffte. Ich wollte diese schreckliche Frau mit einem Floh im Ohr vor die Tür setzen. Ich dachte an den lächerlichen Satz „Der Kunde hat immer recht", und dass die Kundin in diesem Fall unhöflich, aufdringlich und vollkommen unangemessen war. Außerdem war völlig klar, dass sie keinerlei Absicht hatte, etwas zu kaufen.

Ich versuchte an etwas zu denken, das ich sagen konnte, um sie loszuwerden, ohne zu unhöflich zu werden, da kam zum Glück ein älteres Paar in den Laden. Und zufällig erkannte ich die beiden sogar. Es war eine nette Dame, die ich in der Woche zuvor bedient hatte, während ihr geduldiger Mann sanft dösend auf dem Besuchersessel gewartet hatte. Ich erinnerte mich sogar an ihre Namen. „Mr und Mrs Fotheringham. Wie geht es Ihnen heute? Haben Sie angefangen, am Pulli für Ihre Enkeltochter zu arbeiten?"

Man hätte denken können, dass ich ein Gedächtnis wie ein Genie habe, wenn ich mir gemerkt hatte, wie sie hießen und was sie gekauft hatten, doch ich fing an, mich an meine Kunden zu erinnern – besonders, wenn es nette Leute waren, wie diese hier.

Mrs Fotheringham strahlte mich an. Sie war offensichtlich erfreut, dass ich mich an sie erinnerte. Sie sagte: „Gott segne Sie, meine Liebe. Ich denke, er wird bezaubernd. Das Hellrosa war eine ausgezeichnete Wahl. Und können Sie sich ihre pummeligen Babyarme in den Puffärmeln vorstellen? Ich habe ihn meiner Tochter gezeigt und sie hat mich gebeten, ihr auch einen passenden Pulli zu stricken. Also dachte ich, ich komme besser vorbei, solange Sie noch jede Menge Wolle haben."

„Natürlich", sagte ich. „Ich helfe Ihnen gern." Die Frau brauchte meine Hilfe nicht, sie wusste ganz genau, wo die Wolle lag, und hatte eine bessere Vorstellung davon, wie viele Knäuel sie brauchte, doch ich wollte der ungehobelten Frau keinen Vorwand geben, um weiter dazustehen und mit mir zu plaudern, und zu meiner großen Freude hörte ich die Türglocken läuten, und als ich mich umdrehte, war sie verschwunden.

Später erzählte ich meiner Großmutter und Sylvia von der Geschichte. Beide starrten mich an, als wäre ich außerordentlich dumm. Granny sagte: „Du hast magische Fähigkeiten, meine Liebe. Benutze sie!"

„Du meinst, es gibt einen Zauberspruch, um Menschen loszuwerden?"

„Hunderte, würde ich annehmen. Man kann sie für immer vertreiben, oder man kann ihnen den Gedanken einpflanzen, dass sie einen Topf auf dem Herd gelassen haben und deswegen schnell nach Hause eilen müssen, um nachzusehen. Du könntest das ganze Geschäft mit einem Unsichtbarkeitszauber belegen, sodass die Frau es nie wiederfindet. Es sei denn, du möchtest sie für immer aus dem Weg räumen? Solche Zaubersprüche sind etwas komplizierter."

„Nein. Nein", sagte ich. „Nicht für immer. Wir hatten hier schon genug an ‚Leute für immer loswerden'. Ich frage mich, wer sie war." Ich beschrieb sie den beiden Vampirinnen, aber keiner von ihnen schien die Beschreibung etwas zu sagen. Ich erzählte ihnen die Geschichte von der Tante und dem Onkel und sie gaben mir beide darin recht, dass sich das Ganze nach Unsinn anhörte.

„Vielleicht ist sie Journalistin?"

Daran hatte ich nicht gedacht. „Aber hätte sie mir das nicht gesagt? Kann sie denn wissen, ob ich einer der Menschen bin, die liebend gern ihre Namen in der Zeitung oder ihre Bilder im Fernsehen sehen?"

Beide schüttelten ihre Köpfe. „Vielleicht weiß Rafe etwas."

Ich fand es ständig irritierend, dass diese beiden immer alles Rafe unterbreiten mussten. Hätten unsere Vampire vor Ort einen Bürgermeister gehabt, wäre er es gewesen. Bei allen Belangen schien sein Rat eingeholt zu werden. Seine Meinung hatte mehr Gewicht als die von allen anderen, und was auch immer er anordnete – alle kamen seinem Befehl eiligst nach. Ich fand das überaus irritierend.

Ich war sogar irritiert darüber, dass ich ihn am Tag der Ermordung gefragt hatte, ob er mit mir ins Elderflower geht. Zu guter Letzt war er direkt am Tatort gewesen. Es war dumm von mir, mich daran zu stören, schließlich war er jemand, mit dem ich die Sache endlos durchkauen konnte und hatte Dinge bemerkt, die mir nicht aufgefallen waren.

Nachdem die unhöfliche Frau weg war und ihre Geschichte über ihre Tante und ihren Onkel mitgenommen hatte, waren Katie und ich wieder allein im Laden und ich sah, dass sie ihren Kiefer versteift und ihre Schultern bis zu den Ohren hochgezogen hatte. Ich sagte: „Gehen Sie jetzt doch in die Mittagspause. Essen Sie etwas, gehen Sie vielleicht spazieren, rauchen Sie ein paar Zigaretten, wenn es nötig ist, aber lutschen Sie einen Pfefferminzbonbon oder so bevor Sie zurückkommen, in Ordnung?" Ich wollte nicht, dass es im Laden nach Zigarettenrauch stank.

Sie war noch nicht lange weg, da kam Mary Watt ins

Geschäft. Bestimmt stand mir meine Überraschung ins Gesicht geschrieben. Ich glaube nicht, dass ich sie jemals zuvor im Cardinal Woolsey's gesehen hatte. „Miss Watt. Wie schön, Sie zu sehen." Natürlich war ich versucht, sie zu fragen, wie es ihr ging oder wie die Ermittlungen voranschritten, aber nachdem ich selbst so unangenehm in die Mangel genommen worden war, beschloss ich, darauf zu verzichten, meiner Nachbarin unverschämte Fragen zu stellen. Wenn sie über den Mord reden wollte, dann würde sie das tun.

Wie sich herausstellte, war meine Zurückhaltung überflüssig. Sie wollte über den Mord reden und sie tat es. Ausführlich.

Zuerst wetterte sie über die allgemeine Ungerechtigkeit von all dem, was passiert war. „Wenn irgendjemand diesen schrecklichen Mann tot sehen wollte, hätte er nicht einen anderen Ort dafür finden können? Warum ausgerechnet unsere Teestube? Die war immer ein gemütliches, fröhliches Lokal, und jetzt wird sie für immer mit dem Mord in Verbindung gebracht werden. Ich bin nicht sicher, ob wir je wieder aufmachen können. Selbst wenn man mal annimmt, dass es Florence und mir gelingt, nicht im Gefängnis zu landen."

Ich versuchte, mir etwas einfallen zu lassen, das ich sagen konnte, doch alles, was ich zustande bekam, war: „Es tut mir so leid."

Sie ging auf und ab und rieb sich mit den von der Arbeit rauen Händen über die Arme, immer wieder, vom Ellenbogen bis zu den Schultern. „Ich stricke seit Jahren nicht mehr. Wer hat auch Zeit dazu, wenn man sechs Tage pro Woche eine gut besuchte Teestube leitet? Das Elderflower war mein Leben, meines und das von Flo. Und jetzt kann ich an nichts anderes mehr denken als an diesen schrecklichen Mord, der direkt vor unseren Augen geschehen ist."

Sie lief weiter. „Ohne den Laden sind die Tage so lang. Was machen die Leute bloß, wenn sie keinen Betrieb zu führen haben? Wissen Sie, man sagt: ‚Für müßige Hände findet nur der Teufel Arbeit.' Nun, ich habe nicht die Absicht, müßige Hände zu bekommen." Sie blieb stehen und drehte sich zu mir um. „Ich habe beschlossen, wieder mit dem Stricken anzufangen. Zumindest habe ich dann etwas zu tun."

„Haben Sie irgendeine Vorstellung davon, wann die Polizei ihre Ermittlungen abschließen wird?" Da ich neben dem Elderflower wohnte, wusste ich, dass immer noch regelmäßig offiziell aussehende Typen auftauchten. Ich hatte Ian Chisholm ein paar Mal gesehen und als er mich einmal bei meinen Beobachtungen sah, hatte er mir zugewunken. Allerdings war er nicht nach nebenan gekommen, um zu sehen, wie es mir ging.

Mary begann wieder durch den Laden zu gehen, aber eher im Militärschritt als in dem einer stöbernden Kundin. „Ich kann noch nicht einmal ein Buch lesen. Ich kann mich nicht konzentrieren. In meinem Kopf geht es drunter und drüber. Und fernsehen? Ich kann keine Nachrichten sehen. Ich fürchte mich davor zu sehen, dass unsere arme Teestube im Fernsehen als Tatort eines Mordes gezeigt wird. Und außer den Nachrichten scheinen im Fernsehen nur Mystery-Sendungen zu laufen. Denken Sie, ich will mir einen schaurigen Krimi ansehen? Ich will, dass jemand diesen Krimi hier löst."

Ich gab beruhigende Laute und ziemlich unnütze Kommentare von mir – von der Sorte „Es tut mir so leid" –, aber ich glaube nicht, dass sie sie hörte. Sie war wirklich hier, um sich bei mir auszuweinen.

Ich ließ sie eine Weile weitermachen und als sie eine Pause machte, sagte ich ihr, dass ich Katie als Verkäuferin eingestellt hatte, bevor sie es auf andere Weise erfuhr. Sie schien ein wenig verwundert. „Ist das klug, meine Liebe? Sie wissen, sie könnte eine Mörderin sein."

„Ich weiß, dass sie eine sein könnte, aber irgendwie glaube ich das nicht. Und sie ist eine ausgezeichnete Strickerin." Ich deutete auf meine Füße. „Sie hat mir diese wunderschönen Socken gestrickt."

Mary schaute kritisch auf meine Füße und nickte. „Mit Sicherheit kann sie besser stricken als kellnern."

„Ich denke, das versteht sich von selbst."

Dann hielt ich meinen Blick auf das Fenster gerichtet, sodass ich Katie sehen würde, bevor sie reinkam, und sagte: „Ich denke immer wieder an jenen Tag und daran, wie die arme Katie alle Bestellungen durcheinanderbrachte. Sie schien die Tische nicht auseinanderhalten zu können. Glauben Sie, es ist möglich, dass der Colonel gar nicht das beabsichtigte Opfer war?"

Mary griff zu einem Knäuel Fischergarn und legte es dann wieder zurück. „Ich weiß es nicht. Ich nehme an, alles ist möglich. Aber wenn das, was Sie sagen, stimmt, dann muss das Gift auf dem Tablett gewesen sein, als Katie es zum falschen Tisch gebracht hat. Schon im Tee oder in der Marmelade oder in die Scones eingebacken, oder wo immer es auch war."

Ich dachte nach. „Ist eine sehr merkwürdige junge Dame heute zu Besuch bei Ihnen gewesen?" Ich beschrieb die Frau, die mir all diese forschenden Fragen gestellt hatte. Mary sagte: „Sie meinen die Privatdetektivin?"

Ich machte große Augen. „Sie ist Privatdetektivin?".

„Nun, zumindest hat sie uns das erzählt. Die Witwe von Colonel Montague hat sie beauftragt."

Mein erster Gedanke war, dass Mrs Montague ihr Geld verschwendet hatte. Ich hatte noch nie einen Detektiv gesehen, der weniger subtil war, oder einen, dem ich meine Geheimnisse mit geringerer Wahrscheinlichkeit erzählt hätte. „Warum sollte sie das tun? Glaubt sie nicht daran, dass die Polizei den Killer findet?"

„Wenn Sie mich fragen, dann will sie sicherstellen, dass sie nicht verhaftet wird."

„Warum sollte irgendjemand Mrs Montague verhaften?" Ich erinnerte mich an ihre schrecklichen Klagelaute, als klar wurde, dass ihr Mann tot war. Ich hatte einen Blick auf ihr Gesicht erhascht und es hatte lebloser ausgesehen als das ihres toten Ehemanns. Sie hatte wie eine trauernde Statue gewirkt. Und sogar gestern, als ich ihr das Strickzubehör gebracht hatte, hatte sie so einen verlorenen und traurigen Eindruck gemacht.

„Weil der Colonel sich von ihr scheiden lassen wollte."

„Was?"

Zum ersten Mal, seit sie das Cardinal Woolsey's betreten hatte, sah Mary Watt etwas fröhlich aus. Wenn eine Frau jemandem, der nicht damit rechnet, einen Leckerbissen aus der Klatschküche serviert, dann ist das manchmal die Folge. „Oh, ja!"

„Sie sahen beide so alt aus." Ich war immer geschockt, wenn alte Menschen sich scheiden ließen, aber Granny sagte immer, dass die jugendliche Leidenschaft der Menschen die Jugend überdauerte.

„Aber warum?"

Sie hob die Augenbrauen. „Der übliche Grund, aus dem ein alberner alter Dummkopf eine Ehefrau verlässt, die ein halbes Jahrhundert alt ist."

„Er hatte eine andere Frau."

Sie zuckte die Schultern. „Das wurde gemunkelt."

„Aber kann das irgendjemand bestätigen? Wissen wir, wer die andere Frau war?"

„Eine Biochemikerin. Genauer gesagt, eine alte Flamme von ihm. Eine Miss Everly?"

Dass ein alter Mann seine Frau für ein jüngeres Modell sitzen ließ, war eine Sache – aber er hatte eine Frau im gleichen Alter gewählt. Das machte ihn weniger verachtenswert. „Was für ein Gedanke, eine Liebesgeschichte von vor Ewigkeiten wieder aufleben zu lassen."

Vor Zorn presste Miss Watt ihre Lippen schmal zusammen. „Das ist momentan sehr verbreitet."

Erst da bemerkte ich, wie taktlos ich gewesen war. Natürlich gönnte sich ihre eigene Schwester gerade eine ähnliche Liebesaffäre in späten Jahren mit einem Mann, dem sie in ihrer Jugend begegnet war.

„Es tut so gut, mit Ihnen reden zu können, Lucy. Es ist völlig sinnlos, mit Florence reden zu wollen. Meine alberne Schwester schwebt in den Wolken. Ich kann Ihnen gar nicht sagen, wie sehr ich Ihre Großmutter vermisse. Ich tauchte immer einfach im Laden auf und erzählte ihr von meinen Problemen, und sie konnte immer zu mir nach nebenan in die Teestube kommen, um mir von ihren zu erzählen. Ich vermisse sie schrecklich."

Natürlich konnte ich ihr nicht beipflichten, weil ich meine Großmutter jeden Tag sah. Stattdessen sagte ich: „Ich bin zwar nicht Granny, aber sobald Katie zurückkommt, könnten wir zur Abwechslung mal zu mir nach oben gehen und ich mache Ihnen eine Tasse Tee."

Ihre Miene erhellte sich sofort. „Ach, wenn Sie sicher sind, dass es Ihnen nicht zu viel Mühe bereitet ... Liebend gern."

Da ich dachte, dass es für Katie und sie vielleicht etwas merkwürdig sein würde, sich zu unterhalten, schlug ich ihr vor, schon einmal nach oben zu gehen und auf mich zu warten, und sobald Katie zurück war, würde ich ihr folgen.

Katie zeigte sich natürlich von ihrer besten Seite und kehrte aus der Mittagspause zurück, bevor ihre Stunde herum war. Es freute mich, dass sie nach Pfefferminz und nicht nach Zigarettenrauch roch. Sie wirkte ruhiger. Sie erzählte mir, dass sie zum Essen nach Hause gegangen war und Jim dort gewesen war. Er hatte ihr Mittag gekocht und sie zum Lachen gebracht und ich konnte sehen, dass die Pause ihr richtig gut getan hatte.

Ich sagte ihr, dass ich oben eine Freundin zu Besuch hatte und dass ich nun selbst in die Mittagspause gehen würde. „Klopfen Sie einfach an die Verbindungstür, wenn Sie mich brauchen."

Als ich oben ankam, stand Mary Watts da und schaute lustlos aus dem Fenster. Sie konnte ihre Hände nicht still halten, sondern rieb sie aneinander und spielte mit ihren Ringen.

Grannys Strickkorb stand neben der Couch. Er war alt, aus der Zeit vor ihrem Tod, denn jetzt trug sie ihre aktuellen Projekte in einer Gobelin-Tasche mit sich herum. Ich holte den Korb und forderte Mary auf, zu nehmen, was sie wolle. Ich glaubte nicht, dass Granny viele Muster hier oben hatte, doch ich konnte ganz einfach nach unten huschen und eins holen.

„Ach nein, machen Sie sich wegen des Musters keine Umstände. Ich könnte ihm ohnehin nicht folgen. Ich mache nur etwas Einfaches. Einen Schal, denke ich." Sie rollte willkürlich ein paar Wollknäuel im Korb herum und nickte. „Ich könnte etwas von diesem Krimskrams hier benutzen, um einen hübschen, gestreiften Schal zu stricken. So kann man alte Wolle wirtschaftlich aufbrauchen." Sie schien erleichtert darüber, ein Projekt zu haben, auch wenn es nur die Verwendung von alten Wollresten war.

„Nun, dann setze ich mal den Tee auf."

Als ich mit einer Kanne gutem, starken englischen Tee, einem Teller voller Käse-Sandwiches und Keksen in die Küche zurückkehrte, war sie bereits mit der Arbeit beschäftigt. Nun, da ihre Hände beschäftigt waren, wirkte sie ruhiger.

Sie hatte mit einer Reihe Rot begonnen. Ich erkannte die Wolle. Granny hatte mir daraus einen kirschroten Pulli gestrickt, den sie mir letzte Weihnachten geschenkt hatte.

„Wissen Sie, Lucy, das ist das erste Mal, dass ich mich entspannt fühle, seit dieser arme Mann in meiner Teestube tot umgefallen ist."

Ich schenkte uns Tee ein und lehnte mich mit meinem zurück. Nyx war mir gefolgt und nachdem sie selbst einen Snack zu Mittag zu sich genommen hatte, sprang sie auf meinen Schoß und machte es sich bequem.

Mary Watt legte ihr Strickzeug nieder, als ich ihr ein Sandwich anbot. „Das ist das erste Essen, auf das ich heute

Appetit habe. Ein Mord in der eigenen Teestube ist genauso wirksam wie eine Abmagerungskur."

„Ich denke, es beschäftigt Sie mehr als nur der arme Colonel Montague." Ich hatte den Anfang gemacht, nun lag es an ihr, ob sie weiter über ihre Probleme reden wollte. Ich wollte meine Nase nicht in ihre Angelegenheiten stecken, aber manchmal war geteiltes Leid halbes Leid – zumindest sagte Granny das gern.

Mary Watt betrachtete mich über den Rand ihrer geblümten Teetasse hinweg. „Sie sind Ihrer Großmutter sehr ähnlich, stimmt's? Sie war eine scharfsinnige Frau und je älter Sie werden, desto mehr gleichen Sie ihr."

„Sie könnten mir kein größeres Kompliment machen."

„Natürlich haben Sie recht. Ich hatte schon vor dem Mord Sorgen. Es geht um Flo, wissen Sie?"

Sie griff wieder zu ihrem Strickzeug und während sie zu reden begann, schienen die Maschen von einer Nadel zur anderen zu fliegen, als würden sie mit dem Wortschwall Schritt halten wollen. „Und dieser *schreckliche* Gerald Pettigrew."

Ich hatte mir gedacht, dass er die Ursache des Problems war. Ich nickte.

„Florence denkt, ich sei eine alte eifersüchtige Kuh, aber darum geht es nicht. Wenn sie Lust hat, sich in ihrem Alter einen Mann zu nehmen, dann nur zu!" Sie hob ihren Blick und schaute mir in die Augen und ich sah, wie besorgt sie war. „Aber nicht Gerald Pettigrew."

Sie beendete eine Reihe, wendete sofort die Stricknadeln und fing eine neue an. „Ich weiß nicht, wie der Mann die Frechheit besitzen kann, hierher zurückzukehren. Ich dachte, ich wäre ihn ein für allemal los. Aber er ist ein listiger alter

Teufel, und er weiß, dass er mich kriegt." Sie ließ das Strickzeug in ihren Schoß sinken und wandte sich mir zu. „Ach, was soll ich nur tun?"

Da ich aus dem, was sie sagte, einfach nicht schlau wurde, hielt ich den Mund und sah sie mitfühlend an.

Sie seufzte und setzte ihre Strickarbeit fort. „Sie müssen mich für verrückt halten. Was ich sage, ergibt keinen Sinn für Sie. Ich sehe schon: Ich muss mit Ihnen in der Zeit zurückreisen. Sehr weit zurück, lange, bevor Sie geboren wurden. Zurück in die Zeit, als wir jung waren, Flo und ich."

KAPITEL 18

*I*hre Nadeln bewegten sich nun langsamer, da sie begann, über die Vergangenheit zu sprechen. „Keine von uns war je eine Augenweide, nicht einmal, als wir jung waren. Ich denke, das ist einer der Gründe, aus dem Mutter und Vater so hart gearbeitet haben, um das Geschäft zum Laufen zu bringen: So hätten wir uns immer unseren Lebensunterhalt verdienen können."

„Sie haben uns schon sehr früh in die Teestube eingeführt. Es war immer selbstverständlich, dass wir das Elderflower übernehmen würden. Wir wurden in den 1960ern volljährig. In den freizügigen Sechzigern. Es war die Zeit der Beatles, und zum ersten Mal seit dem Krieg fing England an, wieder auf die Beine zu kommen.

London war wieder aufregend, und die Menschen wieder voller Hoffnung. Man hatte mehr Geld. Die Rationierung war vorbei. Mädchen trugen kurze Röcke und tanzten in Clubs bis in die Puppen. Aber Flo und ich waren nicht in London. Ich bin mir nicht sicher, ob wir uns besser geschlagen hätten, wenn wir dort gewesen wären. Wir waren zwei hässliche, pummelige Mädchen, die in Oxford wohnten und in einer altmodischen Teestube arbeiteten. Die freizügigen Sechziger gingen praktisch an uns vorbei. Wie auch immer: Die Leute hatten etwas mehr Geld zum Ausgeben und ziemlich oft kamen sie in die Teestube, um es dort auszugeben."

Ich fühlte mich, als würde ich in die Vergangenheit zurückblicken und blieb still, fasziniert davon, das Oxford ihrer Jugend zu sehen.

„Vielleicht meinen Sie, dass wir hier in Oxford von begehrten jungen Männern vom College umgeben waren, und das stimmt. Nur wurden wir nie wirklich beachtet, Flo und ich." Sie sprach ziemlich sachlich über ihr mangelndes Liebesleben, obwohl ich mich fragte, ob sie nicht vor allem im hohen Alter so pragmatisch geworden war.

Sie lachte leise. „Wir waren die Art von Mädchen, bei denen junge Männer Rat suchten, wenn sie Probleme mit Mädchen hatten. Wir waren sozusagen ihre hässlichen Cousinen. Ich denke, Flo machte das mehr zu schaffen als mir. Sie war immer romantischer. Vielleicht wäre sie weggegangen und hätte versucht, ein anderes Leben zu führen, wenn sie die Chance dazu gehabt hätte. Aber dann starb Mutter."

Ihre Hände erstarrten und sie hielt inne, um am Tee zu nippen. „Sie hat eine schlimme Erkältung bekommen. Es war Winter, aber sie ruhte sich nie aus. Schließlich hatten wir ein Geschäft zu betreiben. Die Erkältung verwandelte sich schnell in eine Lungenentzündung und nach kurzer Zeit verließ sie uns. Vater war danach nie wieder derselbe. Flo und ich übernahmen immer mehr Verantwortung und er schien zu verkümmern. Keine von uns überraschte es wirklich, als auch er kaum ein Jahr später verschied." Sie lächelte traurig. „Wir haben immer gesagt, er sei an einem gebrochenen Herzen gestorben."

„Sie müssen sich sehr geliebt haben."

„Ja. Wir waren eine sehr glückliche Familie. Über Geld haben wir nie sehr viel nachgedacht. Wir hatten natürlich die Teestube und wir wussten, dass Vater das Gebäude gekauft hatte. Aber er hatte auch investiert – überraschend gut sogar. Wir waren zwar nicht richtig wohlhabend, aber einigermaßen gut gestellt schon.

„Selbstverständlich machten wir weiter, weil wir wussten, dass Mutter und Vater es sich so gewünscht hatten. Und es war das, was wir kannten." Sie schien über die Vergangenheit zu lächeln. „Die Welt verändert sich ständig, Lucy, aber eine gute Tasse Tee und ein anständiger Scone nicht. Das Beste an Oxford nicht."

„Dieses Gefühl hat mir die Harrington Street schon immer gegeben. Sie verändert sich, aber nicht zu viel."

Sie nickte. „Also, eines Tages kam Flo vom Einkaufen zurück. Sie strahlte über beide Ohren. Sie hatte jemanden kennengelernt. Und das war natürlich Gerald. Wie es schien, waren sie sich zufällig begegnet. Obwohl ich das nicht eine Sekunde lang geglaubt habe."

Wofür hielt sie Gerald Pettigrew? Für einen Stalker von unattraktiven betuchten Frauen? Wie hätte er das überhaupt wissen sollen? Ich vermutete, dass die Eifersucht ihre Finger im Spiel hatte, schwieg aber erst einmal.

„Ach, sie war begeistert und überglücklich. Sie sagte, es sei wie im Film gewesen, als er auf sie zukam und fragte, ob er ihr beim Tragen helfen könne, weil ihr Gepäck so schwer aussehe. Kaum hatte ich mich versehen, gingen sie picknicken, ins Kino oder auf dem Fluss Stechkahn fahren. Er hatte ein Auto, was damals sehr viel aufregender war als heute, und machte Spritztouren auf dem Land mit ihr."

Sie ließ ihr Strickzeug sinken und drehte sich, die Hände auf ihre Hüften gelegt, zu mir herum. „Und was meinen Sie, wer hat das Elderflower betreut?" Sie schlug sich auf die Brust. „Die alte Muggins. Ich musste eine Tageshilfe einstellen, um zurechtzukommen. Flo war so vernarrt, dass sie nicht mehr klar sehen und ganz sicher nicht klar denken konnte."

Unsere Blicke trafen sich und sie lächelte reumütig. „Wahrscheinlich denken Sie, ich sei eifersüchtig gewesen. Ich nehme an, ein bisschen war ich das. Ich gebe auch zu, dass ich etwas traurig darüber war, meine Schwester und beste Freundin zu verlieren. Ich konnte es schon kommen sehen, aber ich versuchte, mich ernsthaft für sie zu freuen.

Als ich nach seiner Arbeit und seinen Perspektiven gefragt habe, blieb sie etwas vage. Er arbeitete im Verkauf. Verkauf von Motorrädern. Als ich versuchte, Näheres über seine Tätigkeit herauszufinden, wurde sie wütend und sagte, das ginge mich nichts an."

Die Sache hörte sich nicht gut an und das sagte ich ihr auch.

„Ganz und gar nicht. Natürlich ging es mich nichts an, aber ich bin die Ältere und da Mutter und Vater von uns gegangen waren, fühlte ich mich irgendwie verantwortlich. Außerdem ist sie meine Schwester und ich habe sie lieb. Ich wollte ihre Entscheidung gutheißen.

Ich schlug vor, sie solle an einem Montag mit ihm zum

Abendessen kommen. Das ist der einzige Tag, an dem wir Gäste einladen können. Nun, er kam und setzte alles dran, mich zu bezaubern. Aber ich habe ihn sofort durchschaut. Er war einer dieser Menschen, die vor Charme sprühen, aber nichts dahinter haben. Ich vermute, die Schmeichelei ist sein größtes Talent."

„Er sieht so aus, als würde er etwas vom Verkaufen verstehen ...", wagte ich nachzuhaken.

Sie schnaubte. „Davon, sich an leichtgläubige Frauen zu verkaufen. Oh ja. Davon versteht er etwas. Als ich ihm ein paar Fragen über seinen Autohandel gestellt habe, hat er geschmunzelt und Bemerkungen darüber gemacht, dass ich als Frau davon ohnehin nichts verstand. Ich fand ihn herablassend und auch ausweichend."

Ich hatte ein düsteres Bild von einem sehr unbehaglichen Abendessen vor mir.

„Nachdem er weg war, fragte mich Flo natürlich, was ich von ihm hielt. Ich schätze, ich habe einen groben Fehler begangen. Ich habe sie inständig dazu ermahnt, mehr über ihn herauszufinden, bevor sie sich bindet." Sie schüttelte den Kopf. „Ich hatte nicht bedacht, wie schlimm es sie getroffen hatte. Sie muss ihm berichtet haben, was ich ihr gesagt hatte, denn plötzlich hörte sie auf, mir von ihren Plänen zu erzählen. Sie machte Bemerkungen darüber, dass ich sie kontrollieren wolle. Ich war mir sicher, dass die Idee von ihm kam und dass es seine Mission war, uns auseinanderzubringen."

„Ach, das muss ja schrecklich gewesen sein." Ich hatte nie Geschwister gehabt und mir immer einen Bruder oder eine Schwester gewünscht.

„Das war es", stimmte sie zu. „Dann hat er um ihre Hand angehalten, nachdem sie sich erst ein paar Wochen kannten.

Sie war ganz aus dem Häuschen. Wie eine Taube fiel sie ihm in die Hände, reif, um gerupft zu werden. Ich fragte sie, was mit dem Elderflower geschehen sollte. Da sah sie verlegen aus. Sie sagte, sie wolle, dass wir verkaufen, damit sie ihre Hälfte bekam." Sie biss sich auf die Lippe. „Das ist das einzige Mal, dass wir uns gegenseitig so richtig angebrüllt haben. Wir haben beide Dinge gesagt, die wir wahrscheinlich noch heute bereuen."

Plötzlich sah ich die beiden vor mir, wie sie Scones aufeinander abfeuerten, als wären es Raketen.

„Aber ich war nicht eifersüchtig und habgierig, sondern besorgt um sie."

„Das muss schrecklich gewesen sein", sagte ich. Als Außenseiterin konnte ich beide Seiten verstehen. Ich fühlte mit der romantischen Flo mit, die zum ersten und einzigen Mal verliebt war, und trotzdem fühlte ich auch mit ihrer zurückgelassenen, unverheirateten Schwester mit.

„Ich war ganz wirr. Als ich sie fragte, was Gerald und sie mit der recht anschaulichen Geldsumme, die sie bekommen würde, anstellen wollten, sagte sie, sie hatten vor zu reisen, die Welt zu sehen und sich dann in Australien oder Kanada niederzulassen." Der Zorn von vor so vielen Jahren war frisch, als sie mich anstarrte. „Er wollte nicht einmal zulassen, dass sie im gleichen Land blieb."

„Und Sie hätten den Laden und Ihre Einkommensquelle verloren."

Sie nickte zustimmend. „Vielleicht habe ich ein behütetes Leben geführt, aber ich bin doch nicht blöd. Ich sah nichts anderes als Herzschmerz und Verderben für meine arme Schwester vorher."

„Und dann haben sie doch nicht geheiratet", sagte ich

sanft. Ihre Nadeln klapperten, während sie schnell eine Reihe nach der anderen strickte. Wenn sie so weitermachte, würde sie einen fünf Meter langen Schal fertig haben, bevor wir mit unserem Tee fertig waren. „Nein. Sie hat nicht geheiratet. Vielleicht war es hinterhältig von mir, aber ich beauftragte einen Privatdetektiv."

Ich war absolut fasziniert. Und auch ziemlich sicher, dass Mary Watt eine hervorragende große Schwester war. „Was haben Sie herausgefunden?"

Sie sah triumphierend aus. „Er war schon verheiratet."

Ich weiß nicht, was genau ich erwartet hatte – aber das nicht. „Sie meinen, er befand sich gerade im Scheidungsprozess?" Ich wusste, dass Scheidungen damals komplizierter waren, aber wenn man nicht gerade zur königlichen Familie gehörte oder sehr religiös war, reichte dieser Grund dann aus, um ein verliebtes Paar auseinanderzubringen?

„Ha! Er hatte keinerlei Absicht, sich scheiden zu lassen. Mein Detektiv ist ihm nach Leeds gefolgt. Er lebte mit einer Frau zusammen, die das Haus, in dem sie lebten, und eine private Rente geerbt hatte. Sie hatten zwei Kinder. Die Frau war rundherum glücklich, wenn man von der Tatsache absah, dass ihr Mann so oft geschäftlich unterwegs war."

„Er hatte vor, ein Bigamist zu werden?" Ich hatte von solchen Geschichten gehört, sie in der Zeitung gelesen, aber nie tatsächlich jemanden kennengelernt, der zwei Ehepartner hatte. Die Vorstellung war unglaublich.

„Ja."

„Also haben Sie es Ihrer Schwester erzählt?"

Sie legte ihren Kopf in ihre Hände und hätte sich mit ihren Stricknadeln fast in den Kopf gestochen. „Ich bin so ein Dummkopf! Zu jenem Zeitpunkt sprachen meine Schwester und ich kaum noch miteinander. Um ganz ehrlich zu Ihnen zu sein: Ich glaube, dass sie jegliche Vernunft verloren hatte. Sie hätte die Wahrheit nicht akzeptiert, selbst wenn ich sie ihr erzählt hätte. Irgendwann habe ich sie gefragt: ‚Was wäre, wenn du etwas Schreckliches über ihn herausfinden würdest?‘ Und Flos Antwort war: ‚Nichts, was du mir über Gerald sagen könntest, würde meine Liebe zu ihm mindern.‘

„Wow. Es hatte sie wirklich erwischt!"

„Er war so ein geschickter Redner, wissen Sie? Er konnte sie alles glauben lassen. Und was, wenn sie mit ihm ging und ich sie nie wieder sehen würde? Das konnte ich nicht ertragen. Ich tat das, was ich für das Beste für meine arme Schwester hielt." Ihr Kopf ruhte immer noch zwischen ihren Händen und jetzt schüttelte sie ihn energisch. „Genauso wenig bin ich mir sicher, dass ich selbst damals vernünftig gehandelt habe. Angeblich war er nach London zu seiner Arbeit zurückgekehrt. Aber ich wusste, wo er wirklich war."

Diese Geschichte war besser als eine Fernsehsendung.

„Ich nahm eine große Geldsumme mit. Und ich fuhr mit dem Privatdetektiv nach Leeds. Wir haben ihn gemeinsam zur Rede gestellt. Nicht in seinem Haus. Auch wenn wir das vielleicht hätten tun sollen. Wir verfolgten ihn, und als er gerade in einen Pub gehen wollte, sprach ich ihn an."

Ich konnte mir die Szene ausmalen. „Er muss verblüfft gewesen sein."

„Der nicht. Er ist so listig wie der Teufel selbst. Er versuchte, sich herauszureden. Wir gingen in ein ruhiges Café und der Privatdetektiv präsentierte seine Feststellungen. Gerald behauptete, er sei ihm nicht gelungen, seiner Frau die Neuigkeiten mitzuteilen, doch er würde sie um die Scheidung bitten, damit er meine Schwester, die Liebe seines

Lebens, heiraten konnte. Es war ekelhaft. Aber er hatte noch nichts Illegales getan. Im Nachhinein weiß ich, dass ich besser hätte warten sollen, bis er Flo heiratet, während er immer noch mit der Frau in Leeds verheiratet ist. Aber wie konnte ich zulassen, dass Flo so gedemütigt wird?"

„Ich schlug Gerald Pettigrew eine Abmachung vor. Ich sagte ihm, ich würde ihm Geld geben, wenn er Florence verließe. Mir war egal, was er ihr sagte: Er konnte sich jede ihm beliebige Geschichte ausdenken – eine im Sterben liegende Mutter im Ausland, einen geheimen Auftrag von der Regierung. Er war sehr begabt im Erfinden von Geschichten, deshalb war ich mir sicher, er würde sich eine einfallen lassen, die sie zufrieden stellt."

„Sie haben ihn bestochen?", fragte ich und hörte mich genauso erstaunt an, wie ich mich fühlte.

„Ich glaubte, das Beste zu tun. Ich sagte ihm, er könne das Geld nehmen und gehen. Aber sollte ich ihn jemals wieder sehen, würde ich Flo die ganze Geschichte erzählen. Außerdem hatte der Detektiv einige widerwärtige Details über seine Vergangenheit herausgefunden, von denen die Polizei sicherlich gerne wüsste."

Mit dem letzten Teil sah sie sehr zufrieden aus.

„Sein vorgetäuschter Charme rutschte ihm vom Gesicht wie die Maske eines Straßenkünstlers. Ich glaube wirklich, wenn der Privatdetektiv nicht dabei gewesen wäre und wir uns nicht in der Öffentlichkeit befunden hätten, hätte er mir etwas angetan. Am Ende willigte er ein. Er hatte eigentlich keine andere Wahl."

Hundert Punkte für Miss Mary Watt.

„Er sagte meiner Schwester, er sei berufen worden. Ich weiß nicht genau, was für einen Vorwand er benutzte. Er ließ es so klingen, als wäre es seine Pflicht und als würde es ihm genauso das Herz brechen wie ihr. Es war widerlich, aber zumindest ließ es Flo ihre Würde.

Mit der Zeit bügelten meine Schwester und ich unsere Unstimmigkeiten aus. Und wir führten den Laden weiter zusammen. In all den Jahren ist nie wieder ein Mann zwischen uns geraten." Sie lachte leise. „Kein anderer Mann hat es versucht."

„Und jetzt ist Gerald Pettigrew zurück. Wie konnte er so viel Frechheit besitzen?"

„Weil ich ein Dummkopf war und das wusste er. Sehen Sie, seine Frau ist tot. Sie war ein ganzes Stück älter als er. Nun, da sie weg ist, ist er tatsächlich frei. Ich kann Flo jetzt nicht sagen, dass ich die beiden damals getrennt habe. Vielleicht halten Sie mich für sentimental, aber je älter man wird, desto wichtiger werden Beziehungen. Flo ist meine ganze Familie und meine beste Freundin."

Ich dachte, dass eine Frau, die genug Entschlossenheit besaß, um einen Privatdetektiv anzuheuern und einen Mitgiftjäger zu verschrecken, nicht zulassen würde, dass derselbe Mitgiftjäger ein zweites Mal ihre Schwester stahl. „Was haben Sie vor?"

„Ich weiß es nicht, ganz ehrlich. Natürlich weiß er jetzt, mit wem er es bei mir zu tun hat. Er wäre niemals hierher zurückgekommen, wenn er nicht wüsste, dass er nichts zu verstecken hat. Natürlich ging ich sofort ins Internet und suchte. Seine Frau ist tot. Schon seit sieben Jahren."

Meine Aufmerksamkeit war geweckt. „Sieben Jahre? Warum hat er so lange gebraucht, um herzukommen?"

Sie nahm ihr Strickzeug wieder hoch und begann, die Wolle um die Nadel zu wickeln, als wäre es ein Strick um

Gerald Pettigrews Hals. „Ich weiß es nicht. Vielleicht dachte er, seine Frau würde ihm genug Geld hinterlassen, sodass er meine arme Flo nicht hätte betrügen müssen. Vielleicht hat er es mit anderen reichen Junggesellinnen und Witwen versucht und ist gescheitert. Vielleicht hat er das ganze Geld aufgebraucht."

„Ich frage mich, ob es sich lohnt, wieder einen Detektiv anzuheuern? Ein Mann, der einmal Bigamist war, könnte es wieder werden."

Ihr entfuhr ein Seufzen. „Lucy, ich bin jetzt zweiundachtzig Jahre alt. Flo ist achtzig. Ich habe nicht mehr die Kraft, noch einmal gegen diesen Mann zu kämpfen. Wenn sie zu dumm ist, um zu merken, dass der Mann ein geldgeiler Lügner ist, dann sollte ich ihr vielleicht die Freude an ihrem Glück lassen. Selbst wenn er ihr all ihr Geld stiehlt und sie verlässt, werde ich immer noch genug übrig haben, um uns beide durchzubringen."

„Es kommt mir einfach verkehrt vor, dass er davon profitiert, naive Frauen zu verführen."

„Er ist nicht der Erste und wird auch nicht der Letzte sein."

Ich dachte nach. „Was wäre, wenn sich ihm eine wertvollere Beute böte?"

Sie drehte ihren Kopf zu mir und schaute mich verwirrt an. „Eine wertvollere Beute?"

Ich dachte laut. „Die Frau von Colonel Montague ist der lokalen Gerüchteküche zufolge eine sehr wohlhabende Witwe. Wenn der Colonel geplant hatte, sich von ihr scheiden zu lassen, kann sie nicht untröstlich sein. Vielleicht wäre eine viel reichere Witwe – und noch dazu eine, die kein

Geschäft und kein Hab und Gut verkaufen muss, um an ihr Geld zu kommen – noch schmackhafter für Mr Pettigrew."

„Aber Lucy, es ist möglich, dass Mrs Montague ihren Mann ermordet hat. Würden Sie einen Mann, auch wenn er so verachtenswert wie Gerald Pettigrew ist, in die Arme einer Giftmörderin drängen wollen?"

„Ich würde sagen, dass Gerald Pettigrew sehr gut in der Lage ist, auf sich aufzupassen. Außerdem gibt es so etwas wie himmlische Vergeltung."

Mary Watt wirkte sehr viel fröhlicher, als sie ging. Ich hatte eine übermäßig lange Mittagspause genommen, aber als ich im Laden ankam, schien Katie ruhig zu sein und das Geschäft lief reibungslos. Sie gab gerade eine riesige Bestellung in die Kasse ein.

Miss Watt grüßte sie äußerst fröhlich und sagte, sie freue sich, dass sie eine neue Stelle gefunden hatte. Katie dankte ihr und sagte, sie hoffe, das Elderflower könne bald wieder öffnen.

Ich brachte Miss Watt zur Tür und nach draußen. Es war schön, ein bisschen frische Luft zu schöpfen. Sie sagte: „Ich muss sagen, dieses Mädchen arbeitet zehnmal besser in Ihrem Laden als in meinem."

„Auch wenn ich Gefahr laufe, unhöflich und hartherzig zu klingen: Ich muss sagen, dass Ihr Verlust mein Gewinn ist."

Miss Watt lachte. Es tat gut, dieses Geräusch zu hören. Ich ahnte, dass ihr letztes Lachen schon eine ganze Weile her war, und so, wie die Sache aussah, konnte ziemlich viel Zeit vergehen, bis sie wieder die Gelegenheit dazu bekam. Sie legte eine Hand auf meinen Arm. „Danke Lucy. Sie haben mir wirklich gut getan. Ich hoffe, Ihre Großmutter schaut gerade auf Sie herab. Sie wäre so stolz."

Eigentlich hoffte ich, dass meine Großmutter gerade schlief, und wenn nicht, würde ich die Falltür mit einem weiteren Zauber belegen, um sie fernzuhalten. Zumindest während der Öffnungszeiten.

Ich konnte es kaum erwarten, ihr die ganze Geschichte von Gerald Pettigrew und Florence zu erzählen. Meine Großmutter war eine ausgezeichnete Menschenkennerin. Ich war sehr neugierig zu erfahren, was sie von ihm hielt.

Ich war gerade an der Tür angelangt, da rief ein Mann meinen Namen. Ich drehte mich um und sah Ian Chisholm auf mich zukommen. Miss Watt hatte sich ebenfalls umgedreht, um zu gucken, und er sagte: „Es freut mich, Sie beide zu sehen. Miss Watt, ich würde Ihnen gern noch ein paar Fragen stellen."

Falls der Besuch bei mir zu ihrer Entspannung beigetragen hatte, war davon jetzt nichts mehr zu sehen. Ihr Gesicht nahm wieder einen verspannten, ängstlichen Ausdruck an. Aber sie sagte: „Natürlich. Möchten Sie hereinkommen?"

„Gern. Ich habe auch noch einige Fragen an Ihre Kellnerin Katie. Haben Sie eine Ahnung, wo ich sie finden kann? Ich habe es bei ihrer Wohnung probiert, aber weder sie noch Jim waren zu Hause."

Ich sagte: „Katie ist direkt hinter uns im Laden. Sie arbeitet als Verkäuferin bei mir."

Falls ihn diese Nachricht überraschte, verheimlichte er es gut. „Ich verstehe." Er sah auf die Uhr. „Miss Watt, wenn Sie gerade Zeit haben, können wir uns vielleicht jetzt unterhalten? Und dann komme ich bei Ihnen vorbei, Lucy, wenn Sie um fünf schließen."

Ich ging ins Geschäft zurück und bereute es dann, dass ich ihn nicht gefragt hatte, ob ich Katie erzählen durfte, was sie Schönes erwartete. Ich dachte, ich sollte besser bis kurz vor Ladenschluss warten. Es war sinnlos, sie unnötig in Sorge zu versetzen.

So wie der Nachmittag verlief, war ich mehr als froh, eine Hilfe zu haben. Es war unglaublich, wie viel Zusatzgeschäft der Mord in der Teestube mir einbrachte. Wir beide wurden immer geübter darin, Floskeln wie „Oh ja, es war ein fürchterlicher Schock" von uns zu geben. Und: „Nein, ich glaube nicht, dass die Polizei den Täter schon gefasst hat." Und dann leiteten wir geschickt zum Thema Stricken über.

Als es ungefähr Viertel vor war, war ich vorrübergehend allein mit Katie. Der Laden hatte sich geleert und ich bezweifelte, dass wir vor fünf noch Kunden haben würden. Ich sagte: „Ich bin vorhin Detective Inspector Chisholm begegnet. Er kommt her, wenn wir zumachen, um Ihnen noch ein paar Fragen zu stellen. Es war nett von ihm, dass er nicht während unserer Geschäftszeiten hergekommen ist, um seiner Polizeiarbeit nachzugehen."

„Allerdings", sagte sie. Und sie rieb sich die Arme, als wären sie entweder sehr kalt oder würden extrem jucken, obwohl ich annahm, dass sie einfach sehr nervös war. „Haben Sie eine Ahnung, was er will?"

Ich schüttelte den Kopf. „Er sagte, er habe noch einige Fragen, das ist alles."

„Aber ich habe ihm alles gesagt, was ich weiß. Oh Gott, ich wünschte, ich wäre nie in dieses schreckliche Land gekommen. Erstens ist es saukalt. Und zweitens haben alle einen Stock im Hintern." Trotz ihrer beleidigenden Art den Menschen gegenüber, die sowohl ihr Gehalt als auch meines bezahlten, zitterte ihre Stimme, als wäre sie den Tränen nahe, deshalb vergab ich ihr ihre Grobheit.

„Ich bin sicher, es ist nur Routine", sagte ich so beruhigend wie möglich.

Sie schaute mich mit großen Augen und flehendem Blick an. „Sie lassen mich doch nicht mit ihm allein?"

Ich war überrascht. „Ich hatte vor, nach oben zu gehen und Ihnen Ihre Privatsphäre zu lassen. Oder Sie können ihn nach oben bringen und ich bleibe unten im Laden."

Sie schüttelte den Kopf und sagte gleichzeitig Nein. Sozusagen eine doppelte Verneinung, wenn es das gab. „Ich möchte, dass Sie bei mir bleiben. Versprochen?"

„Wenn der Inspector es mir erlaubt, dann natürlich gern."

Ian stand kurz nach fünf mit einem forschen Klopfen vor der Eingangstür. Ich ließ ihn herein und bemerkte, dass er nicht allein war. Er hatte eine junge Beamtin mit. Eine Frau in meinem Alter. Er begrüßte uns beide und sagte: „Katie, ich möchte Sie nicht lange beanspruchen, aber ich muss Ihnen noch ein paar Fragen stellen."

Sie sagte: „Ich weiß nicht, was ich Ihnen nicht schon gesagt habe. Und ich möchte, dass Lucy bei mir bleibt."

„Ja, das ist in Ordnung."

Ich brachte sie alle nach oben und wir machten es uns im Wohnzimmer bequem. Ich schrieb Rafe schnell eine Nachricht, um ihm zu sagen, er solle meine Großmutter nicht oben herumwandern lassen – was sie oft tat, wenn der Laden geschlossen war. Sie hatte all meine Angebote, ihr ein eigenes Telefon zu besorgen, abgelehnt. Sie sagte, sie hatte zu Lebzeiten keins gebraucht und würde sich mit Sicherheit nicht zu Todeszeiten auf ein Handy einlassen. „Untot zu sein hat wenige Vorteile, Lucy, aber als einer davon zählt die Tatsache, dass man nicht zu moderner Technologie gezwungen ist."

Also musste ich mich darauf verlassen, dass Rafe ihr meine Mitteilungen überbrachte.

Die junge Beamtin zückte ein Notizbuch und Ian sagte: „Wir haben die Ergebnisse der Autopsie."

Katie sah verwirrt aus. „Aber wurde er denn nicht vergiftet?"

„Es gab immer noch die Möglichkeit, dass er eines natürlichen Todes gestorben ist, aber Sie haben recht. Der Colonel wurde vergiftet. Aber es gibt viele Stoffe, die einen Menschen vergiften können, und je nach Gift können wir genau sagen, wann die Dosis verabreicht wurde. In diesem Fall war das Gift Cyanid. Es wurde in seinem Tee vorgefunden. Zwischen dem Moment, in dem er den Tee getrunken hat, und dem seines Todes liegen etwa zwanzig Minuten."

Ich zog die offensichtliche Schlussfolgerung. „Also wurde er definitiv in der Teestube vergiftet."

„So ist es. Also, Katie: Entweder haben Sie das Gift in den Tee gegeben oder Sie müssen gesehen haben, wer es getan hat."

Ich hatte ihn noch nie zuvor so kalt und unbarmherzig gehört. Ich konnte spüren, wie mein eigenes Herz heftiger pochte und dabei war ich nicht einmal diejenige, die beschuldigt wurde. Katie wurde knallrot und dann totenblass. Sie beugte sich nach vorn und schlug ihre Hände zusammen. „Ich habe ihn nicht umgebracht. Warum sollte ich? Ich kannte ihn ja nicht einmal. Er war ein ganz schöner Rüpel, aber deshalb würde ich ihn nicht umbringen. Und außerdem, woher hätte ich denn Gift bekommen sollen?"

„Das ist eine ausgezeichnete Frage. Woher alslo?"

„Ich weiß es nicht. Und ich habe es nicht besorgt. Das ist der springende Punkt."

„Und doch wurde der Colonel durch den Tee getötet, den Sie ihm serviert haben. Gehen Sie doch mal den genauen Ablauf mit mir durch."

Jetzt ließ sie sich in die Couchkissen sinken und ihr Gesicht nahm den mürrischen Ausdruck an, an den ich mich gewöhnt hatte, als sie noch in der Teestube arbeitete. Sie war so heiter und tüchtig bei ihrer Arbeit bei mir gewesen, dass ich ihre sehr viel weniger liebenswerte Seite vergessen hatte. „Das habe ich Ihnen schon gesagt. An jenem Tag habe ich keinen Tee gekocht. Ich hatte zu viel zu tun. Ich habe ihn nur auf dem Tablett serviert."

„Wer hat dann diesen Tee gekocht?"

Sie erkannte die Falle, die ihr gestellt wurde, und weigerte sich, hineinzugehen. „Alles, was ich weiß, ist, dass ich den Tee nicht zubereitet habe."

„Kommen Sie schon! Sie müssen wissen, wer es gemacht hat! Es gibt zwei Möglichkeiten. Jim oder Miss Watt. Wer von beiden war es?"

Sie schaute zu Boden. In kaum hörbarem Ton sagte sie: „Es war Miss Watt. Mary Watt."

Ich war verblüfft, da ich davon ausging, dass er hinter Jim her war. Ich schaute Ian ins Gesicht, doch es verriet nichts. Ich kannte ihn jedoch relativ gut und ich denke, er wusste schon, wer jenen Tee zubereitet hatte. Miss Watt musste ihm gesagt haben, dass sie ihn gekocht hatte, und Katie bestätigte ihm nur das, was er bereits wusste.

„Und wie wussten Sie, dass Sie genau dieses Tablett an den Tisch von Colonel Montague bringen mussten?"

„Miss Watt sagte mir die Tischnummer."

„Sie hatten ihm schon einmal den falschen Tee gebracht."

„Ja, ich weiß. Das brauchen Sie nicht immer wieder zu wiederholen. Ich war verwirrt und ich war neu. Aber jenes Mal habe ich alles richtig gemacht."

„Wer hatte außer Miss Watt oder Jim noch Zugriff auf den Tee?"

„Die Kanne steht da, bis sie abgeholt wird. Jeder hätte an den Tee gehen können. Das habe ich Ihnen schon gesagt."

„Haben Sie jemanden gesehen? Es ist sehr wichtig, dass Sie versuchen, sich an alles zu erinnern."

Sie schloss die Augen. „Die Frau des Colonels", sagte sie. „Ich habe vergessen, Ihnen davon zu erzählen. Sie kam mit hochrotem Kopf zu uns, weil er tobte. Sie sagte so etwas wie: ,Um Gottes Willen, beeilen Sie sich mit dem Tee des Colonels. Er macht eine Szene!' Sie sah so beschämt aus."

„Haben Sie das wirklich gesehen? Oder denken Sie sich das aus, um den Verdacht von sich selbst und Ihrem Freund abzulenken?"

Sie war wieder streitlustig. „Nein. Ich habe sie wirklich gesehen."

Ich nickte. „Ich habe die Frau des Colonels auch gesehen. Sie kam an unserem Tisch vorbei, aber ich dachte, sie ginge zur Toilette. Vielleicht war sie auf dem Weg, um auf seinen Tee zu drängen. Ich habe sie nicht beobachtet, nachdem sie an uns vorbei war."

„Wer könnte den Tee noch angerührt haben?"

„Jeder, der zur Toilette gegangen ist. Wie auch immer: Hätte der Täter das Gift nicht in die Kanne geben können, als sie schon auf dem Tisch stand? Da war diese alte Dame, die so einen Wirbel um ihn gemacht hat. Und ich war damit beschäftigt, mit Essen und Teetassen hin und her zu rennen, aber inzwischen wurden Gäste platziert, andere standen auf und gingen, und fast alle von ihnen mussten am Tisch des Colonels vorbei. Jeder von ihnen hätte ihn vergiften können."

Sie sah auf die Uhr. „Hören Sie, ich bin spät dran. Ich habe Jim versprochen, ihn nach seiner Probe zu treffen. Wir schauen uns ein Theaterstück an."

Ian sagte: „In Ordnung. Meine Kollegin wird Sie hinfahren. Falls Ihnen noch irgendetwas einfällt, sagen Sie mir Bescheid." Er schaute sie streng an. „Sorgen Sie nur dafür, dass es die Wahrheit ist."

„Verdammt! Sie sind ein echter Charmeur, oder?" Und dann nahm sie ihre Tasche und wandte sich an mich: „Bis morgen?" Ans Ende des Satzes setzte sie ein Fragezeichen, wie es Australier häufig tun, aber in diesem Fall dachte ich tatsächlich, dass sie sich vielleicht fragte, ob ich es mir mit dem Stellenangebot anders überlegt hatte, nachdem sie nun ein zweites Mal von der Polizei befragt worden war.

Sie schien heute ganz genauso schuldig zu sein wie am Tag des Mordes. Nicht mehr und nicht weniger. „Ja. Danke, Katie. Wir sehen uns morgen."

Katie und die Beamtin gingen, Ian hingegen blieb. Seine blauen Augen waren fest auf mein Gesicht gerichtet. „Ich war etwas überrascht, dass Sie sie eingestellt haben. Ist Ihnen klar, dass sie eine der Hauptverdächtigen ist?"

Machte er sich Sorgen um meine Sicherheit? Oder dachte er nur, ich sei dumm, weil ich jemanden eingestellt hatte, der sich als Mörder herausstellen konnte? Letzteres, nehme ich an.

„Aber warum sollte sie Colonel Montague umbringen? Und das Gleiche gilt für Jim. Haben Sie überhaupt eine Verbindung zwischen ihnen entdeckt?"

Er schüttelte den Kopf. „Nein. Ich bin mit meiner Weisheit am Ende, soviel kann ich Ihnen sagen. Haben Sie wirklich Elspeth Montague in Richtung Küche gehen sehen?"

„Oh, ja! Das habe ich. Ich denke, ich habe mich nicht daran erinnert, bis Katie es erwähnt hat. Sie sah aus wie ein Nervenbündel. Er war wirklich ein unangenehmer Mann."

„Das sagen alle, aber niemand schien einen besonderen Grund zu haben, ihn zu töten."

„Ist die Irin zu Ihnen gekommen?"

Er nickte. „Ich denke, das ist Ihr Verdienst. Sie schien sehr erpicht darauf zu sein, sich zu vergewissern, dass Sie nicht in Schwierigkeiten sind."

„Ich denke, sie ist eine anständige Person, obwohl sie mit Sicherheit einen Groll gegen Colonel Montague hegte."

„Wie fast jeder in dieser Teestube."

„Hat sie Ihnen gesagt, warum sie dort war?"

Er lehnte sich auf dem Sofa zurück und lockerte sich die Krawatte, als würde er sich in meiner Gegenwart entspannt fühlen. Es war auch eine subtile Geste, die zeigte, dass er Feierabend hatte. „Das hat sie. Es scheint, dass sie mit Elspeth Montague geredet hat, und obwohl die geschockt war, scheint es keine Überraschung für sie gewesen zu sein. Sie hat versprochen, sich gegenüber seiner Tochter und der Frau, die er verlassen hat, anständig zu benehmen."

„Das freut mich. Trotz der hässlichen Umstände gibt es Menschen, die sich freundlich verhalten."

Seine Augen funkelten vor Belustigung. „Sie glauben gern an das Gute im Menschen, stimmt's?"

„Was ist falsch daran? Lieber denke ich, dass Menschen gut sind, als dass ich ihre Beweggründe immer anzweifle."

„Gut, dass Sie einen Strickladen führen und keine Ermittlerin sind."

Ich dachte schon gerne, dass ich etwas von einer Ermittlerin an mir hatte, aber mir gefiel auch seine Einschätzung von mir. Eher würde ich immer an das Gute im Menschen glauben, als vom Schlimmsten auszugehen. Aber das löste keine Mordfälle.

Ich erzählte ihm von den Gerüchten, die mir zu Ohren gekommen waren, und dass der Colonel geplant hatte, sich von seiner Frau scheiden zu lassen und Miss Everly zu heiraten. „Also haben sich zwei Senioren-Liebesgeschichten in der Teestube abgespielt. Und noch dazu an nebeneinander stehenden Tischen."

„Ja, und noch dazu: Da Katie alle Bestellungen durcheinandergebracht hat, sind wir noch nicht einmal überzeugt davon, dass Colonel Montague das beabsichtigte Ziel war."

„Die andere Person, die den Earl Grey bestellt hat, der auf demselben Tablett stand, war natürlich Gerald Pettigrew." Ich würde Miss Watts Vertrauen nicht missbrauchen, indem ich Ian sagte, was sie mir heute erzählt hatte, doch ich dachte, dass ein kleiner Hinweis ihm in seiner komplizierten Ermittlung helfen konnte. Ich schaute auf meine Hände hinunter. „Haben Sie sich überhaupt näher mit Gerald Pettigrew befasst?"

Ian war vieles, aber dumm war er nicht. Er sah mich mit einem scharfen Blick in seinen blauen Augen an. „Warum?"

„Ich weiß es nicht genau. Er ist aus dem Nichts aufgetaucht und scheint Florence Watt völlig umgehauen zu haben. Aber ist er nicht ein bisschen zu gut, um wahr zu sein? Als er, auf dem Weg nach nebenan, zum ersten Mal in den Laden kam, dachte ich, dass er wie ein Schauspieler aussieht. Einer, der einen pensionierten Colonel oder einen alternden Aristokraten im Fernsehen spielt."

Er nickte. „Aber andererseits basieren diese Typen tendenziell auf realen Figuren. Er könnte so eine sein. Trotzdem haben wir Kontakt zu Interpol aufgenommen. Zuletzt hat er in Australien gelebt."

Ich machte große Augen. „Australien?"

„Ja. Und er, Katie und Jim sind mit wenigen Tagen Abstand voneinander in dieser Gegend angekommen. Ein Zufall?"

„Nun, es leben fast 25 Millionen Menschen in Australien. Und da sie so viel reisen, müssen immer Tausende von ihnen in England unterwegs sein und in Geschäften oder Pubs arbeiten."

Er suchte meinen Blick. „Es war nett von Ihnen, Katie eine Arbeit zu geben. Aber Sie passen auf, ja?"

Einen Moment lang hatte ich nicht das Gefühl, dass er mich so ansah, wie ein Cop eine Frau ansah, die Zeugin eines Mordes geworden war. Er sah mich so an, wie ein Mann eine Frau ansieht, an der er interessiert ist. Mir war warm und ich war ein bisschen durcheinander. „Ich passe auf!"

Sein Blick ruhte auf meinem Gesicht. Er sagte: „Ich frage mich ..." In diesem Moment klingelte sein Telefon. Er schaute auf das Display und sagte: „Ich gehe besser raus und gehe ran. Auf Wiedersehen, Lucy."

War das nicht ein schlecht getimter Anruf? Wie hätte der restliche Satz gelautet, wenn er ihn zu Ende geführt hätte? ‚Ich frage mich, ob wir mal zusammen was trinken gehen wollen, Lucy? Ich frage mich, ob ich Sie zum Essen einladen darf, Lucy? Nur wir zwei? Ich frage mich, ob Sie mich heiraten und den Rest Ihres Lebens damit verbringen möchten, zu verbergen, dass Sie eine Hexe sind und Ihre Großmutter eine Vampirin ist, Lucy?'

Ich fragte mich, warum ich mir die Mühe machte, mich mit sinnlosem Denksport zu beschäftigen.

KAPITEL 19

*E*s ist schon komisch, wie schnell man nach einer Katastrophe eine neue Normalität findet. Einst hätte ich geglaubt, neben dem Schauplatz eines Mordes zu leben und zu arbeiten, würde mir den Schlaf rauben und mich völlig verängstigen. Auch wenn ich mich genau vergewisserte, dass die Türen verriegelt waren und mein Handy griffbereit lag, wenn ich zu Bett ging, schlief ich wunderbar. Kunden kamen und gingen weiterhin und nach den ersten paar Tagen waren sie eher an Strickzubehör als an einem Gespräch über die Tragödie interessiert.

Eher hatte der Mord mir Vorteile gebracht, denn ich hatte Katie geerbt und sie war die beste Verkäuferin, die ich mir vorstellen konnte. Es gefiel mir, dass sie in meinem Alter war und dass sie nach den ersten paar Tagen, in denen sie mir gegenüber etwas steif war, schon bald aufgeschlossener wurde.

Sie erzählte mir von ihrem Leben in Australien. Es war nicht einfach gewesen. Sie war von ihrer Großmutter erzogen worden, aber nicht, weil ihre Eltern in ihren Berufen schwer beschäftigt waren wie meine, sondern weil ihre Mutter ihr Zuhause nie verlassen hatte. Sie nahm jede noch so niedere Arbeit an, die sie kriegen konnte, während ihre eigene Mutter Katie großzog. Ihren Vater erwähnte sie nie und ich fragte mich, ob sie überhaupt wusste, wer er war.

Das war etwas, das Jim und sie gemeinsam hatten, vertraute sie mir an, als wir den Laden gemeinsam aufräumten. Sein Vater hatte sie verlassen, als er noch klein war, und seine Mutter hatte sich nie wieder erholt. „Von unserer ersten Begegnung an haben wir einander verstanden. Jim sagt, Menschen mit glücklicher Kindheit sind beschissene Schauspieler." Sie zuckte die Achseln. „Ich denke, ich wäre lieber glücklich als eine großartige Schauspielerin."

„Macht ihm sein Theaterstück Spaß?" Ich wusste nicht, was ich sonst sagen sollte. Vielleicht waren meine Eltern nicht immer präsent, da sie so oft auf Ausgrabung waren, aber ich hatte immer gewusst, dass sie mich liebten, und Granny für einen langen Zeitraum zu besuchen, war immer ein Vergnügen gewesen.

„Er liebt es. Er spielt Jack Worthing, ‚Ernst sein ist alles', wissen Sie? Gestern ist er komplett geschminkt nach Hause gekommen, nur aus Witz. Da hat er mir schon Angst gemacht, als ich diesen schick gekleideten Mann vor der Wohnungstür gesehen habe. Er sah aus, als wäre er jemand ganz anderes. Ich war einen Augenblick lang verängstigt, bis ich gemerkt habe, dass er es ist."

Mary Watt, die alle Reste aus Grannys Korb verarbeitet hatte, kam herein, um mehr Wolle für die Fertigstellung des Schals zu besorgen, der überraschend hübsch war – wenn man bedachte, welche Ängste sie bei seiner Entstehung ausgestanden hatte. Sie kaufte auch Wolle und ein Muster, um einen dicken Wollpullover zu stricken. „Obwohl ich nicht weiß, für wen ich ihn stricke. Ich finde Pullover viel zu warm." Also erzählte ich ihr von der Wohltätigkeitsinitiative unseres Ladens. Jeder konnte warme Pullover für Obdachlose zu uns bringen, obwohl mir die Idee vorschwebte, dass wir einige brandneue Artikel für eine Weihnachtsaktion für bedürftige Menschen anfertigen könnten.

Diese Idee konnte ich mir nicht selbst zuschreiben. Es war Silence Buggins, die es am Dienstag im Strickclub vorgeschlagen hatte. Damals, zu viktorianischen Zeiten, hatte sie sich an einer ähnlichen Initiative beteiligt. Ich denke, sie wollte sich für etwas Nützliches anbieten, da ihr Besuch bei der Ärztin, die Colonel Montague zu Hilfe gekommen war, kein Erfolg gewesen war.

Alfred und sie waren zusammen unter dem Vorwand zu ihr gegangen, dass Silence an einem Buch über die ersten weiblichen Ärzte in Oxford arbeitete. Das Treffen verlief gut, bis Silence das Thema wechselte und über den jüngsten Fall der Vergiftung sprach – da hatte die Ärztin dichtgemacht. Sie habe bald einen Termin, hatte sie gesagt, und sie aus ihrem Büro geführt.

„Also wissen wir nichts", sagte Silence entmutigt.

„Wir wissen, dass sie Feministin ist", erwiderte Alfred.

„Gut, damit wäre der Mordfall gelöst", sagte Hester, die gedämpfter Stimmung immer gern noch einen Dämpfer versetzte.

Dann wurde über das Thema Weihnachten im Laden gesprochen. Granny sagte mir, wovon ich viel bestellen sollte und erinnerte mich daran, eine Kursleiterin für einen Strick-und-Häkel-Workshop für Weihnachtsdekorationen zu

suchen. Und Silence hatte das Strickprojekt zu Wohltätig-
keitszwecken vorgeschlagen.

Als sie davon hörte, erhellte sich Mary Watts Miene. Sie
war anscheinend die Art von Mensch, der es schwerfiel, sich
selbst zu verwöhnen und die ihre Talente gern für andere
zum Einsatz brachte, sodass sie nicht das Gefühl hatte, ihre
Zeit mit dem Stricken zu vergeuden.

Florence Watt und Gerald Pettigrew kamen nie in den
Laden, aber ich sah sie oft vorbeigehen. Normalerweise
hielten sie Händchen und waren so ineinander vertieft, dass
ich die Beziehung bezaubernd gefunden hätte, wenn ich mir
keine Sorgen um Florence gemacht hätte. Aber ich war
besorgt. Mary Watt war mir nicht wie eine fantasievolle oder
besonders eifersüchtige Frau vorgekommen. Wenn sie
glaubte, dass ihre Schwester ausgenutzt wurde, neigte ich
dazu zu denken, dass sie vielleicht recht hatte.

Ich glaubte nicht, dass Gerald nebenan eingezogen war.
Das hätte Mary niemals geduldet. Aber Florence und er
waren offensichtlich unzertrennlich.

Vielleicht fiel es mir deshalb so besonders auf, als er an
diesem Donnerstagvormittag am Schaufenster vorbeiging.
Die Glocken läuteten, um zu verkünden, dass es zwölf Uhr
war. Noch immer liebte ich die Glocken, die in Oxford zu
jeder Stunde läuteten. Rafe sagte, dieselben Glocken
läuteten schon seit Jahrhunderten in den alten Kirchen.
Zufällig schaute ich hinaus und sah Gerald Pettigrew allein,
was unüblich war. Er ging mit markantem, sehr militäri-
schen Schritt und trug eine Tweed-Jacke, graue Flanellhosen
und schwarze Schuhe. Er kleidete sich immer elegant. Auf
dem Kopf trug er einen karierten Hut. Er hatte ein Buch
unter dem Arm. Hardcover, und ich fragte mich träge, ob er

wohl aus der Stadtbücherei kam oder auf dem Weg dorthin war.

Katie tauchte hinter mir auf und sagte: „Komisch, ihn ohne Miss Watt zu sehen. Sie sind immer zusammen."

Ich wagte nicht zu hoffen, dass sie sich zerstritten hatten. Dafür sah er zu fröhlich aus.

Gegen vier Uhr nachmittags ging ich auf einen Sprung zur Bank, um Geld einzuzahlen. Ich war gerade an der Teestube vorbeigegangen, an der vorübergehend ein Schild mit der Aufschrift „Bis auf Weiteres geschlossen" hing, da hörte ich einen Schrei. Es war ein fürchterlicher Schrei – einer, bei dem sich einem die Haare im Nacken aufstellen. Er kam aus der Teestube. Ich fragte mich, was für eine neue Katastrophe die arme Miss Watt heimgesucht hatte und rannte los, um zu sehen, was ich tun konnte, um ihr zu helfen.

Die Teestube selbst war dunkel und leer, aber aus der Küche fiel Licht herein und ich hörte eine Bewegung und ein Schluchzen von dort kommen. Ich folgte dem Geräusch, das nach einem gebrochenen Herzen klang. In der Küche war alles viel zu aufgeräumt für eine Restaurantküche. Es war klar, dass hier seit Tagen nicht gekocht wurde. Sie hatten eine kleine Kühlzelle für die Gastronomie – begehbar. Florence Watt kniete vor der offenen Kühlzelle. Mary Watt hatte ihre Arme um ihre Taille gelegt und versuchte mit aller Kraft, sie wegzuziehen.

Als sie mich sah, sagte sie: „Gott sei Dank. Lucy, rufen Sie die Polizei."

Da die beiden Frauen die Sicht auf die Kühlzelle versperrten, musste ich meinen Hals recken, um hineinzuschauen – und wünschte, ich hätte es nicht getan.

Es war Gerald Pettigrew. Zusammengebrochen. Sehr tot. Mein Gedanke war: erwürgt.

Meine Hände zitterten, als ich mein Telefon zückte. Ich rief sofort die Notrufnummer 999 an und meldete den Mord.

Dann half ich Mary dabei zu verhindern, dass sich ihre Schwester auf Gerald warf und kriminaltechnisches Beweismaterial ruinierte, falls es welches gab.

Es gelang uns, sie wegzuziehen. Die Frau, die so jung, so voller Leben gewesen zu sein schien, sah nun mitgenommen und alt aus. Das gefärbte blonde Haar um ihr eingefallenes Gesicht herum war wie ein Weihnachtsstern, der auf einem längst toten Weihnachtsbaum leuchtet.

Sie drehte sich zu ihrer Schwester um und richtete zitternd den Zeigefinger auf sie. „Du hast ihn gehasst. Und du hast mich dafür gehasst, dass ich glücklich war. Wie konntest du nur? Du hast das getan!"

Mary wurde bleich im Gesicht und machte einen Schritt zurück. „Oh. Florence, ich würde niemals ... Wie kannst du so etwas denken?"

Aber Florence Watt konnte nicht mehr denken. Sie fing an, gegen ihre Schwester zu geifern und ließ all ihren Kummer und ihren Schock in einem Schwall von Klagen und Beleidigungen an ihr ab. Mary versuchte sich ein paar Mal zu verteidigen und gab dann einfach auf, stand schweigend da, während sich die Worte über sie ergossen. Ich stand nur hilflos da und – das muss ich zugeben – fragte mich in meinem Innersten, ob Florence recht hatte. Mary hatte Gerald Pettigrew gehasst, und ich glaubte, aus gutem Grund. Aber hätte sie ihn umgebracht?

Natürlich war sie die einzige Person, die bei beiden Morden am Tatort gewesen war – nun gut, abgesehen von ihrer Schwester, aber bei der war ich mir ziemlich sicher, dass sie nicht die Liebe ihres Lebens getötet hatte.

Es hatte immer die Möglichkeit bestanden, dass das beabsichtigte Opfer der Vergiftung nicht Colonel Montague, sondern jemand anderes war. Die Kannen mit dem Earl Grey hätten von Katie leicht verwechselt werden können. Und vielleicht hatte Mary beschlossen, dass bei einem zweiten Versuch kein Fehler möglich sein durfte.

Ich war versucht, Florence ein Glas Wasser zu geben – oder irgendetwas, um ihren Mund einen Augenblick lang zum Schweigen zu bringen und ihr vielleicht eine Sekunde zur Beruhigung zu geben –, aber wir standen am Schauplatz eines Mordes und ich wollte den Tatort nicht noch weiter kontaminieren.

„Vielleicht sollten wir aus der Küche gehen und in der Teestube auf die Polizei warten?"

Florence hörte nicht lange genug mit ihrem Gekeife auf, um meine Worte zu hören, und Mary schien zu fassungslos, um zu reagieren. Dieses Mal sagte ich lauter: „Florence! Mary! Gehen wir in die Teestube, um auf die Polizei zu warten!"

Florence sah mich bestürzt an. „Ich kann Gerald nicht alleine lassen. Sehen Sie doch, wie kalt ihm ist. Ich kann ihn nicht hier lassen." Und dann fing sie an zu schluchzen, mit langen, abgehackten, herzzerreißenden Schluchzern. Vielleicht würden ihr die Tränen genauso viel Erleichterung verschaffen wie die Worte, die sie nie mehr zurücknehmen konnte.

Sie war wie eine kaputte Puppe nach vorn gebeugt, und Mary und mir gelang es, einen Arm um sie zu legen und sie aus dieser schrecklichen Küche hinaus zurück in die

Teestube zu bringen. Ich fand Wasser in Flaschen und reichte jeder Frau eine Flasche, bevor wir uns hinsetzten, um zu warten. Es dauerte nicht lange, da kamen der korpulente Chief Detective Inspector und Ian zurück und mit ihnen die junge Beamtin, die Katie mit Ian zusammen befragt hatte, sowie zwei weitere Polizeibeamte in Uniform. Da sowohl Mary als auch Florence sich nicht rührten, als die Türglocke läutete, empfing ich sie.

Falls sie überrascht waren, mich zu sehen, so zeigte es keiner von ihnen. Der korpulente Ermittler sagte: „Waren Sie die Anruferin, die den Mord gemeldet hat?"

„Ja, das war ich." Ich gab ihm meinen Namen und sagte ihm, dass ich nebenan wohnte, falls sie es vergessen hatten, und dann führte ich sie in die Teestube. Der Chief Inspector gab Ian mit einem Kopfnicken den Auftrag, in die Küche zu gehen, dann setzte er sich mit den beiden Damen an den Tisch. Ich bin mir nicht sicher, ob Florence überhaupt bemerkte, dass jemand gekommen war. Ihre Tränen flossen so schnell und in so dicken Tropfen, dass sie wahrscheinlich nichts sehen konnte. Ich bezweifelte auch, dass sie zwischen ihren glucksenden Schluchzern und ihren unzusammenhängenden Sätzen voller Beschuldigungen irgendetwas hören konnte.

Er nahm das alles in sich auf. Marys Gesicht – so bleich wie eine Marmorstatue – und ihre Schwester, die genug Lebhaftigkeit für beide besaß, so wie sie weinte und jammerte und sich vor und zurück wiegte. Nach einer Minute oder zwei sagte er freundlich, aber recht fest: „Miss Watt, es tut mir sehr leid, dass Sie nach so kurzer Zeit schon wieder eine Tragödie erlebt haben, aber ich muss Sie bitten, mir zu sagen, was geschehen ist."

Offensichtlich sprach er mit Florence Watt, also schaute Mary einen Moment lang ihn und dann wieder ihre Schwester an. Schließlich zog Florence ein Baumwollta-schentuch aus dem Ärmel ihres Pullovers und wischte sich damit über Augen und Nase. „Wir wollten ins Kino gehen. In dieses nette alte Kino in der Walton Street, in dem Klassiker und Arthousefilme gespielt werden. Wir wollten ‚Lawrence von Arabien' sehen, weil ich den noch nie gesehen habe und Gerald mir erzählt hat, wie gut er ihn fand."

Sie wischte ihre Tränen mit dem Taschentuch weg. „Aber er war zu spät dran. Und er kommt nie zu spät."

„Um wie viel Uhr war das?", fragte sie der Inspector.

„Er sollte mich um drei abholen, weil der Film um vier losging. Um halb vier machte ich mir Sorgen und ging nach unten, um zu sehen, ob er draußen auf der Straße stand. Ich guckte nach links und nach rechts und sah ihn nicht, also kam ich wieder rein und dann entdeckte ich das Licht, das in der Küche brannte. Wir haben natürlich zu, deshalb konnte ich nicht verstehen, wieso jemand in der Küche sein sollte. Ich dachte, dass Gerald vielleicht in die Küche gegangen war. Es ergab keinen Sinn. Offensichtlich fasste ich keinen klaren Gedanken, denn ich ging in die Küche. Da war niemand. Ich rief laut, ich weiß nicht warum, denn die Küche war leer. Natürlich kam keine Antwort. Und dann sah ich, dass die Kühlschranktür weit offen stand."

Sie vergrub ihr Gesicht in ihren Händen. Und es verging ein Augenblick, bis es ihr gelang zu sprechen. Mary versuchte, ihr die Schulter zu streicheln, doch ihre Schwester wies sie mit einem Achselzucken ab. Als sie wieder sprach, sagte sie: „Ich habe versucht, die Tür zu schließen, aber irgendetwas war im Weg. Dann habe ich sie geöffnet und hineingeschaut." Erneut erstickten Tränen ihre Stimme und sie musste schlucken, bevor sie zu Ende reden konnte: „Und da war er."

„Gerald Pettigrew?"

„Ja."

„Haben Sie ihn berührt oder überhaupt versucht, ihn wiederzubeleben?"

„Nein. Mir war klar, dass er tot war. Ich glaube, ich habe geschrien. Denn kaum hatte ich mich versehen, war Mary da. Und dann Lucy von nebenan. Ich weiß nicht, warum sie da war."

Er schaute mich an, als würde er denken, dass das eine berechtigte Frage war. Ich sagte: „Ich habe Florence von der Straße aus schreien hören."

„Und wer hat Sie hereingelassen?"

„Die Eingangstür stand offen. Ich vermute, deshalb habe ich die Schreie so klar hören können. Ich klopfte an die geöffnete Tür, ging rein und hörte den Tumult." Ich sah Mary an. „Ich dachte, jemand wäre verletzt."

Sie lächelte mit einem blassen Abklatsch ihrer üblichen Wärme. „Ich bin froh, dass Sie hereingekommen sind."

Sie wandte sich an den Ermittler: „Lucy hat uns vernünftigerweise alle so schnell wie möglich aus der Küche gehen lassen."

„Und haben Sie irgendetwas angefasst, Miss Swift?"

Es war schwer, sich im Nachhinein daran zu erinnern. Hatte ich das? „Vielleicht habe ich die Tür berührt, die zur Küche führt. Ich erinnere mich nicht. Abgesehen davon habe ich nur Mary und Florence berührt."

„Haben Sie den Verstorbenen gesehen?"

Ich musste schlucken, bevor ich sprechen konnte, und es

bereitete mir Mühe, ein Schaudern zu unterdrücken. „Ja. Ja, das habe ich."

„Und würden Sie Miss Watts Behauptung, dass er bereits tot war, bestätigen?"

„Oh, ja!" Ich wollte die Szene nicht beschreiben. Er konnte selbst nachsehen.

Er schaute mich wieder an. „Sie sagen, die Tür stand offen – die Tür zur Straße?"

„Ja, ich vermute, ich habe mir nicht viel dabei gedacht, weil die Tür normalerweise immer offen ist. Das heißt, wenn die Teestube in Betrieb ist."

Er schaute zu den Schwestern Watt. „Wie lange war die Tür schon nicht abgeschlossen?"

Mary Watt sagte: „Soweit ich wusste, war sie seit", ihre Stimme zitterte, „dem letzten Mord verschlossen gewesen."

Florence sagte: „Ich glaube, das war ich. Als ich auf die Straße gegangen bin, um nach Gerald Ausschau zu halten."

„Und Sie sind sich sicher, dass sie abgeschlossen war, als sie um ungefähr halb vier nach Mr Gerald Pettigrew Ausschau gehalten haben?"

Sie sah aus wie eine College-Studentin, der es davor graut, durch die Abschlussprüfung zu fallen. „Ich glaube schon. Aber sicher bin ich mir jetzt nicht."

Er sah sie einen Moment lang fest an, aber sie hatte nichts hinzuzufügen. Er fragte: „Wer war heute noch im Haus?"

Mary antwortete: „Nur Elspeth Montague. Sie ist eine Freundin von mir."

Ian kehrte zurück und sagte: „Sie sollten sich das ansehen, Sir." Der Chief Inspector nickte und stand auf. Ian und er gingen beide zurück in die Küche. Sie waren erst seit erstaunlich kurzer Zeit weg, da kamen sie schon gemeinsam wieder zurück. Er bat einen der Beamten darum, sich draußen hinzustellen und auf die Kriminaltechniker und den Polizeifotografen zu warten.

Dann fragte er: „Sind Sie sicher, dass es sich um Gerald Pettigrew handelt?"

Florence nickte und sagte dann mit einer Stimme, die kaum mehr als ein Flüstern war: „Ja."

„Und wann haben Sie ihn zuletzt gesehen, Miss Watt?"

„Ihn gesehen? Lebend? Gestern Abend. Wir waren zusammen essen. In dem netten Restaurant oben im Ashmolean Museum. Er hat gesagt, er fühlt sich weniger alt, wenn er über den Mumien speist." Und sie brach in Tränen aus.

„Und um wie viel Uhr hat er sich von Ihnen verabschiedet?"

„Gegen elf. Er hat mich zu Fuß nach Hause begleitet. Auch wenn es kein weiter Weg war – er ist in dieser Hinsicht sehr altmodisch und hat solche guten Manieren. Hatte, meine ich. Ich habe ihm angeboten hereinzukommen, aber ... Na ja, Mary mochte ihn nicht besonders, deshalb hat er abgelehnt." Sie fing wieder an zu weinen. „Wenn er noch zu mir gekommen wäre, wäre er noch am Leben."

Er wandte sich Mary Watt zu. „Und wann haben Sie Mr Pettigrew zuletzt gesehen?"

Ihr Blick fiel auf ihre Hände, die plötzlich ruhelos in ihrem Schoß lagen, wie ich bemerkte. Aus irgendeinem Grund wurde ich an ihr fieberhaftes Stricken erinnert. Sie sagte: „Ich habe sie gestern Abend vom Fenster oben gesehen, als sie nach Hause kamen. Es war etwa elf Uhr."

„Also hat ihn seit gestern Abend um elf niemand mehr gesehen?"

„Ich schon", sagte ich. Und plötzlich richteten sich alle Blicke auf mich. Ich berichtete, dass ich Gerald Pettigrew am Vormittag gesehen hatte.

„Und um welche Uhrzeit war das?"

Ich dachte zurück. „Es war genau Mittag. Ich hörte die Glocken läuten."

„Haben Sie mit ihm gesprochen?"

„Nein. Ich habe ihn auf der anderen Seite der Straße gesehen. Ich war im Laden und vermutlich kam es mir außergewöhnlich vor, ihn allein zu sehen. Normalerweise ist er mit Miss Watt zusammen, wenn ich ihn sehe. Er hatte ein Buch in der Hand. Wenn er den Arm schwang, traf das Licht auf die Umschlagklappe, es sah aus wie ein Buch aus der Bücherei."

„Und was hatte er an? Erinnern Sie sich?"

„Eine karierte Mütze und eine Tweed-Jacke. Ich denke, er trug einen Schal um den Hals. Und er hatte Wollhosen an, die braun waren, glaube ich, nein, warten Sie, grau. Und schwarze Wanderschuhe."

„Sie sind aber aufmerksam!"

„Gerald Pettigrew war immer gut gekleidet. Deshalb hat seine Kleidung meine Aufmerksamkeit geweckt. Er sah haargenau aus wie ein Gentleman im Ruhestand." Ich fühlte mich ein bisschen traurig, als ich sagte: „Adrett. Das ist das Wort, das ich benutzt hätte, um ihn zu beschreiben."

„Ja", sagte Florence, „er war immer so gut gekleidet. Wie ein echter Gentleman." Und sie fing wieder an zu weinen. Dieses Mal versuchte Mary gar nicht erst, sie zu beruhigen oder zu berühren.

Er sagte zu einer Beamtin: „Sie! Erkundigen Sie sich bei den Stadtbibliotheken, ob Gerald Pettigrew einen Büchereiausweis hatte und ob er heute ein Buch ausgeliehen oder zurückgegeben hat."

„Ja, Sir", antwortete die junge Frau und ging fort.

Es kam zu einer kurzen Störung, als der Polizeifotograf eintraf, und kurz nach ihm die Kriminaltechniker. Zwei Männer mit einer Bahre kamen als letztes, und es war alles so vertraut – ich glaube, uns dreien, die wir beim letzten Mord dabei gewesen waren, ging es schrecklich und wir hatten das bedrückende Gefühl eines Déjà vus. Ich ganz gewiss. Ich denke, sogar die beiden Männer.

Das gab der armen Florence Watt den Rest. Sie warf einen Blick auf die Bahre und den Leichensack und legte ihren Kopf zwischen ihre Arme auf den Tisch. Ich sagte leise zum Ermittler: „Wäre es in Ordnung, wenn ich Miss Watt nach nebenan bringe? Ich denke, man sollte vielleicht einen Arzt rufen. Sie wird krank vor Kummer."

Er nickte. „Ja. Ich muss den beiden Damen noch eine letzte Frage stellen. Könnte jede von Ihnen mir sagen, was Sie seit gestern Abend um elf gemacht haben?"

Mary Watt betrachtete immer noch ihre sehr beschäftigten Hände in ihrem Schoß. Sie sagte: „Florence und ich haben kurz geredet, als sie nach Hause kam. Dann bin ich ins Bett gegangen. Heute Morgen bin ich gegen sieben aufgestanden, habe gefrühstückt und so weiter, und dann bin ich einkaufen gegangen."

„Und um welche Uhrzeit war das?"

Sie schüttelte den Kopf. „Ungefähr neun, denke ich, vielleicht halb zehn?" Sie schien an ihren Tag zurückzudenken. Es folgte eine Pause. Und dann sagte sie: „Ich bin kurz einen Kaffee trinken gegangen und kam gegen halb eins zurück, schätze ich. Ich habe Mittag gekocht und mich dann bei laufendem Fernseher ins Wohnzimmer gesetzt und gestrickt. Elspeth kam zu Besuch." Sie sah mich an und sagte: „Ohne den Betrieb der Teestube habe ich noch keine Routine gefunden. Ich bin so froh, dass ich zu stricken habe."

„Und Miss Florence? Ich weiß, es ist schwierig für Sie, aber bitte versuchen Sie, mir alles zu erzählen, was Sie gemacht haben, seit Sie sich gestern Abend von Mr Pettigrew verabschiedet haben."

Ihr Taschentuch war so nass, dass ich in meiner Handtasche kramte und eine Packung Papiertaschentücher fand, die ich ihr über den Tisch zuschob. Sie wischte sich noch einmal die Tränen fort und sagte dann: „Ich bin gegen acht aufgewacht. Ich habe gefrühstückt. Normalerweise hätten Gerald und ich geplant, den ganzen Tag zusammen zu verbringen, aber er sagte, er habe heute früh etwas zu erledigen, deshalb wollten wir uns erst am Nachmittag treffen."

„Hat er gesagt, was er erledigen musste?"

„Ich denke, es hatte etwas mit seinen Investitionen zu tun. Ich hatte das Gefühl, dass er zur Bank wollte."

„Hat er das Buch irgendwie erwähnt? Oder dass er in eine Buchhandlung oder in die Bibliothek gehen wollte?"

„Nein, aber er war ein begeisterter Leser."

„Hat er gesagt, um wie viel Uhr er diesen Termin hatte?"

Sie schüttelte den Kopf. „Ich wünschte, ich hätte daran gedacht, ihn zu fragen. Ich hätte nie gedacht, dass es mal wichtig sein würde."

„Wissen Sie, bei welcher Bank er war?"

Erneut schüttelte sie den Kopf.

„Es tut mir leid, Sie das zu fragen, Miss Watt, aber haben Sie eine Vorstellung, wer seine nächsten Verwandten sind?"

Sie schüttelte den Kopf. „Gerald hatte keine Familie. Er

hatte eine Frau, die kränklich war. Er hatte sie pflegen müssen, und dann ist sie letztes Jahr gestorben und er hatte endlich die Freiheit, mich wiederzufinden."

Ich suchte Marys Blick und sie nickte. Sie würde der Polizei von seiner anderen Familie erzählen müssen. Wenn sie recht hatte, und der Mann, den wir als Gerald Pettigrew kannten, in Leeds Frau und Familie gehabt hatte, dann waren seine inzwischen erwachsenen Kinder wohl seine nächsten Verwandten.

Der Chief Inspector sagte zu Florence: „Gehen Sie mit Lucy nach nebenan! Ich komme bald wieder, um mit Ihnen zu reden."

Sie packte den Ärmel seines Mantels mit ihrer Hand und ihre Finger krallten sich zu Klauen. „Sie werden denjenigen, der das getan hat, fassen? Sie werden ihn finden und ihn bestrafen?"

Er sagte sanft: „Das ist unser Job."

Ich stand auf und sagte: „Kommen Sie, Miss Watt. Gehen wir nach nebenan!" Zu ihrer Schwester sagte ich: „Denken Sie, es ist möglich, dass Ihr Arzt einen Hausbesuch macht?"

„Wir sind schon bei Dr. McNeil, seit er eine Praxis hat, und vor ihm waren wir bei seinem Vater. Ich sorge dafür, dass er kommt und Florence behandelt. Sorgen Sie nur dafür, dass sie in aller Ruhe bei Ihnen sein kann."

„Ich werde mein Bestes tun. Kommen Sie doch auch mit ihrem Strickzeug mit!"

„In einer Minute. Ich habe dem Chief Inspector erst noch etwas zu sagen."

Ich nickte. Und ich war Florence beim Aufstehen von ihrem Stuhl behilflich. Zu meiner Überraschung sagte Ian: „Ich gehe mit Ihnen nach nebenan, meine Damen."

Ich glaubte nicht, dass er galant sein wollte. Ich fragte mich, ob er Miss Watt getrennt von ihrer Schwester befragen wollte, und dann fiel mir ein, dass Katie jetzt natürlich in meinem Laden arbeitete. Als wir beim Wollgeschäft ankamen, hing natürlich das Schild „Geschlossen" an der Tür, aber Gott sei Dank war Katie dortgeblieben. Als wir drei eintraten, machte sie beim Anblick des Ermittlers und der offensichtlich aufgelösten Miss Watt vor Verwunderung große Augen. Sie sagte: „Ich wollte nicht weggehen, falls Sie mich brauchen."

„Danke!" Ich sagte: „Ich bringe nur Miss Watt nach oben und mache eine Tasse Tee. Ian kann Ihnen alles erzählen."

Sie sah aus, als wünschte sie sich sehnlichst, sie wäre nicht geblieben. Sie schien keinen großen Gefallen an einem weiteren Verhör mit dem Detective zu finden. Sie sah mich an. „Was ist los? Was ist passiert?"

Zu mir gewandt schüttelte er den Kopf, dann sagte er: „Ich bin froh, dass Sie noch hier sind. Ich habe noch einige Fragen an Sie."

Als ich Miss Watt durch die Tür zur Treppe geleitete, die nach oben in meine Privatwohnung führte, hörte ich ihn fragen: „Wie gut kannten Sie Gerald Pettigrew?"

„Wen?"

„Sie sollte mir versprechen, dass sie mich nie wieder anlügen würde. Sie hat es versprochen." Diese Worte entfuhren Florence Watt spontan und schienen in keinerlei Verbindung zu irgendetwas zu stehen – abgesehen von ihren Gedanken, die sie bisher nicht mit mir geteilt hatte, dachte ich im Stillen.

Ich machte mir ziemliche Sorgen um die jüngere Miss Watt. Sie ging direkt nach oben und ließ sich auf mein Sofa fallen, als würden ihre Beine sie nicht tragen. Sogar ihre Wirbelsäule schien gefährdet, als wären all ihre Knochen in der letzten halben Stunde weich geworden. Mein Herz fühlte wirklich mit ihr. Nicht nur, dass ihr Geliebter ermordet worden war und sie die Leiche gefunden hatte, sondern ich befürchtete, sie würde bald herausfinden, dass er ein schlechter Mensch war. Ich war mir nicht sicher, ob die Entdeckung, dass er nicht der Mann war, für den sie ihn hielt, in den nächsten Tagen von Vorteil für sie sein würde, aber merkwürdigerweise glaubte ich es nicht. Florence Watt vermittelte mir den Eindruck einer Frau, die glaubte, dass die anderen gute Menschen waren, weil sie selbst so gut war. Gerald hatte sich gewiss eine Rolle ausgedacht, in die sie sich verlieben würde, und sie hatte ihm bereitwillig geholfen, indem sie ihm neben den Tugenden, die er selbst zeigte, noch weitere zugeschrieben hatte. Sie hatte ihn bereits einmal verloren. Wenn sie herausfand, dass er gar nicht dieser Mann war – nun, um wen würde sie trauern?

Ich hoffte, dass es Mary Watt gelingen würde, den Arzt zu einem Hausbesuch bei Florence zu bewegen. In der Zwischenzeit konnte ich ihr nur Tee und ein offenes Ohr anbieten, wenn sie es wünschte. Nyx musste den Tumult gehört haben, denn sie kam anmutig mit einem Gähnen aus meinem Schlafzimmer spaziert. Sie war die ganze Nacht draußen gewesen, um was weiß ich zu machen, und hatte den Großteil des Tages damit verbracht, zu schlafen. Ihre grünen Augen blinzelten ein paar Mal und dann lief sie zur Couch, sprang hinauf und dann direkt auf Miss Watts Schoß.

Ich wusste nicht, ob Florence Katzen mochte, deshalb blieb ich einen Augenblick neben ihr stehen, um Nyx, falls nötig, zu entfernen, aber Florence schien sich getröstet zu fühlen, sagte: „Ach, was für eine süße, kleine Mieze", und streichelte sie mit zitternden Händen. Nyx drehte sich einmal im Kreis und machte es sich dann auf dem Schoß der Frau bequem, wo sie sofort zu schnurren begann.

Ich machte starken English Breakfast Tea – das, was Granny als Builders Tea bezeichnete – und tat viel Zucker rein. Ich stellte ihn neben einem Teller Kekse vor Miss Watt und dachte, wie merkwürdig es doch war, dass ich erst vor ein paar Tagen ihre Schwester an gleicher Stelle zu Gast gehabt hatte. Das Stricken schien Mary Watt beruhigt zu haben und ich fragte mich, ob es auf ihre Schwester die gleiche Wirkung haben würde. „Stricken Sie?", fragte ich sie.

Sie hob den Blick von der Katze, die sie koste, und blinzelte mich an, als würde sie meine Worte überdenken und dann ihren Sinn verstehen. „Oh nein. Ich habe nie große Fortschritte beim Stricken oder Häkeln gemacht. Meine Mutter knüpfte Occhi, aber ich kann nicht einmal das. Die einzige weibliche Kunst, die ich jemals beherrscht hatte, war das Kochen. Gerald sagt, meine Scones sind die besten in England." Sie schaute mich an und verzog ihr Gesicht. Eine einzige Träne kullerte ihr über die Wange. „Sagte. Ich meine, Gerald sagte."

„Das tut mir so leid."

„Ich weiß nicht, wie ich mich je daran gewöhnen soll. Er war so lebendig, wissen Sie? Ich habe noch nie jemanden kennengelernt, der so lebendig wie Gerald war." Sie starrte mich voller Verwirrung und Entsetzen an. „Warum würde jemand so etwas Schreckliches tun?"

Mir fiel auf, dass sie nicht fragte wer, sondern warum. Ich wartete.

„Wir hatten vor zu heiraten. Deshalb hat sie ihn umgebracht."

Die Bemerkung kam aus dem Nichts und ich war so schockiert, dass ich sie bat, das Gesagte noch einmal zu wiederholen, weil ich dachte, ich hätte sie vielleicht nicht richtig verstanden. Sie sagte: „Das ist die Wahrheit. Wir wollten heute gar nicht ins Kino gehen. Wir wollten still und leise auf dem Standesamt heiraten, damit Mary uns nicht aufhalten kann. Sie hat ihn heute Morgen gesehen. Und er hat es ihr gesagt. Deshalb hat sie ihn umgebracht."

„Sie meinen Ihre Schwester Mary?" Ich wollte absolut sicher sein, dass sie ihre Schwester beschuldigte.

„Oh, ja! So ein Verrat! Sie muss es gewesen sein, das ist das Einzige, was Sinn ergibt. Ich habe lange gegrübelt. Sie muss ihm heute früh in der Innenstadt begegnet sein und er hat ihr von unseren Plänen erzählt. Wer sonst sollte Gerald Pettigrew den Tod wünschen?"

Wäre doch nur Ian oder ein anderer gut ausgebildeter Ermittler bei mir. Ich spürte, dass ich sehr, sehr behutsam darin sein musste, wie ich die Fragen stellte und dass ich gut zuhören musste, wenn sie antwortete. Diese Frau war von schrecklicher Verzweiflung und Trauer ergriffen und ich war mir nicht ganz sicher, dass sie nicht vorübergehend ihren Verstand verloren hatte. „Haben Sie heute Morgen mit Gerald geredet?"

„Nein. Er wollte mich nicht sehen oder mit mir sprechen, bevor er mich abholte. Er sagte, das würde Pech bringen." Sie wischte sich noch eine Träne fort. „Ach, wie sehr ich mir wünsche, ich hätte noch ein letztes Mal mit ihm gesprochen."

„Hat Mary Ihnen gesagt, dass sie Gerald heute Morgen gesehen hat?"

Sie starrte mich an, als wäre ich dumm. „Sie hätte mir wohl kaum gesagt, dass sie ihn heute früh gesehen hat, wenn sie vorhatte, ihn zu ermorden, oder?"

Ich versuchte es noch einmal. „Hat jemand die beiden zusammen gesehen und es Ihnen erzählt?"

„Nein, nein, nichts dergleichen. Aber Mary hat Ihnen selbst erzählt, dass sie heute Morgen einkaufen war und dann kurz einen Kaffee getrunken hat. Das einzige Café, in dem wir einen Kaffee trinken, wenn wir einkaufen gehen, ist Pistachios in der Broad Street. Und dort geht auch Gerald hin, wissen Sie? Jeden Morgen, wenn er nicht mit mir zusammen ist, holt er sich die Zeitung, einen Kaffee und ein Croissant. Ich glaube, sie haben sich getroffen, zweifellos rein zufällig. Und Gerald war so ein lieber Mensch, dass er ihr von unseren Plänen erzählt haben und sie zu unserer Hochzeit eingeladen haben muss."

Sie nahm einen Schluck Tee und die Tasse klimperte, als sie sie auf die Untertasse zurückstellte. „Er wusste, wie sehr ich sie mir als Brautjungfer wünschte – das hört sich in unserem Alter wirklich lächerlich an, aber sie war diejenige, die ich als Trauzeugin wollte. Aber da sie Gerald gegenüber so unfreundlich war, haben wir beschlossen, ihr nichts zu sagen, da wir wussten, dass sie versuchen würde, mir die Hochzeit mit ihm auszureden. Aber ich glaube, er ist ihr begegnet und hat ihr von unseren Plänen erzählt. Warum sollte sie ihn sonst umbringen?"

Ich dachte einen Moment lang nach. „Aber Sie sind mehr als Schwestern. Sie sind beste Freundinnen und Geschäftspartnerinnen, meinen Sie wirklich, Ihre Schwester würde den Mann, den Sie lieben, umbringen?"

Sie wischte sich noch eine Träne weg. Ich hatte ihr meine

einzige Packung Taschentücher gegeben, also holte ich ein paar von Grannys Leinenservietten mit Spitzenrand aus einer Büroschublade und legte sie gestapelt auf den Tisch. Florence bediente sich und murmelte ein „Danke". Sie sagte: „Es gibt eine Seite an Mary, die Sie nicht kennen. Es gibt eine Seite an Mary, die niemand sieht. Ach, sie ist reizend und bezaubernd in der Teestube, wenn Kunden da sind, aber sie kann wirklich gemein sein. Sie hat uns auseinandergebracht, wissen Sie? Vor vielen Jahren."

Ich wusste es, weil Mary es mir erzählt hatte, doch ich war sehr überrascht, dass Florence es wusste. „Hat Mary Ihnen das gesagt?"

Sie schnaubte sich die Nase mit dem Tuch. „Bis ich sie dazu gezwungen habe, nicht. Gerald hat es mir erzählt. Er tat es nur sehr widerwillig, hatte aber das Gefühl, dass es nur richtig war, wenn ich es wusste. Er wollte keine Geheimnisse vor der Frau haben, die er heiraten würde."

Im Stillen dachte ich, dass er einen anderen Grund für sein Geständnis gehabt hatte. Zumindest hatte er das, wenn Mary sich nicht in ihm irrte. Das Problem, wie ich langsam erkannte, war, dass die beiden Schwestern zwei völlig unterschiedliche Versionen von den Ereignissen hatten, und dass es nicht einfach war, herauszufinden, welche die richtige war. Gewiss, Gerald war tot, war erwürgt worden, wahrscheinlich in der Küche der Teestube, wo er gefunden worden war. Was darauf schließen ließ, dass die Tat intern begangen worden war. Ich wollte Mary nicht als Mörderin ansehen. Aber ich fing an, mich zu fragen, ob sie vielleicht doch eine war.

Es gab zu viele Geschichten über die Vergangenheit. Das war das Problem. All diese düsteren, abstoßenden Taten waren vor einem halben Jahrhundert begangen worden.

Hatte Gerald tatsächlich eine andere Frau und eine andere Familie gehabt, oder hatte Mary diese Geschichte erfunden, um ihn bei mir in Verruf zu bringen? Vielleicht hatte sie bereits da geplant gehabt, ihn auszuschalten, und hatte seinen Charakter schlechtmachen wollen.

Beweise. Das war es, was hier fehlte: Beweise. Alles, was ich hatte, waren Geschichten, noch dazu alte.

„Was hat Gerald gesagt? Was hat Mary vor all den Jahren getan?"

„Sie hat ihm gedroht, dass sie ihn aufdeckt. Wissen Sie, sie hat herausgefunden, dass er diesen Top-Secret-Auftrag hatte und hat gedroht, es den Russen zu erzählen."

Ich spürte, wie meine Augen groß wurden. „Den Russen?"

Sie sah mich an, als wäre ich eine besonders beschränkte Schülerin im Geschichtsunterricht. „Wir waren im Kalten Krieg. Gerald war auf streng geheimer Mission. Er hätte getötet werden können."

„Und haben Sie das Ihrer Schwester vorgehalten? Hat sie zugegeben, womit sie ihm gedroht hat?"

Sie gab ein bitteres Lachen von sich. „Natürlich nicht. Sie dachte sich irgend so eine Geschichte aus – Gerald hätte eine andere Frau gehabt. Als wüsste ich nicht, wenn sich der Mann, den ich liebe, mit einer anderen Frau trifft. Es war erbärmlich. Bis zu dem Moment hatte ich nicht gewusst, wie eifersüchtig sie war. Gerald sagte mir das immer wieder, aber ich glaubte es nicht. Ich wünschte, ich hätte ihm geglaubt. Ich wünschte, ich wäre mit ihm abgehauen, worauf er immer wieder drang. Aber ich konnte nicht einsehen, warum wir das tun sollten. Das hier ist mein Zuhause, die Hälfte des Geschäfts gehört mir, und auch die Hälfte der Immobilie.

Nein. Ich war entschlossen zu bleiben und um das zu kämpfen, was mir gehört." Sie vergrub ihr Gesicht in einer Leinenserviette. „Und jetzt habe ich Gerald verloren. Den Mann, der mir mehr bedeutet hat als alles andere. Ich weiß nicht, wie ich das überstehen soll. Wir hatten so große Pläne, wissen Sie? Wir wollten die ganze Welt bereisen. Er wollte, dass ich alle Orte sehe, an denen er gewesen war."

„Das wäre wundervoll gewesen. Aber Sie können immer noch reisen."

„Ich bin fast nie irgendwohin gereist, wissen Sie? Es gab immer die Teestube. Wir waren so beschäftigt. Mary und ich sind ein paar Mal weggefahren und haben uns eine Woche Urlaub genommen, aber ich habe nie die Welt gesehen. Jetzt werde ich das vermutlich auch nicht mehr."

Sie trank ihren Tee aus, hob sich die Katze vom Schoß und stand auf. „So, ich sollte besser runtergehen und mit diesem netten jungen Detective reden. Ich finde keinen Gefallen an dem, was ich tun muss, aber wenn Sie mich jetzt entschuldigen würden – ich befürchte, ich werde meine Schwester wegen Mordes anzeigen müssen."

KAPITEL 20

*I*ch wusste nicht, was ich tun sollte. Nyx und ich starrten uns einen Augenblick lang an. Die Katze schien zu sagen: „Halte sie auf!"

Wenn Florence zur Polizei ging und ihre eigene Schwester des Mordes bezichtigte, würden Mary und Florence niemals zu ihrer Beziehung zurückfinden.

Während ich Eiertänze vollführte, ertönte ein Klopfen an meiner Eingangstür. Als ich aufmachen ging, stand auf der anderen Seite der Tür Mary Watt mit einem Mann neben sich, den sie als Dr. Finlayson vorstellte. Sie sagte: „Ich komme nicht mit rein. Wie geht es ihr?"

Wie um alles in der Welt sollte ich darauf antworten? „Sie ist noch sehr durcheinander." Und dabei beließ ich es.

Sie nickte. Dann streckte sie die Hand aus und legte sie auf meinen Arm. „Ich hoffe, Sie haben ihre Spinnereien von vorhin nicht ernst genommen. Sie meinte es nicht so mit all den fiesen Dingen, die sie mir an den Kopf geworfen hat." Dann schaute sie mich an, als würde sie versuchen, uns beide zu überzeugen, und sagte: „Da bin ich mir sicher."

Ich nickte. „Keine Sorge, wir kümmern uns um sie."

„Danke, meine Liebe. Ich muss zurück."

Als ich den Arzt ins Wohnzimmer brachte, sah Florence überrascht aus. „Ich habe eine Männerstimme gehört und dachte, es sei dieser nette Ermittler. Dr. Finlayson? Was machen Sie hier?"

Dr. Finlayson war schon älter, obwohl er wahrscheinlich zwei Jahrzehnte jünger als seine Patientin war. Trotzdem sprach er in einem väterlichen Ton mit ihr. „Ich habe von Ihrem Leid erfahren, Florence, und es tut mir sehr leid. Wie fühlen Sie sich?"

„Ach, Dr. Finlayson, es war so entsetzlich."

Der Arzt setzte sich neben sie und ergriff ihre Hand, und da ich weder eine Verwandte war noch zum Berufsstand der Ärzte gehörte, beschloss ich, dass es das Beste für mich war, eine Fliege zu machen. Außerdem war ich besorgt, dass meine Großmutter die Nachricht vielleicht nicht bekommen hatte und entschied, mir einen Besuch abzustatten, und das Letzte, was die arme Miss Watt jetzt brauchte, war, einer Frau gegenüberzustehen, von der sie wusste, dass sie tot war.

Ich ging nach unten und durch die Verbindungstür ins Geschäft. Zu meiner Überraschung war Katie noch da, obwohl Ian gegangen war. Meine neue Verkäuferin machte gerade sauber. Sie hatte einen Staubwedel in einer Hand und ein Poliertuch in der anderen. „Katie, Sie hätten nicht so lange bleiben müssen."

„Ist schon in Ordnung. Ich dachte, der Laden könnte es gebrauchen, ein bisschen geputzt zu werden und außerdem", sie verzog das Gesicht, „möchte ich nicht allein zu Hause sein. Nicht bei all den Morden hier. Jim ist bei der Probe. Er ist schon den ganzen Tag dort und er hat mich gerade angerufen, um mir zu sagen, dass sie heute Abend dableiben, um ein paar technische Schwierigkeiten zu beheben. Die Beleuchtung, glaube ich."

Ich griff zum Besen und fegte den Boden. „Es ist nervenaufreibend, so viel ist sicher." Ich wusste nicht, wie viel sie vom zweiten Mord gehört hatte, also klammerte ich mich an Floskeln. In Wahrheit war auch ich ein bisschen nervös.

Sie unterbrach das Staubwischen kurz und sah sich aufmerksam eine Strickarbeit an, die an der Wand hing. Eine, die Sylvia angefertigt hatte. „Das ist eine der schönsten und schwierigsten Strickarbeiten, die ich in meinem ganzen Leben gesehen habe. Von wem auch immer sie ist – derjenige muss sein ganzes Leben lang gestrickt haben, um so gut zu werden."

Tatsächlich hatte Sylvia den Großteil eines Jahrhunderts damit verbracht, ihr Handwerk auszufeilen. „Das ist wirklich schön, oder? Ich habe festgestellt, dass es unsere Kunden dazu inspiriert, sich zu verbessern, wenn ich fertige Stücke ausstelle."

Sie und ihr Staubwedel kamen wieder in Fahrt, genauso wie ihr Gedankenfluss. Ihr nächster Kommentar war: „Das mit dem armen alten Mann, der nebenan getötet wurde, ist schauderhaft. Ich meine den zweiten alten Mann."

„Schrecklich." Ich erinnerte mich jetzt daran, dass sie, als Ian sie zu Gerald Pettigrew befragt hatte, völlig ausdruckslos ausgesehen hatte.

Ich fragte: „Haben Sie Gerald Pettigrew wirklich nicht gekannt?"

„Na ja, ich sah ihn relativ oft und ich wusste, dass er der Freund von Miss Watt war, aber ich habe nie gewusst, wie er heißt. Aber er war ein netter Kerl und immer zum

Lachen aufgelegt. Und er warf auch immer ein Auge auf Frauen."

„Wirklich? Warum sagen Sie das?"

„Ach, es war alles nur harmloser Spaß, aber er flirtete gern. Ob alt, jung, hübsch oder hässlich – das war ihm egal. Er nahm sich etwas zurück, wenn eine der Schwestern Watt in der Nähe war, aber damit hatte es nichts weiter auf sich. Wie gesagt, es war harmloser Spaß."

Katie sagte: „DI Chisholm wollte wissen, ob ich den alten Jungen je gesehen habe, bevor ich nach England gekommen bin. So wie es aussieht, hat er einige Zeit in Australien verbracht. Na bravo, das machen viele Leute. Da muss er sich schon etwas Besseres einfallen lassen, wenn er mich mit dem Mord an dem alten Jungen in Verbindung bringen will."

„Denken Sie, das hat er versucht?"

Sie hörte auf zu putzen und drehte sich zu mir um. Ich konnte ihr besorgtes Stirnrunzeln sehen. „Es sieht so aus, als wäre ich ein guter Sündenbock. Nicht von hier, ohne Familie, wer würde sich beschweren, wenn man es mir anlastet? Die Cops von hier werden als Helden gefeiert und ich verbringe den Rest meines Lebens im Gefängnis."

Die Idee war absurd, aber ich verstand, dass sie nervös war. „Ich würde mich darum scheren. Sie sind die beste Verkäuferin, die ich je hatte. Wenn irgendjemand versucht, Sie einzusperren, dann sollte er besser verdammt gute Gründe dazu haben. Keine Sorge! Die Polizei wird Sie nicht verhaften, wenn Sie keine guten Gründe haben. Und Sie sind nicht ohne Freunde."

Sie sah erfreut aus, aber dann senkten sich ihre Mundwinkel. „Ich weiß Ihre Unterstützung zu schätzen, aber Sie sind selbst nicht unbedingt eine Stütze der Gesellschaft. Sie haben in etwa mein Alter und Sie sind auch eine Außenseiterin. Nehmen Sie es mir nicht übel, aber ich werde mehr Freunde brauchen als Sie, wenn die beschließen, mit dem Finger auf mich zu zeigen."

Ich wollte ihr sagen, dass ich mich auf die Unterstützung unzähliger Kreaturen verlassen konnte, die viele Jahre, viel Geschichte und viele Untergrundverbindungen mitbrachten, die sich über die ganze Welt erstreckten. Im Kampf gegen Interpol konnte ich jederzeit auf mein Vampirnetzwerk setzen. Das konnte ich ihr nicht sagen, also antwortete ich: „Versuchen Sie, unbesorgt zu sein. Hoffentlich wird der Mörder gefasst und wir alle können in der Nacht wieder ruhig schlafen."

„Er denkt definitiv, dass ich die Hauptverdächtige bin, wissen Sie? Er wollte wissen, ob wir einen Schlüssel für nebenan haben."

„Haben Sie einen?"

Sie nickte und eine Sorgenfalte runzelte ihre Stirn. „Sehen Sie, wir fingen früh an. Jim fing an zu backen und ich begann, die Tische zu decken. Aber wir haben ihn zurückgegeben, als die Teestube geschlossen wurde."

Ich begann zu verstehen, warum sie so nervös war. Nur sehr wenige Menschen hätten Zugang zur Küche der Teestube gehabt, nachdem das ganze Lokal geschlossen und verriegelt worden war.

Aber Katie hatte kein Motiv.

Miss Mary Watt hingegen hatte jede Menge Motive. Ich fragte mich, ob sie den Ermittlern gesagt hatte, was sie über Gerald Pettigrews Vergangenheit wusste. Ich hoffte, dass sie es getan hatte, denn es war richtig so. Wenn sie ihn jedoch ermordet hatte, würde sie sich damit eine Schlinge um den eigenen Hals legen. Das brachte mich in eine merkwürdige Lage, denn sie hatte sich mir anvertraut. Wenn sie den Polizisten nicht gesagt hatte, was sie wusste – war ich dann dazu verpflichtet, es ihnen zu sagen?

Ich war gar nicht scharf auf die Vorstellung, eine Petze zu sein, aber auch die Vorstellung, dass eine Mörderin mit ihrem Verbrechen davonkam, gefiel mir nicht. Besonders, wenn sie auch den Colonel umgebracht hatte.

Verband die beiden Männer irgendetwas? Natürlich musste ich mein Netzwerk heranziehen.

An der Tür klopfte es und wir sprangen beide auf, bevor sie aus dem Fenster spähte. „Es ist Jim. Wir sehen uns morgen, falls ich nicht verhaftet werde."

In der letzten halben Stunde hatte ich einige Male ein Frösteln am Nacken verspürt, deshalb wusste ich, dass einer oder mehrere Vampire versucht hatten, in meinen Laden zu kommen. Ich hatte den Riegel vor die Falltür geschoben. Auch wenn sie das nicht aufhalten würde, wenn sie wirklich entschlossen waren, nach oben zu kommen, schienen sie alle zu akzeptieren, dass es nicht sicher war, wenn diese Tür verriegelt war.

Florence Watt war noch oben, doch ich wollte sie nicht stören, solange der Arzt noch bei ihr war. Angesichts der Umstände wusste ich, dass sie nicht bei sich zu Hause würde schlafen wollen – da schließlich ihr Geliebter dort ermordet worden war und sie ihre eigene Schwester verdächtigte. Ein Teil von mir wollte ihr mein Gästezimmer anbieten, doch würde Miss Mary Watt das so auslegen, dass ich in ihrem Streit Partei ergriff?

Ich brauchte dringend den Rat meiner Großmutter. Sie

war immer gut darin, Fragen über die gesellschaftliche Etikette zu beantworten.

Ich ging in mein Hinterzimmer, entriegelte rasch die Falltür und ging die Treppe in den Tunnel hinunter. Wie oft ich das auch tat: Ich brauchte immer einen Augenblick, um mich an die nasskalte Luft und die feuchte Kühle zu gewöhnen. Rafe hatte mir versichert, dass es im Tunnel keine Ratten gab, aber ich lief schnell weiter. Ich pochte an die Tür, die unmittelbar geöffnet wurde – fast so, als hätten sie mich schon erwartet.

Sylvia machte auf und sah glamourös wie üblich aus, dieses Mal in einem rot-silbernen Strickkleid, das ihre bewundernswerte Figur betonte. Sie sagte: „Lucy. Was in aller Welt geht in den Repräsentationsräumen vor sich?"

Ich lächelte über ihren bizarren Ausdruck. Als wären wir in der Dienstbotenunterkunft eines großen Landschlosses. „Das war ein höllischer Tag."

„Nun, komm besser rein und erzähle uns alles. Deine Großmutter ist äußerst besorgt."

Ich nickte und trat ins Zimmer. Granny saß in der Ecke am Computer und drehte sich mit entsetztem Gesichtsausdruck zu mir um. „Ich habe gerade im Darknet nach Nachrichten gesucht."

Natürlich hatten sich Vampire die Technologie zu eigen gemacht und hatten das Darknet wahrscheinlich erfunden. Wenn nicht, so nutzten sie zumindest die Vorteile der geheimen Untergrund-Netze. „Was für schreckliche Neuigkeiten. Die arme Miss Watt. Die armen beiden. Wie kommen sie damit zurecht?"

Ich war zwar nicht schon beim Hereinkommen mit den Neuigkeiten herausgeplatzt und hatte nicht erwartet, sie alle zu überraschen – aber ich war doch etwas ernüchtert, dass ich, kaum angekommen, herausfinden musste, dass sie bereits von dem Drama wussten. „Für beide Schwestern ist es sehr hart. Wisst ihr, wer das letzte Opfer war?"

„Nein. Diese Information wurde nicht veröffentlicht, weder in offiziellen noch in inoffiziellen Kreisen. Wer war es?"

Zumindest das konnte ich ihnen erzählen. „Es war Gerald Pettigrew. Der Mann, den Miss Florence Watt heute Nachmittag heiraten wollte."

„Oh, arme, liebe Florence. Ich wünschte, ich könnte nach oben gehen und ihr sagen, wie leid es mir tut. Ich hoffe, du hast das Richtige für uns beide gesagt."

„Natürlich habe ich das. Sie ist sogar noch oben, glaube ich. Ihr Arzt ist bei ihr. Dr. Finlayson."

Granny nickte. „Ich würde ihn mir nicht als Arzt aussuchen. Er ist ein bisschen pedantisch, aber er passt zu zwei alten Jungfern wie die Schwestern Watt. Er hält ihnen die Hand, hört ihren Beschwerden zu und verschreibt Tonika, die wahrscheinlich keinerlei medizinische Inhaltsstoffe haben, von denen sie sich aber besser fühlen."

Ich musste lächeln, denn das war genau der Eindruck, den ich von Dr. Finlayson gewonnen hatte. „Ich hoffe, er kann ihr etwas geben, damit sie sich besser fühlt oder zumindest schläft."

Ungefähr ein halbes Dutzend Vampire saß im Wohnzimmer herum. Einer machte gerade ein Kreuzworträtsel, eine Vampirin kontrollierte gerade ihre Aktien auf ihrem iPad und drei strickten. Rafe war nicht dabei und ohne, dass man es mir sagte, wusste ich, dass er nicht hier war. Ich schien einen besonderen Instinkt für ihn zu haben, den ich den anderen gegenüber nicht hatte. Es war ein bisschen nervig, wie ein unerwünschtes Navi, das man nie ausschalten konnte.

Als hätte sie meine Gedanken gelesen, sagte Granny: „Rafe verpasst all die Aufregung. Er ist in Liverpool, um eine Privatsammlung zu schätzen. Dort soll es eine Erstauflage von ‚David Copperfield' geben. Natürlich bezeichnet Rafe Dickens Arbeit als populären Schrott, aber ich nehme an, bei einem Mann, der am Hof gelebt hat, als Shakespeare seine Bühnenstücke schrieb und aufführte, ist es vertretbar, wenn er ein bisschen versnobt ist."

„Ich möchte dich um deinen Rat bitten, Granny."

Sie sah ziemlich erfreut aus. „Selbstverständlich. Willst du unter vier Augen sein? Soll ich die anderen wegschicken?"

„Nein, nein."

Die Frau an ihrem iPad sagte: „Was zum Teufel ist mit dem Euro los?"

Der, der mit dem Kreuzworträtsel beschäftigt war, sagte: „Ich habe dir gesagt, bleib beim Bitcoin! Der Devisenhandel ist ein Schuss in den Ofen."

Die drei Stricker unterhielten sich untereinander. Ich glaubte nicht, dass ich mir Sorgen zu machen brauchte, dass uns jemand belauschte. Ich rückte den Stuhl näher an den Computer und erklärte mein Dilemma. Wie Mary Gerald Pettigrew vor Jahren bestochen hatte, dass Florence das nicht wusste, und dass Florence glaubte, Mary hätte ihren Verlobten ermordet, und dass Mary dies nicht wusste.

Granny lauschte der ganzen Geschichte interessiert. „Was für ein albernes Paar! Wenn ich noch lebendig wäre, würde ich rübergehen und die beiden zur Vernunft bringen. Sie haben nur eine die andere. Was soll mit ihnen geschehen, wenn sie sich den Rücken zukehren?"

„Ich stimme dir zu. Aber meinst du, ich kann Miss Florence Watt das Gästezimmer anbieten? Ich habe das Gefühl, wir sollten die beiden Schwestern getrennt halten, zumindest für die nächsten paar Tage. Ich bezweifle, dass sie am selben Ort schlafen möchte, an dem ihr Geliebter ermordet wurde."

Meine Großmutter nickte. „Das ist sehr weise von dir. So hat sie ein bisschen Zeit, um sich zu beruhigen, bevor sie ihre Schwester des Mordes bezichtigt."

„Ganz genau! Ich habe das Gefühl, wenn die beiden miteinander reden könnten, würden sie vielleicht auf hilfreiche Informationen stoßen."

„Es sei denn, Mary hat Gerald Pettigrew umgebracht. In diesem Fall bezweifle ich, dass ihre Beziehung gerettet werden könnte."

„Macht Mary auch nur ansatzweise den Eindruck einer Mörderin auf dich?"

Sie schnalzte mit der Zunge gegen ihren Gaumen und gab einen Klicklaut von sich. „Nein, aber hätte ich etwa gedacht, dass der nette junge Mann, der mich getötet hat, ein Mörder ist? Zumindest nicht solange, bis er mich mit einem alten Dolch aufgeschlitzt hat."

Offensichtlich hatte sie immer noch einige Probleme mit ihrem Übergang in den untoten Zustand. Natürlich machte ich ihr keinen Vorwurf daraus. „Vielleicht hat jeder das Zeug zum Töten, wenn er den richtigen Anlass dazu hat. Meine neue Verkäuferin steht immer noch unter Verdacht."

Hinter mir sagte Sylvia: „Du meinst diese junge Kellnerin, die du als Verkäuferin eingestellt hast?"

Ich hatte nicht gehört, dass die glamouröse Vampirin sich von hinten an mich herangeschlichen hatte. Offensichtlich hatte sie unser ganzes bisheriges Gespräch verfolgt. „Ja. Katie glaubt, die Polizei versuche eine Verbindung zwischen ihr und dem Toten herzustellen. Ausgehend von der Tatsache, dass sie Australierin ist und er eine gewisse Zeit dort verbracht hat. Sie ist jung, hat weder Freunde noch Geld und macht sich Sorgen, dass sie ihr die Sache anhängen werden, um sie einfach verhaften zu können."

Sylvia sagte: „Ich habe nicht gerade großen Respekt vor den Polizisten von heute. Sie sind so faul geworden. Sie stützen sich viel zu sehr auf die Kriminaltechnik und viel zu wenig auf den gesunden Menschenverstand und den Instinkt. Kannte sie das Opfer?"

„Sie sagt nein."

Offensichtlich hörte sie den zweifelnden Ton in meiner Stimme. „Und du glaubst schon?"

„Ich befinde mich in einem schrecklichen Dilemma", gab ich zu. „Ich kenne die beiden Schwestern Watt schon seitdem ich nach Oxford komme. Sie sind wie meine eigenen unverheirateten Tanten. Also kann ich den Gedanken nicht ertragen, dass eine von ihnen den Verlobten der anderen umgebracht haben könnte. Andererseits ist Katie meine neue Verkäuferin und sehr tüchtig. Dass sie eine Mörderin ist, will ich auch nicht. Aber wen gibt es sonst noch?"

„Was ist mit dem Freund? Wahrscheinlich wird er doch genauso verdächtigt wie sie?"

„Katie sagt, er war den ganzen Tag lang bei den Proben für das Theaterstück, bei dem er mitspielt. Er hat um halb eins mit den Proben angefangen. Katie und ich haben Gerald Pettigrew am Mittag vorbeigehen sehen. Jim kann Gerald also nicht ermordet, seine Leiche in die Kühlzelle der Teestube gelegt haben und rechtzeitig zu seiner Probe gekommen sein – nicht innerhalb von dreißig Minuten. Deshalb wollen sie sie."

„Aber hat sie denn nicht bei dir gearbeitet?"

Ich seufzte. „Ja, das stimmt. Aber sie ist spät in die Mittagspause gegangen. Wir hatten im üblichen Trubel zur Mittagszeit so viel zu tun, dass sie erst um halb zwei weggekommen ist. Eigentlich ist sie um halb drei sogar ein paar Minuten zu spät zurückgekommen. Sie hätte ihn sehen, ihn unter einem Vorwand in die Küche locken, ihn ermorden können – und hätte trotzdem noch genug Zeit gehabt, um ihr Sandwich zu essen und zur Arbeit zurückzukehren."

„Da müsste sie aber ein ganz schön cooler Typ sein."

„Ja. Außerdem müsste sie ein Motiv haben. Mir liegt genauso viel an Gerechtigkeit wie jedem, aber ich werde nicht zulassen, dass sie einzig und allein aus dem Grund verhaftet wird, dass sie zur richtigen Zeit am richtigen Ort war."

„Und die Türen zu ihrem Haus und zur Teestube waren verschlossen? Den ganzen Tag lang?"

„Das sagen beide Damen. Florence hat die Tür gegen halb vier aufgeschlossen, um nach Gerald zu sehen, weil er sich nicht blicken ließ. Deshalb war sie nicht verschlossen, als ich hineingegangen bin, aber sie schwört, dass sie hatte aufschließen müssen."

„Wer hat die Hausschlüssel noch? Handwerker? Freunde?"

Granny und ich wechselten einen Blick. Ich sagte: „In meiner Küche hängt ein Schlüssel vom Elderflower."

„Also hätte dieses elende Mädchen sich hochschleichen

können, als du beschäftigt warst, den Schlüssel stehlen, die Tat begehen und ihn zurückhängen können. Vorausgesetzt natürlich, dass der alte Charmeur sie nicht reingelassen hat, sodass sie überhaupt keinen Schlüssel gebraucht hat."

„Ja."

„Richtig. Was sollen wir machen?"

„Könnt ihr herausfinden, ob Katie irgendeine Verbindung zu Gerald Pettigrew hatte? Genauer gesagt: Findet so viel wie möglich über Mr Pettigrew heraus, der eine zwielichtige Gestalt zu sein scheint."

„Ein Kinderspiel. Noch etwas?"

„Ja. Mary behauptet, sie habe vor fünfzig Jahren einen Privatdetektiv beauftragt, der herausgefunden habe, dass Gerald Pettigrew eine zweite Familie in Leeds hatte. Als er um Florences Hand angehalten hat, war er nämlich schon verheiratet und Vater von zwei Kindern. Jedenfalls glaubt Florence, dass ihre Schwester sich Gerald vom Hals geschafft hat, indem sie von einem geheimen Auftrag spitzbekam, den er als Spion hatte, und ihm drohte, ihn auffliegen zu lassen. Das hätte seine Karriere ruiniert und vermutlich die Sicherheit des Vereinten Königreichs aufs Spiel gesetzt."

„Himmel. Was für grundverschiedene Geschichten."

Ich nickte. „Ich muss wissen, welche wahr ist."

„Habt ihr eine Ahnung, wer dieser Privatdetektiv war?"

„Es war vor so langer Zeit, er könnte inzwischen tot sein."

Sylvia seufzte. „Natürlich wird man im Internet keinen Bericht finden. Wissen wir überhaupt, ob Gerald Pettigrew sein echter Name ist?"

Ich schaute sie erstaunt an. „Nein. Daran hatte ich noch nicht gedacht."

Sie rieb sich die Hände. „Ich liebe die Herausforderung.

Leeds", sie verzog das Gesicht. „Warum konnte er nicht eine zweite Familie in Paris oder Prag haben oder an einem anderen Ort, den ich gern besuchen würde? Leeds ist so ein trostloser Ort. Das verleiht der Geschichte irgendwie Glaubwürdigkeit. Egal, ich fahre da hin. Agnes? Begleitest du mich?"

Meine Großmutter sah angesichts der Vorstellung, nach Leeds zu reisen, geschmeichelt und erschrocken zugleich aus. „Oh. Daran hatte ich nicht gedacht. Lucy, brauchst du mich hier nicht?"

Ich wechselte schnell einen Blick mit Sylvia. Es würde meiner Großmutter gut tun, für ein paar Tage aus der Stadt zu kommen. Sie war immer noch zu besorgt um ihre alten Freunde unter den Lebenden und es würde niemandem von uns gut tun, wenn sie beschloss, jegliche Vorsicht über Bord zu werfen, um eine Miss Watt oder beide zu trösten. „Ich werde dich natürlich vermissen, aber Granny: Denk daran, wie viel Gutes du tun könntest."

„Alles, um dir zu helfen, mein Liebes. Und auch Mary und Florence, den Armen. Obwohl ich nicht weiß, ob ich will, dass er sich als bösartiger Bigamist und Flegel herausstellt, oder lieber als Spion, der die Frau, die er liebte, aufgegeben hat, anstatt die Sicherheit seiner Nation zu gefährden."

Ein ziemlich korpulenter Mann mit feinem blonden Haar und einem so unschuldigen Gesicht wie das eines Säuglings, gab ein „Hm" von sich. Wir drehten uns alle zu ihm um und sahen ihn an, doch er war in seine Strickerei vertieft und das „Hm" hätte genauso gut ein Ausdruck des Ärgers über seine Strickarbeit wie ein Kommentar über Gerald Pettigrews Patriotismus oder dem Mangel daran sein können.

Sylvia sagte: „Wie merkwürdig, dass zwei alte Männer

innerhalb derselben Woche im Elderflower Tea Shop ermordet wurden. Geht etwa ein Serienmörder um, der es auf alte Gentlemen abgesehen hat?"

„Katie war eine absolut hoffnungslose Kellnerin und verwechselte immer wieder die Tische. Ich glaube inzwischen, dass Gerald Pettigrew die ganze Zeit das beabsichtigte Opfer war."

Der korpulente blonde Mann, der seine Augen immer noch auf seine Stricknadeln gerichtet hielt, sagte: „Ziehe niemals voreilige Schlüsse. Das ist schlechte Polizeiarbeit."

Ich sah ihn überrascht an, aber er strickte einfach weiter. Sylvia sagte: „Theodore war Polizist. Er nimmt es mit den zu befolgenden Prozeduren besonders genau."

Theodore nickte. „Glaube nicht an Ahnungen! Und auch nicht an voreilige Schlussfolgerungen. Man braucht Ausdauer und Geschick."

Ich war entzückt, einen Profi zu haben, mit dem ich den Fall besprechen konnte. „Aber es scheint keine Verbindung zwischen den beiden Herren zu geben."

Seine Augen waren vielleicht sanft wie die eines Babys, aber seine Stimme war hart, als er mich nachahmte. „Es scheint? Es scheint? Ist das deine Vorstellung von Ermittlungen, kleines Fräulein? Du musst so lange graben und graben, bis du mit absoluter Gewissheit sagen kannst, welche Verbindung zwischen ihnen besteht, denn ich bin überzeugt, dass es eine gibt. Die beiden Männer müssen sich nicht gekannt haben, sie müssen nur dieselbe Person verletzt haben oder – falls es sich tatsächlich um einen Serienkiller handelt – irgendeinem Profil entsprechen."

Ich sagte: „Nun, wir wissen, dass Colonel Montague beim Militär war. Ich habe Gerald Pettigrews Geschichte vom

Geheimdienst als ein Märchen abgetan, das er erzählt hat, um seine sexuelle Freizügigkeit und seine mögliche Bigamie zu verschleiern. Was, wenn er tatsächlich beim Geheimdienst war? Kann es sein, dass er und der Colonel am gleichen Fall gearbeitet haben? Vielleicht hat es jemand aus der Vergangenheit auf sie abgesehen."

Er nickte und sah leicht zufrieden aus. „So ist es richtig. Jetzt nimm dir diese Frage vor und suche. Es ist eine Theorie. Kannst du sie beweisen?"

„Es ist eine wilde Vermutung", sagte ich hilflos.

„Egal. So fangen wir an. Und während du diesem Ermittlungsansatz folgst, gehst du auch dem anderen auf die Spur, nämlich, dass Gerald Pettigrew die ganze Zeit lang das beabsichtigte Opfer war. Warum? Wer wollte ihn so dringend töten, dass er" – er hob den Zeigefinger – „oder sie auch ein unschuldiges Opfer töten würde?"

Es war eine unangenehme Arbeit, über Hass und Morde nachzudenken. Jämmerlich sagte ich: „Florence Watt glaubt, dass ihre Schwester Mary womöglich die Schuldige ist."

Granny schüttelte den Kopf. „Stell dir einmal vor, so schlecht von dem Menschen zu denken, der dir dein ganzes Leben lang nah stand."

Sylvia sagte: „Agnes, ich denke, wir sollten jetzt gehen. Die Straßen sind bestimmt leer und wir können gleich morgen früh beginnen zu ermitteln und Spuren zu suchen."

Der ehemalige Polizist sagte: „Ich begleite euch. Ich habe das Gefühl, ihr braucht einen ausgebildeten Ermittler."

Sylvia hob ihre feinen Augenbrauen, sagte aber nur: „Solange du nicht meinst, dass du fahren kannst. Wir nehmen meinen Bentley."

Granny schien ziemlich aufgeregt über das Abenteuer zu

sein. „Ich glaube nicht, dass ich jemals in einem Bentley gefahren bin."

Sylvia schüttelte ihren Kopf. „Wir müssen uns mal über den Zinseszins unterhalten. In ein paar Generationen wirst du genauso reich sein wie der Rest von uns."

„Was, reich genug für einen Bentley?"

„Mit deinem eigenen Chauffeur, wenn du einen haben willst", sagte Sylvia erhaben. „Natürlich versuchen wir, keinen zu opulenten Lebensstil zu führen. Wir achten darauf, nicht zu viel Aufmerksamkeit auf uns zu ziehen."

Ich konnte erkennen, dass sie es kaum erwarten konnten, abzureisen. „Ihr passt doch gut auf, ja?" Sie schauten mich verwirrt an, und mir wurde klar, dass es nicht vieles gab, das sie verletzen konnte. Aber trotzdem: Granny war eine nagelneue Vampirin. Ich hatte das Gefühl, sie müsse vorsichtig sein.

KAPITEL 21

*I*n dieser Nacht schlief ich schlecht und träumte von dunklen, formlosen Dingen, die mich verfolgten, während ich unfähig war, schnell genug wegzulaufen. Ich wachte müde und ein bisschen verängstigt auf.

Florence hatte mein Übernachtungsangebot ausgeschlagen, also war ich allein gewesen, nur Nyx hatte mir Gesellschaft geleistet. Nachdem ich mich so über Rafe geärgert hatte, weil er sich immer um alles kümmerte, war ich nun übermäßig sauer auf ihn, weil er nicht da war, wenn ich vielleicht in Gefahr schwebte. Sogar Granny war weg, zusammen mit Sylvia und Theodore. Unten waren immer noch Vampire und sie hatten mir versichert, dass sie kommen würden, wenn ich sie riefe, aber ich vermisste meine besten Freunde.

Ich schüttelte meine albernen Gedanken ab, duschte, frühstückte und kleidete mich trotzig mit einem Pullover in Hellorange, den Alfred mir gestrickt hatte. Katie rief an, um mir zu sagen, dass sie heute nicht kommen würde. Ich machte ihr keine großen Vorwürfe.

Ich brachte den Tag so gut wie möglich hinter mich,

bediente Kunden, räumte Regale auf und hatte die Tür immer mit halbem Auge im Blick – in der Hoffnung, dass kein Serienmörder unterwegs war.

Kurz vor fünf kam Sylvia herein. Ich freute mich, sie zu sehen. „Seid ihr schon wieder zurück?"

Sie sah bezaubernd aus in ihrem schwarzen Mantel, der ihr bis zu den Waden reichte und nach einem eleganten italienischen Designerstück aussah, mit ihrem handgestrickten Schal in Schwarz mit einem Hauch von Rot, und den hochhackigen schwarzen Stiefeln. „Schätzchen, uns konnte nichts mehr in Leeds halten."

„Habt ihr irgendetwas gefunden?" Ich war ganz aufgeregt, das Neuste zu erfahren.

„Das haben wir. Aber deine Großmutter würde es mir nie verzeihen, wenn ich es dir erzählte, ohne dass sie dabei ist."

Ich schaute auf meine Uhr. „Ich mache fünf Minuten früher zu und komme runter."

Ich brauchte nicht lange, um zu schließen. Nyx gähnte, als ich die Jalousien schloss, und stieg dann, nachdem sie sich ausgiebig gestreckt hatte, anmutig aus der Wollschale, ihrem Stammplatz, und folgte mir hinunter zum unterirdischen Vampirlager.

Granny ließ uns herein und sah sehr zufrieden mit sich aus. „Wie schlägst du dich, mein Liebes?", fragte sie und musterte mein Gesicht.

„Bestens. Nur ein bisschen nervös."

„Wir sind alle gereizt. Das, was in dieser Straße geschieht, betrifft uns alle." Nyx steuerte schnurstracks ihren Lieblingsort auf der Couch an und ich folgte ihr.

Theodore saß mit einem Tablet-PC in der Hand auf einem der roten Sessel. „Guten Tag, Lucy."

„Guten Tag. Es wundert mich, dass ihr so schnell zurück seid."

„Der Verkehr lief gut. Fast keine Staus auf der M1. Wir kamen schnell durch. Nur drei Stunden für die Hinfahrt und ein bisschen länger für die Rückfahrt." Seine babyblauen Augen funkelten. „Deine Großmutter konnte es kaum erwarten, wieder bei dir zu sein."

„Ich mache mir eben Sorgen", sagte sie einfach. „Also, wer will Lucy berichten, was wir herausgefunden haben?"

„Sag du es ihr doch!", sagte Sylvia, was äußerst großzügig von ihr war.

„In Ordnung." Granny setzte sich neben mich und faltete ihre Hände vor sich, so wie sie es immer machte, bevor sie eine Geschichte erzählte. „Wir haben Theodore so viel zu verdanken. Er war sehr gut darin, alles herauszufinden."

„Nicht der Rede wert", sagte Theodore und sah geschmeichelt aus. „Ich freue mich, wenn ich bei der Polizeiarbeit nicht aus der Übung komme."

„Wir haben das Haus gefunden, in dem Gerald Pettigrew mit seiner Frau und den beiden Kindern gelebt hat. Zum Glück wohnt die Tochter immer noch dort. Sie wirkte sehr misstrauisch und unfreundlich, als sie die Tür aufmachte, aber auch da war Theodore großartig." Sie drehte sich zu Sylvia um, die ihren Mantel ausgezogen hatte und ein ebenso schickes schwarzes Kleid trug. „Und auch Sylvia."

„Ach, Unsinn", sagte Sylvia. „Es macht mir immer noch Spaß, eine Rolle zu spielen."

„Sylvia gab vor, dass Gerald Pettigrew versprochen hatte, sie zu heiraten, und dann verschwunden war, während Theodore behauptete, dass er ein Privatdetektiv sei, der bei der Suche nach dem vermissten Mann half." Sie kicherte. „Die junge Dame hat uns sofort hereingebeten und sich ihre Geschichte von der Seele geredet, ohne dass wir sie dazu drängen mussten." Dann wurde sie ernst und schüttelte den Kopf. „Es tut mir leid zu sagen, dass Gerald kein guter Vater war. Oder ein guter Mann."

„Was ist passiert? Was hat er getan?"

„Tja, er hat sie verlassen. Die Tochter, sie hieß Rose, glaubte, dass er unzufrieden wurde, als sie und ihr Bruder zur Welt kamen und Geralds Frau ihr Geld nicht länger für ausgefallene Reisen und, na ja, für Gerald ausgeben wollte. Er erzählte ihnen, dass er eine Stelle in London bekommen hatte, für die er viel reisen musste, und er war oft weg. Eines Tages ist er einfach nicht mehr nach Hause gekommen."

„Oh, arme Rose und ihr Bruder."

„Sie hatten eine sehr enge Beziehung zu ihrer Mutter und ich denke, sie hatten ihren Vater so selten gesehen, dass sie ihn nicht sehr vermisst haben."

„Hat sie sich von ihm scheiden lassen?"

Granny seufzte. „Theodore, erzähl du ihr den Rest."

„Nein. Er ist verschwunden, und Rose zufolge wusste ihre Mutter nicht, ob er lebte oder tot war. Sie hat sich niemals von ihm scheiden lassen oder sich darum gekümmert, nach ihm zu suchen. Sie wollte nicht noch einmal heiraten, vermutlich hat sie sich deshalb nicht die Mühe gemacht." Er sah ziemlich ernst aus. „Aber sie hätte es tun sollen."

„Ach du meine Güte!"

Er nickte. „Ich sehe schon, du ahnst es, Lucy, und du hast recht. Ihre Mutter starb. Irgendwie hat Gerald das herausgefunden und tauchte auf, um den trauernden Ehemann zu spielen."

„Eine Unverschämtheit", sagte Sylvia. Sie warf ihr

silbernes Haar zurück. „Er muss ein besserer Schauspieler gewesen sein als ich.“

„Oh, nein“, sagte Granny. „Niemand könnte besser schauspielern als du.“

Theodore hustete. „Jedenfalls stand natürlich im Testament, dass die beiden Kinder alles erben sollen. Gerald behauptete, er sei wegen seiner Arbeit ferngeblieben und der OSA verbiete es ihm, mehr zu sagen.“ Er schaute mich an. „Der *Official Secrets Act*.“

„Ach, darüber weiß ich bestens Bescheid. Gerald Pettigrew hat diese Bezeichnung mir gegenüber verwendet, als wir uns zum ersten Mal begegnet sind.“

„Wahrscheinlich hoffte er, seine Kinder würden ihr Erbe mit ihrem verlorenen Vater teilen.“

„Er war wirklich ein übler Kerl“, sagte ich.

„Als sie sich weigerten, klagte er das Erbe ein.“

„Autsch. Seinen eigenen Kindern gegenüber?“

Er legte seinen Kopf schief. „Als er den Prozess verlor, verschwand er wieder. Rose hat ihn seit mehr als sechs Jahren nicht gesehen.“

Ich kratzte Nyx nachdenklich unter dem Kinn. „War Rose in letzter Zeit in Oxford?“

„Nein. Sie ist Schulleiterin an einer örtlichen Schule. Seit über einem Jahr hat sie sich keinen einzigen Tag freigenommen.“ Er nahm meine nächste Frage vorweg. „Und der Bruder arbeitet auf einer Ölbohrplattform in Edmonton, Kanada. Er war seit zwei Jahren nicht mehr in England.“

„Also ist alles, was wir wissen, dass Gerald Pettigrew ein ziemlich großer Lügner, ein schrecklicher Vater und ein noch schlimmerer Ehemann war.“ Ich biss mir auf die Lippe.

„Habt ihr irgendeine Verbindung zwischen ihm und Colonel Montague entdeckt?"

„Nein."

Ich schaute zur Tür. Denn ich spürte einen kalten Schauer im Nacken. Tatsächlich ging sie auf und Rafe kam herein. Seine Augen richteten sich direkt auf mich. „Lucy, geht es dir gut?"

Ich lächelte schwach. „Es ging mir schon besser."

Sylvia trat hervor. „Ich dachte, du wärst in Liverpool."

„Ich habe die Reise abgebrochen. Die Sammlung war nichts Besonderes. Der Dickens war keine Erstauflage und voller brauner Flecken. Ich bin sofort zurückgekommen, als ich von dem Mord erfahren habe."

„Das war nett von dir."

„Ich komme gerade vom Büro des Coroners. Ich habe einen" – er hielt kurz inne – „eingeweihten Freund. Sie haben Gerald Pettigrews Todeszeitpunkt auf eine Zeit zwischen 11 und 14 Uhr geschätzt. Da die Leiche in der Kühlzelle war, die Kühlzellentür jedoch offenstand, können sie nicht genauer sein. Was sie jedoch wissen, ist, dass er in der Küche ermordet wurde. Die Leiche wurde nicht bewegt."

Ich sagte: „Ich kann dazu beitragen, den Todeszeitpunkt noch weiter einzugrenzen. Denn ich habe Gerald Pettigrew um 12 Uhr mit eigenen Augen gesehen." Ich schaute Rafe an, der immer alles zu wissen schien, was die Polizei auch wusste. „Ich habe ihn mit einem Buch aus der Bücherei gesehen, zumindest denke ich, dass es ein Buch aus der Bücherei war, hat jemand kontrolliert, ob er es zurückgegeben hat?"

„Du hast recht. Sein Buch wurde um 12:11 Uhr in der Bibliothek zurückgegeben und abgestempelt. Bei dem Buch handelte es sich, falls es dich interessiert, um einen Ratgeber, der einem erklärt, wie man rund um die Uhr auf einem Kreuzfahrschiff lebt."

„Florence sagte, sie hatten vor zu heiraten und zu reisen."

Eben hatten sie noch geplant, ihren Ruhestand als Frischvermählte auf einem Kreuzfahrtschiff zu verbringen, und nun lag einer von ihnen in der Leichenhalle, während die andere wegen eines Schocks von ihrem Arzt behandelt wurde. Selbst wenn er nicht der Mann war, für den Florence ihn gehalten hatte, war es trotzdem sehr traurig.

Rafe kam herein, stellte sich ganz nah vor mich und hielt meinem Blick stand. „Du bist ganz sicher, dass du Gerald Pettigrew um 12 Uhr gesehen hast, Lucy? Hätte es nicht ein anderer alter Herr sein können, der aussah wie er?"

Ich versuchte an den Augenblick zurückzudenken, als ich hinausgeschaut und den alten Herren gesehen hatte. Ich sagte: „Bevor du mich gefragt hast, hätte ich gesagt, ich sei sicher, dass er es war. Er hatte die richtige Kleidung, das richtige Haar und den richtigen Schnurrbart, und ich habe seine Art zu gehen erkannt."

„Aber eigentlich hast du sein Gesicht nicht gesehen?"

Hatte ich das? Ich schloss meine Augen. „Nein. Nur von der Seite. Er hatte eine Mütze auf dem Kopf, aber ich bin sicher, dass er es war. Außerdem habe ich ihn tot gesehen. Er trug die gleiche Kleidung."

„Dann würde ich sagen, dass das die Tatverdächtigen auf Katie und Mary Watt begrenzt, es sei denn, wir ziehen auch eine oder mehrere Personen in Betracht, die einen Schlüssel hatten und Gerald Pettigrew töten wollten."

Ich wollte nicht, dass eine dieser beiden bezaubernden Frauen die Mörderin war. „Ich denke, du musst recht haben. Die Detektivarbeit in Leeds hat nichts ans Licht gebracht."

Ich hatte die Nase voll von Amateurermittlungen und war es satt, allen gegenüber misstrauisch zu sein. Ich hatte gelernt, dass fast jeder ein dunkles und tödliches Geheimnis hat. Eines, für das er einen Mord begehen würde.

Sylvia gähnte. „Ich befürchte, wir haben es verpasst, tagsüber zu schlafen. Ich muss ein Nickerchen halten, bevor ich heute Abend ausgehe. Das solltest du auch tun, Agnes."

Ich verstand die Andeutung. „Dann gehe ich mal, aber vielen Dank, dass ihr die Reise gemacht habt. Zumindest wissen wir jetzt mehr."

Rafe ging mit mir hinaus und gemeinsam mit Nyx stiegen wir die Treppen zum Hinterzimmer vom Cardinal Woolsey's hinauf.

„Nimm's nicht zu schwer, Lucy. Wir alle müssen die Folgen unseres Tuns akzeptieren."

„Ich weiß. Nur, dass ich es schrecklich finde zu sehen, dass diese netten alten Damen unglücklich gemacht werden."

Er deutete ein Lächeln an. „Ich bin so daran gewöhnt, von Dunkelheit umgeben zu sein, dass es wie Sonnenschein ist, mit dir zusammen zu sein." Zu meiner Überraschung legte er seine Handfläche auf meine Wange. Sie war kühl, aber nicht unangenehm. Er sagte: „Lass die Dunkelheit niemals gewinnen."

Einen Moment lang sah er mein Gesicht so aufmerksam an, dass ich dachte, er hätte vor, mich zu küssen. Ich war mir nicht sicher, welche Gefühle das in mir auslöste. Er war definitiv einer der attraktivsten Männer, denen ich je begegnet war, aber so wie er mein Licht sah, sah ich auch seine Dunkelheit.

Ich vermutete, dass er schreckliche Dinge getan hatte und

imstande war, noch viele mehr zu tun. Der Gedanke jagte mir einen Schauer über den Rücken. Vielleicht sah er das in meinem Gesicht, denn er ließ seine Hand sinken und trat zurück. Dann hob er seinen Kopf und klang genauso sarkastisch wie ein verstimmter Geliebter: „Und wenn ich mich nicht täusche, kommt gerade dein genauso sonniger Detective."

Er hatte die Falltür bereits nach oben geöffnet und war schon wieder auf halbem Weg in den Tunnel, da hörte ich das Klopfen an der Eingangstür des Geschäfts.

Rafe hatte vielleicht ein ausgezeichnetes Gehör, aber er hatte keinen Röntgenblick. Als ich zur Eingangstür ging, entdeckte ich dort nicht Ian, sondern Mary Watt. Ich machte die Tür auf und fragte mich, ob ich eine Mörderin begrüßte. Ich war nicht sicher, ob ich das Stehvermögen für ein weiteres Drama hatte. „Miss Watt. Wie geht es Ihnen?"

Ich wusste, dass das eine völlig unangebrachte Frage war, aber was war die richtige Begrüßung? Wie fühlt es sich an, eine Mörderin zu sein? Wissen Sie, dass Ihre Schwester Sie hasst? ‚Wie geht es Ihnen' würde reichen müssen. Allerdings schien sie absolut zufrieden damit, mir zu sagen, wie es ihr ging. Sie trat in meinen Laden und sagte: „Ich fühle mich wie der arme Hiob und frage mich, was mir als nächstes gesandt wird, um mich auf die Probe zu stellen."

„Was meinen Sie? Sagen Sie mir nicht, dass jemand anderes getötet wurde?"

„Ach, nichts so Schlimmes. Aber Florence ist zu Elspeth Montague gezogen. Sie sind seit einigen Jahren zusammen in einem Lesezirkel. Und jetzt haben sie ihre Tragödien gemeinsam."

Mir wurde klar, dass der Vampirpolizist recht hatte. Wenn man darauf achtete, gab es überall Verbindungen.

„Florence schaut mich nicht einmal an. Ich dachte, als all diese Wut und die Verbitterung in ihr hochgekocht sind, war das nur eine emotionale Reaktion auf das Entsetzen darüber, Geralds Leiche gefunden zu haben. Aber wissen Sie, langsam glaube ich, dass sie wirklich glaubt, ich hätte ihn ermordet."

Da wir die einzigen beiden Personen in diesem einsamen Gebäude waren, beschloss ich, dass es nicht unbedingt die cleverste Idee war, sie zu fragen, ob das stimmte. Stattdessen sagte ich: „Sie hatte einen schrecklichen Schock. Und Sie würden sie doch wohl nicht in dem Gebäude schlafen lassen wollen, in dem ihr Geliebter umgebracht wurde."

„Vermutlich nicht. Ich schlafe auch nicht gern dort. Besonders ganz alleine."

Und so kam es, dass ich mein Gästezimmer nicht der geplanten, sondern der anderen Miss Watt anbot. Zu meiner Erleichterung schüttelte sie den Kopf. „Oh, das ist so lieb von Ihnen. Und genau das, was Ihre Großmutter auch getan hätte. Aber ich habe ein Hotel gebucht."

„Ein Hotel? Wie, hier in Oxford?"

„Ja. Ein sehr nettes Hotel. Vollpension. Zum ersten Mal seit Jahren werde ich kein Essen einkaufen, kein Essen zubereiten und kein Essen verkaufen. Ich werde morgens ausschlafen. Im Bett frühstücken, wenn ich es will. Und einen Wellness-Bereich haben sie auch."

„Genau das, was Sie brauchen."

„Wissen Sie, dass ich noch nie in einer Wellness-Einrichtung war? Ich könnte eine kosmetische Gesichtsbehandlung gebrauchen. Und", fügte sie in einem Ton hinzu, als würde sie jetzt in den dunklen Tiefen der Dekadenz versinken, „eine Massage."

Mir fiel es schwer, mir vorzustellen, dass diese Frau, die sich so auf ein Frühstück im Bett und auf eine Wellness-Massage freute, einen Mann umgebracht haben könnte. Mary Watt kam mir nicht wie ein kaltblütiger Typ vor, der morden würde, um sich gleich darauf die Poren reinigen zu lassen. Aber was wusste ich schon von Mördern?

Sie sagte: „Und morgen gehe ich shoppen und kaufe neue Kleider. Wenn Sie mich nächstes Mal sehen, werde ich wie ein ganz anderer Mensch aussehen."

Ich ging nach oben und fütterte Nyx, die ruhelos und verstimmt wirkte. Sie setzte sich nicht auf meinen Schoß, sondern ging immer wieder auf und ab und machte ein rülpsendes Geräusch. Ich wusste nicht, ob ich meine Rastlosigkeit auf die Katze übertrug oder ob sie ihre auf mich übertrug, aber auch ich fühlte mich unruhig und etwas nervös. Irgendetwas nagte an mir.

Ich beschloss, einen meiner Zaubersprüche zu üben. Es musste etwas im Grimoire geben, um zu beruhigen und den Frieden wiederherzustellen.

Nyx begleitete mich in die Küche und sprang auf die Arbeitsfläche, was ich normalerweise zu unterbinden versuchte. Aber ich hatte das Gefühl, dass es nur von Vorteil sein konnte, meine Vertraute bei mir zu haben, wenn ich einen Zaubertrank zusammenbraute. Sie schien jedoch nicht daran interessiert zu sein, mir zu helfen, denn sie war immer noch ruhelos und machte weiterhin diese nervtötenden rülpsenden Laute. „Willst du rausgehen?", fragte ich sie und zeigte auf das offene Fenster. Sie schaute zum Fenster und dann zu mir zurück und rülpste.

„Na dann versuch dich zu fokussieren!" Ich legte meine Hand auf den Frontdeckel des wunderschönen, schweren Buches, schloss meine Augen und sagte die Worte auf, die es öffnen würden. Ein warmer, muffiger Geruch empfing mich – einer, den ich mit den Schwestern Watt assoziierte. Mir wurde klar, dass es stark riechende Mottenkugeln waren. Ich riss die Augen auf. Mottenkugeln? Was sollte das?

Die grünen Augen der Katze weiteten sich aufgrund des merkwürdigen Geruchs, der vom Buch aufstieg und sie drehte sich um und sprang auf den Kühlschrank. Dabei gelang es ihr, eines der Fotos abzureißen, die Granny immer mit einem Magneten an den Kühlschrank heftete. Ich hob den alten Schnappschuss vom Fußboden auf. Granny schaute sich die Fotos gern an, wenn sie hier nach oben kam.

Das Bild zeigte mich mit meiner Mutter. Wahrscheinlich war ich sechs oder sieben und wir standen beide in Shorts da. Offensichtlich hatte Granny das Foto von Dad erhalten, denn er hatte auf die Rückseite geschrieben: „Schau dir diese Beine an! Wie die Mutter, so die Tochter."

Ich fühlte mich, als wäre ein Stromschlag durch meinen Arm gerauscht, und ich keuchte laut. Schnell hängte ich das Bild zurück an den Kühlschrank und machte das Grimoire in dem Wissen zu, dass der Zauber, der es vor neugierigen Augen oder Händen schützte, sofort wieder wirken würde.

Ich war so dumm gewesen. Jetzt wusste ich, was an mir genagt hatte. Ich rannte ins Geschäft hinunter und griff zu einer mittelstarken Wollmischung, die wir oft Anfängern empfehlen. Sie hatte eine hübsche blaue Farbe. Ich nahm ein paar Nadeln, die sich ebenfalls für Anfänger eigneten, stellte sicher, dass niemand zum Fenster hereinschaute, und murmelte einen Zauberspruch, den ich gerade dem Buch entnommen hatte.

Die Nadeln strickten geschäftig. Es war eine Freude zuzusehen, wie sie so mühelos ihre Arbeit verrichteten, ohne dass ich ihnen dazwischenkam. Ich schaute auf meine Uhr – viel Zeit hatte ich nicht. Ich zeigte auf die Stricknadeln und befahl: „*Velox!*" Da sah ich, wie sich die Geschwindigkeit so rasant steigerte, dass die Stricknadeln vor meinen Augen verschwammen. Ich wartete, bis ich ungefähr 15 cm glatt rechts gestrickte Wolle sah. Ich hielt die Stricknadeln an und sagte: „Nodo chaos!" Es war, als würden unsichtbare Finger in diese perfekt gestrickten Maschen greifen und jede davon zwirnen und verheddern. Am Ende dieser Zerstörung sah das Stück genauso aus, als hätte ich es selbst gestrickt.

Ich rief Katie an und war dankbar, dass sie meinen Anruf direkt entgegennahm. „Katie, ich habe ein Problem. Ich habe es wieder mit dem Stricken versucht und habe ein schreckliches Chaos angerichtet. Ich brauche wirklich Ablenkung, ich muss etwas finden, um meine Nerven zu beruhigen, und dieser Wirrwarr sorgt nur dafür, dass es mir noch schlechter geht. Könnte ich zu Ihnen kommen, sodass Sie es für mich in Ordnung bringen?"

KAPITEL 22

Es folgte eine kurze Pause. Ich bin mir sicher, sie suchte nach einem Weg, um mich abzuweisen, doch ich klang so offensichtlich verzweifelt, dass sie sagte: „In Ordnung. Ja, natürlich, kommen Sie vorbei!"

Ich warf den Schlamassel in eine Tasche, schwang mich aufs Rad und fuhr zu ihnen, in eine Kellerwohnung in Summertown.

Ich war mir darüber bewusst, dass ich impulsiv und wahrscheinlich albern war, aber trotzdem: Bevor ich hineinging, schickte ich Ian eine Nachricht, in der ich ihm meinen Verdacht mitteilte. Zweifellos würde er mir sagen, ich solle mich um meine eigenen Angelegenheiten kümmern.

Ich klopfte an die Tür und Katie ließ mich sofort rein. Sogar für eine Studentenbude war die Wohnung ganz schön düster. Die Tür zum Souterrain führte direkt ins Wohnzimmer, in dem ein schäbiges Zweiersofa vor einem Tisch mit einem kleinen Fernseher stand. In der Ecke stand ein Esstisch, der auch als Schreibtisch diente. Darauf standen ein ziemlich neu aussehender Laptop und Salz- und Pfefferstreuer. Von diesem Raum ging eine winzige Küche ab, sowie eine weitere Tür, die wahrscheinlich zum Badezimmer gehörte. Eine weitere Tür stand halboffen und ich konnte ein Doppelbett, eine Kommode und etwas sehen, das ein alter Kleiderschrank sein musste. Katie war alleine. Sie hielt ihr eigenes Strickzeug hoch und lächelte. „Ich habe gerade das Gleiche gemacht. Ich finde es auch sehr beruhigend."

„Es ist wirklich nett von Ihnen, dass ich kommen durfte. Ich wollte mich mit dem Stricken ablenken, aber dann habe ich dieses Chaos angestellt."

„Jim wird bald nach Hause kommen. Ich mache ihm gerade das Essen im Ofen warm. Wollen Sie ein Bier? Oder einen Tee?"

Ich musste sie ein paar Minuten loswerden, um ein bisschen zu spionieren. „Tee wäre fantastisch."

„Natürlich", sagte sie. Dann ging sie in die Küche und rief mir über die Schulter zu: „Machen Sie es sich bequem!"

„Danke. Ich gehe nur kurz aufs Klo."

Aber statt ins Badezimmer zu gehen, schlich ich mich ins Schlafzimmer. Mein Herz pochte und es war ein fürchterliches Gefühl, ihre Gastfreundschaft so auszunutzen, aber ich musste die Wahrheit wissen. Ich musste wissen, ob meine Ahnung richtig war.

Ich machte die Schranktüren auf und sah einige Jeans auf Bügeln hängen, ein paar Baumwollkleider, einen Regenmantel, einen Regenschirm, der ganz hinten lag, und etwas, das aussah wie zusätzliches Bettzeug. Ich stellte sicher, dass sie noch in der Küche war und flitzte zur Kommode. Sie war aus billigem Pressspan, aber neu genug, dass sich die Schubladen geräuschlos öffnen ließen. Die erste enthielt nur Socken und Unterwäsche. Die zweite war vollgestopft und enthielt ihre und seine T-Shirts und zwei Pullover, von denen Jim einen getragen hatte, wie ich mich erinnerte. Ich wollte es gerade mit der dritten Schublade probieren, da hörte ich Katie mit verwirrter Stimme rufen: „Lucy?"

Verdammt.

Ich trat so lässig wie möglich aus dem Schlafzimmer. „Entschuldigung. Ich habe das Badezimmer gesucht."

Schweigend zeigte sie auf die Tür zum Badezimmer und ich ging mit einem Kichern hinein. Hoffentlich denkt sie nur, dass ich eine harmlose Schnüfflerin bin, dachte ich, während ich so tat, als würde ich mir die Hände waschen. Während das laufende Wasser rauschte, öffnete ich den Medizinschrank und sah mich genau darin um, sogar den kleinen Abfalleimer kontrollierte ich.

Als ich herauskam, sagte Katie: „Ich wusste nicht, ob Sie Milch und Zucker wollen, aber ich befürchte, wir haben keine Milch."

„Ohne Milch ist schon gut. Eher bereitet mir das Sorgen, was ich gestrickt habe."

„In Ordnung", sagte sie. „Sehen wir es uns mal an."

Katie zog den gestrickten Wirrwarr aus der Tasche und strich ihn vorsichtig auf ihrem in Jeans gekleidetem Knie glatt. „Es war kein Witz von Ihnen! Sie haben tatsächlich ein Chaos angestellt."

„Ich glaube, es war der Stress. Ich weiß nicht, was ich gemacht habe."

Sie löste die Stricknadel und begann, alle Maschen herauszuziehen, wie sie es beim letzten Mal getan hatte. Sie sagte: „Das Erste, was Sie tun müssen, ist, Ihre Spannung zu mindern. Sie ziehen die Wolle zu fest. Vielleicht sollten sie einfach üben, ein Quadrat zu stricken – immer wieder, bis

Sie ein Gefühl für die richtige Spannung bekommen. Und lernen Sie, Ihre Maschen zu zählen."

Sie hörte sich so geduldig an, dass mir der Gedanke kam, dass es mir wirklich gefallen würde, wenn sie Strickunterricht in meinem Laden geben würde. Abgesehen von der Strickrunde der Vampire bot ich keine regelmäßigen Kurse an, weil ich nicht stricken konnte. Ich brauchte jemanden wie Katie – jemanden, der sowohl stricken als auch unterrichten konnte.

Sie begann, ein paar Maschen aufzunehmen. Als ich auf die Uhr blickte, sah ich, dass es fast sieben war. Ich sagte: „Hören Sie, vielleicht nehme ich es mit nach Hause und arbeite selbst daran? Sie haben recht: Es wäre viel besser, wenn ich nur ein paar kleine Quadrate stricke. Vielleicht können Sie es sich morgen früh mal ansehen?"

„Wollen Sie nicht, dass ich jetzt schon mal damit anfange?" Sie schien, zu Recht, ziemlich überrascht darüber, schließlich war ich extra zu ihr gekommen, damit sie das für mich tun konnte. Ich sagte ihr die Wahrheit: „Jim kommt bald nach Hause. Und ich möchte nicht, dass er mich hier findet."

Aber es war schon zu spät. Katies weniger spitze Ohren hörten bald das, was meine bereits registriert hatten. Sie sagte: „Ich glaube, das ist er."

Tatsächlich sah ich durch das Fenster ein Paar Beine heruntersteigen. Sie stand auf und ging zur Tür, sodass sie beim Öffnen – fast in dem Moment, in dem er hereinkam – sagen konnte: „Hi Jim. Lucy ist da. Sie brauchte ein bisschen Hilfe beim Stricken."

Er winkte mir fröhlich zu und sagte: „Wie geht's?"

Doch ich konnte ihm nicht antworten. Ich starrte auf

diese Hosen und diese Schuhe. Ich war dahintergekommen, dass ein Schock Menschen dazu bringt, Dummheiten zu begehen, und mein Schock ließ mich etwas außerordentlich Dummes tun. „Sie haben gar nicht erst daran gedacht, sich der Schuhe zu entledigen."

Sein Lächeln wurde steif, aber er beschloss, mich absichtlich falsch zu verstehen. „Sie haben aber einen scharfen Blick. Sie haben recht. Das sind die Schuhe meiner Figur, für die Rolle, die ich spiele." Er hatte da, wo er sie sich nicht richtig entfernt hatte, immer noch eine Spur von Schminke im Gesicht.

„Aber das ist nicht die einzige Rolle, die Sie gespielt haben, oder?", fragte ich ihn.

„Worauf wollen Sie hinaus?"

„Wissen Sie, fast wären Sie ungestraft mit der Sache davon gekommen. Aber der, den ich passend um 12, als die Glocken läuteten, vorbeigehen sehen habe, war nicht Gerald Pettigrew, stimmt's? Sie waren es!"

Er schaute Katie an und sagte: „Was redet sie denn da? Ward ihr beiden im Pub?"

Katie schüttelte ihren Kopf. „Ich weiß es nicht. Sie hat beim Stricken alles verheddert. Sie ist eine derjenigen, die gestern den Freund von der armen Miss Watt ermordet aufgefunden hat. Ich glaube, das hat sie ein bisschen kirre gemacht."

Er sah mich mit kalten Augen an. „Ein schreckliches Ende für den alten Kerl."

Ich schaute mir sein Gesicht genau an. „Er war nicht nur ein alter Kerl, stimmt's? Gerald Pettigrew, oder wie auch immer er sich in Australien genannt hat, war Ihr Vater."

Es trat eine schreckliche Stille ein. Katie hörte sich verunsichert an, als sie sagte: „Lucy, vielleicht gehen Sie besser nach Hause."

Aber Jim stellte sich vor die Tür und verschränkte seine Arme vor der Brust. Breite Arme. Breite Brust. „Nein. Ich denke, Lucy sollte besser erklären, was sie meint."

Zu meiner Verteidigung muss ich sagen, ich glaube nicht, dass ich ihm so die Stirn geboten hätte, wenn Katie nicht dabei gewesen wäre. Ich glaubte nicht so recht, dass er versuchen würde, mir vor ihren Augen etwas anzutun, und ich war mir ziemlich sicher, dass er nicht versuchen würde, uns beide umzubringen. Das war zwar nicht gerade eine gute Verteidigung, aber es war alles, was ich hatte. Der springende Punkt war, dass ich jetzt ganz klar sah, was genau geschehen war, aber er war der einzige Mensch, der meine Vermutung bestätigen konnte.

„Als ich Ihnen zum ersten Mal begegnet bin, habe ich gedacht, dass Sie mir irgendwie bekannt vorkommen. Haben Sie diesen Gang von Natur aus? Oder haben Sie ihn wie jeder gute Schauspieler nachgeahmt?"

Er zuckte die Schultern und sagte: „Ich denke, ein bisschen von beidem."

„Sie haben auch seine Zähne."

Er hob seine Schultern, als würde ihn das nicht im Geringsten interessieren.

„Gerald Pettigrew hat Sie verlassen, als Sie klein waren. Das hat Ihre Familie zerstört, stimmt's?"

„Jim? Was hat das zu bedeuten? Was ist hier los?", schaltete sich Katie ein.

Aber Jim schaute mich an. „Es hat Mom umgebracht. Sie war eine gute Frau, und nachdem er weg war, hat sie diesen Schock nie überwunden. Also: Ja, ich habe den alten Bastard aufgespürt. Habe herausgefunden, dass meine Mom nicht die Einzige war, die er benutzt und verlassen hat. Er war ein böser Mann, ein Jäger. Er hatte es auf Frauen mit ein bisschen Geld abgesehen und luchste es ihnen ab. Um sie dann mit nichts sitzen zu lassen."

Katie schlug sich die Hand vor den Mund. „Ach, Jim. Warum hast du mir nichts davon gesagt?"

Da schaute er sie an und sein Mund verzog sich zu einem schiefen Lächeln. „Wenn ich das getan hätte, wärst du nicht mitgekommen."

„Sie sind Gerald Pettigrew nach Oxford gefolgt."

„Ja. Ich habe ihn beobachtet. Als ich sah, dass er mit der alten Miss Watt anbändelte, wurde alles klar, als wäre es inszeniert worden. Die Dame war so angetan von meinem Alten, dass sie sich gar nicht mehr um die Küche kümmern konnte. Ich versuchte herauszufinden, wie ich mir Zutritt verschaffen konnte – aber ohne, dass er viel von mir zu sehen bekam." Er lachte höhnisch. „Nicht, dass er seinen eigenen Sohn erkannt hätte."

„Ach, Jim", sagte Katie wieder. Ich konnte mir vorstellen, dass sie anfing, eins und eins zusammenzuzählen.

„Ich hatte gehört, dass sie im Elderflower nur Kellnerinnen einstellten, da eine der alten Mädchen sich um das Kochen kümmerte. Dann hörte ich zufällig einen Streit, weil sie wegen Gerald ihre Arbeit vernachlässigte. Ich sah das als Chance an. Wir waren die Antwort auf die Gebete ihrer Schwester."

„Wann hat Ihr Vater Verdacht gegen Sie gehegt?"

„Ich glaube nicht, dass er das jemals getan hat. Er war so von sich selbst eingenommen, dass er gar nicht gecheckt hat, dass der Falsche mit dem Gift getötet wurde, das für ihn bestimmt war. Ich denke, erst später, nachdem die Polizei sie befragt hatte, hat er die andere Miss Watt verdächtigt. Die wusste nämlich, was er für einer war."

„Hat sie Ihnen das gesagt?"

„Das brauchte sie gar nicht. Sie hatten einen Streit in der Küche, als ich draußen rauchte. Sie wussten nicht, dass ich da draußen war und zuhörte."

Katie taumelte zur Couch und sank darauf nieder. Ihr Gesicht war jeglicher Farbe beraubt. „Du hast Colonel Montague vergiftet?"

„Das war deine Schuld, Kleine." Er wandte sich mir zu. „Ich habe ihr gesagt, sie solle das Tablett zu Tisch sechs bringen, und um sicherzustellen, dass sie den richtigen Tisch erwischt, sagte ich, es sei der alte Kerl am Fenster."

„Aber es gab zwei alte Männer, die Seite an Seite an den Fenstertischen saßen. Und Katie hat die Bestellungen verwechselt."

Katie machte ein schreckliches, würgendes Geräusch. „Ich glaube, ich muss kotzen."

Keiner von uns beiden schaute auch nur in ihre Richtung. Ich sagte: „Als Sie dann zum zweiten Mal versucht haben, Ihren Vater zu töten, haben Sie es also selbst gemacht, damit nichts schiefgehen konnte."

„Ja. Und ich wollte, dass er weiß, wer ihn tötet. Ich wollte ihm in die Augen schauen und ihm sagen, was er getan hatte. Und ich wollte ihm zusehen, wenn er stirbt. Es ist mir egal, was mir jetzt geschieht – das war es wert."

Er seufzte. „Allerdings tut es mir für den Colonel leid. Und für Sie!"

Katie sprang auf und sagte: „Nein! Jim, nein!"

Er schaute sie an und sein Blick besänftigte sich. „Katie,

Schatz, ich muss sie umbringen. Und dann machen wir beide uns auf und davon. Es tut mir leid, Schatz, aber so ist es nun einmal."

Er schien einen Augenblick lang nachzudenken und ich sah, wie er, wahrscheinlich unbewusst, die Fäuste ballte. Er sagte zu mir: „Jetzt folgen Sie mir ins Schlafzimmer und machen Sie keinen Aufstand. Ich sorge dafür, dass es kurz und schmerzlos ist."

Ich schüttelte den Kopf und versuchte, mir einen Zauberspruch einfallen zu lassen, der ihn von seinem Vorhaben abbringen konnte, aber meine Gedanken gingen drunter und drüber. „Nein. Ich glaube nicht, dass ich das tun werde." Ich hatte Geräusche von draußen gehört, die mir den Eindruck gaben, nicht alleine zu sein. Ich schrie. Mein Schrei dauerte nicht lange an, weil Jim sich auf mich stürzte, uns beide auf die schmutzige Couch warf und versuchte, seine Hände um meinen Hals zu legen. Katie schrie und begann, mit ihren Fäusten auf ihn einzuschlagen. Ich glaube nicht, dass sie großen Schaden anrichtete, aber ich wusste die Unterstützung zu schätzen.

Bevor er meinen Hals ganz mit seinen Händen umschließen konnte, hörte man glücklicherweise Bewegungen draußen und die Tür wurde aufgestoßen. Gewaltsam wurde er von mir gezogen und einen Augenblick später lag er mit dem Gesicht nach unten auf dem Boden und wurde von zwei Polizisten in Uniform niedergedrückt. Einer legte ihm Handschellen an, während der andere ihm seine Rechte verlas. Ich holte zitternd Luft.

Ian half mir, mich aufzuraffen. Er sah grimmig, fast wütend aus. „Lucy? Bekommen Sie Luft?"

Ich nickte.

Er sagte barsch zu jemandem hinter sich: „Rufen Sie einen Krankenwagen!" Dann zu mir: „Wir bringen Sie ins Krankenhaus. Um sicherzustellen, dass alles in Ordnung ist."

Ich legte eine Hand auf seinen Arm. Der war steif vor Anspannung. „Nein. Wirklich. Er hat mich kaum berührt. Jim war es, den ich am Mittag gesehen habe, wissen Sie? Ich hätte es gleich merken sollen, als Katie mir sagte, dass er wie ein ganz anderer Mensch aussieht, wenn er sich für die Bühne kleidet. Natürlich war das sein Alibi. Er verkleidete sich als sein eigener Vater, mit Perücke und Schnurrbart und Kleidung aus der Requisite. Aber zu dem Zeitpunkt war Gerald Pettigrew schon tot."

„Sie haben recht."

Ich umklammerte seinen Arm, um mich zu vergewissern, dass er mir glaubte. „Jim war derjenige, der Gerald Pettigrew ermordet hat. Gerald war sein Vater."

Er sagte sehr sanft: „Ja, Lucy. Das wissen wir." Er schaute mich kopfschüttelnd an. „Wir haben Beweise gesammelt. Wir hätten ihn gekriegt, ohne dass Sie sich fast umbringen lassen."

Wie sich herausstellte, hatte Gerald Pettigrew mindestens vier Frauen um ihr Geld, oft ihren Selbstrespekt, und im Fall von Jims Mutter, um ihr Leben gebracht. Ich versuchte, niemandem übelzuwollen, aber Gerald Pettigrew war ein schlechter Mensch gewesen. Zumindest würde Florence Watt jetzt nicht sein nächstes Opfer werden.

Katie stand in der Ecke und hielt mein Strickzeug an sich gedrückt, so wie ein Kind es mit seinem geliebten Kuscheltier machen würde. Ihre Augen waren groß und sie schien unter Schock zu stehen. Ich sah Ian an. „Und Katie?"

Er schüttelte den Kopf. „Soweit wir es sagen können,

268

wusste sie nichts von Jims Plänen. Ich denke, er hat sie als Deckmantel benutzt."

Natürlich wurde Jim fortgebracht. Ian sagte: „Ich muss los."

Ich nickte und verstand, dass er Jim wahrscheinlich sofort befragen wollte, um zu versuchen, ihm ein vollständiges Geständnis zu entlocken. Ich lehnte sein wiederholtes Angebot ab, einen Krankenwagen zu rufen oder mich von jemandem nach Hause bringen zu lassen. Die Straßen in Oxford waren jetzt viel sicherer. Es würde sicher sein, nach Hause zu radeln.

Ich bot Katie an, bei ihr zu bleiben oder sie zu mir mitzunehmen, doch sie bestand darauf, dass sie lieber allein sein wollte. Ich konnte ihr keinerlei Trost spenden. Also sagte ich nur: „Es tut mir so leid."

Sie hielt mir das Strickzeug hin, doch ich schüttelte den Kopf. „Behalten Sie es ruhig! Dann sind wenigstens Ihre Hände beschäftigt."

„Was wird Jim passieren?"

„Ich weiß es wirklich nicht. Wenn er nicht gesteht, wird er natürlich vor Gericht müssen, aber abgesehen davon habe ich keine Ahnung."

„Ich werde zum australischen Konsulat gehen und sehen, ob er nach Australien ausgeliefert werden kann. Ich denke, zu Hause wäre er glücklicher. Selbst wenn er im Gefängnis ist."

Jeder x-beliebige Plan gab ihr etwas Nützliches zu tun. Ich sagte ihr, dass das meiner Ansicht nach eine ausgezeichnete Idee war und als ich dann ging, sagte sie: „Ich wusste es nicht. Ich habe es noch nicht einmal vermutet. Er ist ein netter Kerl, wissen Sie? Lustig und freundlich."

Ich machte mir nicht die Mühe, das Offensichtliche hinzuzufügen: lustig und freundlich und einer, der zwei Menschen ermordet hat, einen davon wahrscheinlich aus Versehen. Ich sagte einfach nur „Gute Nacht" und ging.

Inzwischen war es stockfinster. Als ich mit dem Rad nach Hause kam, spürte ich ein leichtes Frösteln im Nacken, das mir sagte, dass ich nicht allein war. Ich brauchte mich gar nicht umzudrehen. Ich war ziemlich sicher, dass ich ihn nicht entdecken würde, aber ich wusste, dass Rafe mich auf seine eigentümliche ritterliche Art nach Hause begleitete.

Als ich mein Fahrrad untergebracht hatte, wartete er an der Eingangstür des Ladens auf mich. Ich ließ ihn herein und sagte: „Ich gehe hoch und öffne eine Flasche Wein. Trinkst du Wein?"

„Ja. Ich leiste dir Gesellschaft."

Granny und Sylvia schliefen zweifellos noch, also war ich froh, Gesellschaft zu haben. Ich grub eine gekühlte Flasche California Chardonnay heraus, die ich gekauft hatte, weil ich Heimweh hatte. Er schaute auf das Etikett und schüttelte den Kopf. „Kalifornischer Wein, Lucy? Wirklich? Wenn es auf der anderen Seite des Ärmelkanals einige der besten Weinanbaugebiete der Welt gibt?"

Ich verdrehte meine Augen und holte zwei Gläser. „Zweifellos bist du auch ein Weinkenner."

„Selbstverständlich. Ich bewirte dich demnächst mal mit etwas aus meinem Keller."

Ich hoffte, dass wir immer noch über Wein redeten. Ich wollte mich nicht näher damit befassen, was Vampire in ihren Kellern haben.

KAPITEL 23

D as Geräusch von zwanzig Paar klappernden Stricknadeln war beruhigend, fand ich, als wir es uns alle beim Treffen des Strickclubs der Vampire bequem machten. Silence Buggins besuchte Freunde in New York, deshalb hatten wir überhaupt etwas Ruhe. Vielleicht genossen wir alle diese wenigen Momente, in denen wir in unseren Rhythmus fanden, kontrollierten, an welchem Punkt des Musters wir waren, oder uns einfach daran erfreuten, etwas Neues zu kreieren.

Granny brach die Stille. „Wie geht es der armen Florence Watt, Lucy? Ich wünschte, ich könnte sie sehen. Es muss so ein schrecklicher Schock gewesen sein, herauszufinden, dass der Mann, den sie fast geheiratet hätte, so ein schrecklicher Ausbeuter von Frauen war."

„Ich denke, sie wird einige Zeit brauchen, um über den Schock hinwegzukommen, aber es hat wirklich geholfen, dass ich ihr von einigen Informationen erzählen konnte, die ihr auf eurem Trip nach Leeds in Erfahrung gebracht habt.

Ich denke, zu wissen, dass sie nicht die Einzige war, die auf Gerald Pettigrew hereingefallen ist, hat ihr geholfen, sich nicht wie ein alter Dummkopf zu fühlen."

Granny beendete eine kompliziert aussehende Reihe. „Es muss ihr peinlich sein, dass sie ihre ältere Schwester des Mordes bezichtigt hat. Sprechen sie wieder miteinander?"

„Ich glaube schon. Sie haben darüber geredet, den Laden zum Verkauf anzubieten und das Kapitel zu beenden, aber ich glaube, keine von ihnen kann sich vorstellen, was sie mit so viel Freizeit anstellen soll. Außerdem ist der beste Weg, diese Tragödie hinter sich zu lassen, weiterhin etwas zu tun und Kontakt zur Welt zu haben."

„Sehr vernünftig."

„Eines ist mir allerdings zu Ohren gekommen: Sie haben sich darauf geeinigt, zum klassischen Speiseangebot zurückzukehren, wenn sie wieder eröffnen. Keine weiße Schokolade oder Ingwer-Scones oder Krabbensalate mehr im Elderflower Tea Shop."

Grannys Augen funkelten. „Nein, ganz bestimmt nicht. Sie haben herausgefunden, wozu es führen kann, wenn sie einen Koch mit neumodischen Ideen in ihre Küche lassen."

Alfred sagte: „Aber es tut mir leid, dass der arme Colonel Montague versehentlich getötet wurde."

Sylvia lächelte. „Na ja, es kann dir ruhig leidtun, aber ich glaube nicht, dass die Witwe allzu traurig ist. Sie hat Raumausstatter beauftragt und lässt das Haus umgestalten. Sie hat sich ein neues Auto gekauft und sie und ihre Kinder planen einen Urlaub in Südfrankreich. Also gibt endlich jemand das Geld des alten Geizhalses aus."

Ich konnte ihnen sagen, dass ich von der irischen Frau

gehört hatte und dass Mrs Montague das Richtige getan hatte. Sie hatte sich damit einverstanden erklärt, eine private Pflegekraft für Eileen einzustellen und hatte der Frau, welcher der Colonel Unrecht getan hatte, sowie ihrer Tochter einen Teil seines Geldes zukommen lassen.

„Und was ist mit Miss Everly?"

„Sie hat einen neuen Lebensgefährten. Ihre drei Freundinnen vom St. Hilda's haben ein Profil online gestellt und sie hat jemanden kennengelernt."

„Ende gut, alles gut!"

Ich ächzte. „Nur, dass ich schon wieder nach einer neuen Verkäuferin suchen muss."

„Oh nein! Und Katie war so gut. Kannst du sie nicht behalten?"

„Ich habe sie angefleht zu bleiben, aber sie hält zu Jim. Sie unterstützt ihn bei seiner Verteidigung und hofft es zu schaffen, ihn nach Australien ausliefern zu lassen. Sie sagte, sie hat keine Zeit für die Arbeit im Laden. Ich denke, sie will auch nicht in der Nähe des Tatortes sein."

„Katie hat sich als tapfer und loyal herausgestellt. Eigenschaften, die Gerald Pettigrew das Leben gerettet hätten, wenn er sie gehabt hätte."

„Erst einmal halten sie Jim im Gefängnis fest."

Granny sagte: „Dieser arme junge Mann wird im Gefängnis bestimmt frieren, wenn er an Australien gewöhnt ist. Ich wette, er hätte gerne einen schönen Pullover."

Zwanzig Vampirköpfe hoben sich vor Aufregung darüber, für frische Menschen stricken zu können. Alfred sagte: „Ach, und die arme junge Dame ... Die wird auch Pullover brauchen."

„Lucy, Liebes, weißt du, welche Farben Katie mag?"

Danke, dass Sie das Buch gelesen haben. Ich hoffe, Sie hatten Spaß mit Lucys neuestem Abenteuer. Werfen Sie hier gleich noch einen Blick in den nächsten Krimi, *Häkelei und Hexenkessel.*

Eine Nachricht von Nancy

Liebe Leser und Leserinnen,

Vielen Dank, dass Sie die Serie der Strickclub der Vampire lesen. Ich freue mich sehr über die Begeisterung, die diese Serie hervorruft. Ich habe vor, noch viele Geschichten über Lucy und ihre bestrickenden Vampire folgen zu lassen.

Über Rezensionen freue ich mich immer, und vergessen Sie nicht, anderen Liebhabern von Häkel- und Strickkrimis von dieser Serie zu erzählen.

Sie können Ihre Rezension auf Amazon hinterlassen.

Ihre Beiträge sind die Wolle, mit der ich diese Geschichten stricke.

Bis zum nächsten Mal.
Viel Spaß beim Lesen,

Nancy

BÜCHER VON NANCY WARREN

Erfahren Sie mehr über neue Ausgaben und Sonderangebote in Nancy's Newsletter (auf Englisch) bei NancyWarrenAuthor.com oder folgen Sie ihr auf Facebook auf facebook.com/nancywarrenDeutsche

Der Strickclub der Vampire

Verwirrung und Verrat - ein kostenloses Prequel für die Abonnenten von Nancys Newsletter

Der Strickclub der Vampire - Band 1

Maschen und Magie - Band 2

Häkelei und Hexenkessel - Band 3

Zwirn und Zauber - Band 4

Lieblingspullis und Liebestränke - Band 5

Weissagung und Wollpullover - Band 6

Schwindelei und Spitze - Band 7

Bommelmützen und Besenstiele - Band 8

Poltergeist und Popcornmuster - Band 9

Gargoyles und Geheimbünde - Band 10

Dolch und Diamanten - Band 11

Flüche und Fischgrätmuster - Band 12

Der Strickclub der Vampire: Band 1-3

Das Verwunschene Brautkleid

Eine Serie aus fünf romantischen Komödien über Frauen, die auf
der Suche nach dem richtigen Kleid, den dazu passenden Schuhen
und dem perfekten Mann sind.

Die Flucht der Braut - Buch 1

Die Braut aus Zweiter Hand - Buch 2

Brautjungfer zu mieten - Buch 3

Ein Brautkleid zum Verlieben - Buch 4

Wenn das Kleid passt - Buch 5

Die Oma

Das Jahr, in dem die Weihnachtsoma das Weite suchte

Um eine vollständige Liste ihrer Bücher zu sehen, gehen Sie auf
Nancys Website NancyWarrenAuthor.com

ÜBER DIE AUTORIN

Nancy Warren ist eine USA Today Bestseller-Autorin und hat mehr als 100 Romane verfasst. Sie stammt ursprünglich aus Vancouver, Kanada, zieht jedoch gerne um und hat längere Zeit in England, Italien und Kalifornien gewohnt. Die Inspiration zur Strickrunde der Vampire kam ihr während ihrer Zeit in Oxford. Gegenwärtig lebt sie teils in Großbritannien, in Bath, wo sie oft so tut, als sei sie Jane Austen, oder zumindest eine von deren Romanfiguren, und teils in Victoria, Britisch-Kolumbien, wo sie es genießt, am Meer zu leben. Zu ihren Lieblingsmomenten zählen die Tage, als sie die Antwort in einem Kreuzworträtsel der kanadischen Zeitung National Post war, als sie es mit ihrem Roman Speed Dating, dem Auftakt zur Buchreihe Harlequin's NASCAR, auf das Titelblatt der New York Times schaffte, und die drei Male, als sie für den RITA-Award, den bedeutenden Preis für englischsprachige Liebesromane, nominiert wurde. Sie hat einen MA in kreativem Schreiben von der Bath Spa University. Sie ist eine begeisterte Wanderin, liebt Schokolade und vor allem liebt sie es, von ihren Lesern zu hören!

Die beste Weise, mit ihr in Kontakt zu bleiben, ist, sich über NancyWarrenAuthor.com für Nancys Newsletter anzumelden (auf Englisch).